KB104716

무직전생

이세계에 갔으면
최선을 다한다

15

글 리후진 나 마고노테
일러스트 시로타카
옮긴이 한신남

"기다렸지, 루데우스."

무직전생

이세계에 갔으면
최선을 다한다

⑮

글 리후진 나 마고노테   일러스트 시로타카   옮긴이 한신남

無職転生　～異世界行ったら本気だす～ 15

©Rifujin na Magonote 2017
First published in 2017 by KADOKAWA CORPORATION, Tokyo.
Korean translation rights arranged with KADOKAWA CORPORATION, Tokyo.

CONTENTS

제15장　청년기　인신편

제1화　　일기　전편　　　　　　　　　　　12

제2화　　일기　후편　　　　　　　　　　　28

제3화　　각오　　　　　　　　　　　　　　50

제4화　　나나호시의 가설　　　　　　　　78

제5화　　편지, 도착하다　　　　　　　　102

제6화　　준비　　　　　　　　　　　　　118

제7화　　준비 완료　　　　　　　　　　　145

제8화　　진흙탕 대 용신　　　　　　　　173

제9화　　광검왕 대 용신　　　　　　　　197

제10화　에리스 그레이랫　전편　　　　　223

제11화　에리스 그레이랫　후편　　　　　244

제12화　호출　　　　　　　　　　　　　269

제13화　설명　　　　　　　　　　　　　285

막간　　그렇게 광검은 칼집에 들어가다　307

"승부에 져도 인생은 계속된다."

Defeat isn't shame. Compliance is significant.

글 : 루데우스 그레이랫

옮김 : 진 RF 매곳

제15장

청년기
인신편

제1화 일기 전편

미래에서 온 나를 자칭하는 인물이 나타난 다음날 아침, 나는 수면 부족으로 멍한 머리로 생각했다. 뭘 해야 할지를.

미래의 나는 이렇게 말했다. '나나호시와 의논해라', '에리스에게 편지를 보내라', '인신을 의심하되, 적대하지 마라'

에리스에게 편지. 이건 어젯밤에 썼다. 하지만 보내기 전에 실피와 록시에게 이야기를 해야 한다. 의논 결과에 따라서는 내용을 크게 바꾸어야만 할지도 모르니까.

인신을 의심하되 적대하지 않는다. 이것은 다음에 인신이 꿈에 나타났을 때에 그렇게 선언한다.

나나호시와 의논. 이건 당장이라도 하고 싶지만, 이런 황당무계한 이야기를 해도 믿어 줄까. 아니, 녀석도 트리퍼다, 황당무계한 이야기라도 받아들여 줄 밑바탕은 되어 있을 거다.

하지만 그것들 이전에… 일기다. 미래의 내가 가져온 일기.

뭐라고 적혀 있을지는 모른다. 솔직히 읽기 무섭다. 하지만 이걸 방치할 수는 없다. 이 일기는 그 노인이 걸어온 궤적이니까.

일기는 낡았고, 표지는 여기저기 상했고, 첫 페이지도 빛바래서 너덜거렸다. 하지만 못 읽을 정도는 아니었다. 나는 마음을 굳히고 책을 펼쳤다.

일기

루데우스 그레이랫

오늘부터 일기를 쓸까 한다.

그렇긴 해도 열흘 동안 많은 일이 있었다.

페르기우스 문제, 제니스 문제,

소환 마술에 전이 마술.

할 일이 많아서, 잊어버리지 않도록 이것저것 기록해둘까 한다.

아이샤는 아침부터 '이상한 쥐가 죽어 있었다'라면서 우울해했다.

쥐를 싫어하는 걸까.

근처에서 마석병에 걸린 고양이가 발견되었다는 모양이다.

무서운 일이다.

가족에게는 손발을 잘 씻고 양치질을 철저하게 하라고 말해두자.

엘리나리제가 임신했다는 모양이다.

크리프는 불안한 기색이었지만 엘리나리제는 기뻐하였다.

일단 다 함께 축복해 주었다.

이럴 때는 신나게 놀아야 한다.

여기까지는 평범한 일기 내용이었다.

페르기우스에게 소환 마술을 배우거나 자노바와 공중성채의 예술품을 보고 다니거나 침대 위에서의 록시의 약점을 발견하거나 루시가 자는 얼굴이 천사 같아서 장래에 미인이 될 게 틀림없다는 등, 매일이 꽤나 즐거운 모습이었다.

처음에는 날짜가 적혀 있었지만, 중간부터 날짜가 적히지 않았다.

귀찮았던 걸까. 그 바람에 며칠이 지났는지 알 수 없었지만, 노인의 이야기를 떠올리면 아마도 2주 이내겠지.

하지만 여기서부터 변했다.

록시가 쓰러졌다.

요즘 몸이 안 좋다고 말했는데, 드디어 열이 나기 시작했다.

한동안 학교를 쉬겠다고 연락을 했다.

상급 해독까지 시험해 보았는데 효과가 없다.

또 난치병일가. 서둘러 크리프에게 봐달라고 해야겠다.

록시의 발끝이 보라색 결정으로 변하기 시작했다.

곧바로 크리프를 불러서 그의 식별안으로 살펴보았다.

병명은 '마석병', 신급 해독 마술로밖에 고칠 수 없는 난치병이다.

해독 마술의 주문을 얻기 위해 전이마법진을 이용하여 미리스 신성국으로 가기로 했다.

멤버는 나와 크리프, 자노바까지 셋이다.

실피도 가고 싶어 했지만 집에 남아달라고 부탁했다.

미리시온에 도착했다.

신급 주문은 대성당의 전당에 있다는 모양이다.

크리프가 장소를 알고 있는 모양이지만, 대주교 정도가 아니면 들어갈 수 없는 장소라나.

그러니 심야에 몰래 침입하기로 했다. 거기서 주문을 베껴 쓰고 돌아오면 된다.

침입은 성공했다.

하지만 신급 해독 주문이 사전만큼 두꺼운 책 한 권 본량일 줄은 생각하지 못했다.

그 자리에서 다 베끼는 게 불가능했다. 가지고 나오려다가 탈출하는 도중에 들켰다.

현재 추적자에게서 도망치고 있다.

전이마법진에서 기습을 받았다. 전투의 여파로 전이마법진이 파괴되어서 쓸 수 없게 되었다.

크리프가 독에 쓰러지고 의식불명의 중태다.

…나는 처음으로 사람을 죽였다. 아직 손에 감촉이 남아 있다. 기분이 더럽다.

제길.

다른 마법진으로 이동하기로 했다.

크리프의 의식이 돌아오질 않는다. 미리스 신성국 안에 우리의 초상화가 나돌고 지명수배 중이었다.

완전히 미리스 교도를 적으로 돌린 모양이다.

크리프가 죽었다.

한동안은 아무것도 쓰고 싶지 않다.

간신히 다른 전이마법진까지 도달했다. 조금만 더.

이미 늦었다.

오늘은 더 이상 아무것도 쓰고 싶지 않다.

어제 일을 쓸까 한다.

도시 입구에서 에리스와 길레느와 만났다. 에리스는 뭐라고 떠들었지만, 이미 아내가 둘이나 있고 네 상대가 될 수 없다고 말하자, 놀란 얼굴을 하며 가 버렸다.

마지막에 길레느가 남긴 모멸의 시선이 불쾌했다. 집에 도착하자, 모두가 침통한 얼굴을 하고 있었다. 록시는 몸 절반이 결정으로 변해서 죽어 있었다. 해독 주문은 헛수고였다.

그 뒤에 엘리나리제에게 크리프의 죽음에 대해 말했다. 엘리나리제는 내 뺨을 때리고 울면서 어딘가로 달려갔다. 마음이 답답하다.

록시의 장례식을 치렀다.

아무런 의욕도 생기지 않는다. 눈물만 나왔다. 될 대로 되라지.

엘리나리제가 도시에서 모습을 감추었다는 모양이다.

무거운 몸일 텐데 어디로 간 걸까. 아무래도 좋지만.

실피가 위로해 주지만, 내 마음은 나아지지 않는다.

록시가 없다. 그 록시가, 무슨 일에든 열심이었던 록시가. 나를 집 밖으로 데려가 주고, 파울로가 죽었을 때에도 열심히 위로해 준 록시가, 내 행동의 지침이 되어 준 록시가.

최근에 술만 마신 것 같다.

술에 취하지 않으면 록시 생각이 나서 울게 된다. 실피가 그래선 안 된다고 말하지만, 그녀가 뭘 안단 말인가. 록시는 내게 소중한 것을 가르쳐 주었는데.

집에서 마시면 리라가 잔소리를 해서 밖에서 마시기로 했다.

주점에서 마시면 가끔씩 에리스가 달라붙어서 뭐라고 떠들어대고 때린다.

이 여자는 대체 뭔가. 길레느도 왜 막지 않는 걸까.

또 최근 노른이 말을 걸지 않는다. 모멸의 시선으로 바라본다.

누구도 내 마음을 모른다.

최근 실피가 노골적으로 유혹한다. 자기를 안고 록시를 잊으라…고 말한다. 너무 끈질겨서 소리를 질렀다. 그런 생각 없는 말을 듣고 어떻게 안을까. 하지만 그것만이 아니다. 지금 실피를 안으면 나는 그녀를 매우 난폭하게 다루겠지. 록시 대신으로 삼고, 화풀이 대상으로 삼고.

그건… 좋지 않다.

실수했다.

주점에서 마시고 있는데, 창녀가 말을 걸어왔다. 술기운도 있어서 그대로 숙소에서 안았다. 역시 몸 파는 여자라서 그런지 대단했다. 아니, 지금까지 내가 여자라고 생각하고 안았던 건 결국 소녀에 불과했다고 할까….

아니, 그런 건 됐다.

문제는 실피를 울려 버린 것이다. 그녀는 여자 냄새를 풍기며 돌아온 나를 보고 '왜 나로는 안 되는 거야….'라며 울면서 자기 방에 틀어박혔다.

리라에게 설교를 듣고, 아이샤까지도 노골적으로 얼굴을 찌푸렸다.

지금도 문 너머에서 오열이 들려온다. 노크를 해도 대답이 없다.

잘못을 저질렀다. 그녀는 난폭하게 대해도 되니까 내가 자기한테 슬픔을 풀어주기를 바랬던 걸지도 모른다.

내일이라도 사과하자.

실피가 말을 들어주지 않는다. 어쩌지.

이럴 때에 엘리나리제가 있었으면….

실피가 사라졌다.

아침에 일어났더니 방은 텅 비어 있었다. 정확하게 말하자면 내가 준 옷이나 장식품만이 남아 있었다. 리라는 내게 당장 쫓아가라고 했다.

하지만 내게 쫓아갈 자격이 있을까.

실피에게 이혼당해도 싼 남자가 아닐까.

끙끙 고민하고 있는데 제니스가 내 뺨을 때렸다. 그녀는 아무 말도 하지 않았지만, 몇 번이고 계속해서 내 뺨을 때렸다. 마치 지금 내 행동을 나무라듯이.

실피를 쫓아가기로 했다.

정보를 모아 보니, 실피는 아리엘과 함께 아슬라 왕국으로 향한 모양이다.

아직 졸업까지 몇 달 남았을 텐데, 왜 이렇게 서둘러 움직인 걸까.

이유는 모르겠지만, 아슬라 본국에서 뭔가 일어난 걸지도 모른다. 나도 쫓아가기로 하자.

또 에리스와 만났다.

그녀는 지금이라면 용서해 주겠다면서 영문 모를 소리를 하였다.

내가 무시하자, 갑자기 때리기 시작했다. 슬슬 짜증이 나서 마술로 날려 버렸더니 검을 뽑고 덤벼들길래 도망쳤다.

에리스, 나를 버렸던 주제에 이제 와서 무슨….

눈 때문에 발이 묶였다.

실피는 이미 폭설지대를 돌파했을까. 초조함이 든다.

아슬라 왕국에 도착했지만, 난처하게도 국경에서 제지당했다.

미리스 교도에게 지명수배당한 나는 아슬라 왕국에서도 범죄자 취급인 모양이다.

붙잡으려고 들기에 다급히 도망쳤다. 밀입국할 방법을 찾아야겠다.

도적 길드와 접선하는 것에 성공했다.

이런 조직은 어디에든 있군. 나는 도적들 중에서도 화제의 인물인지 선망의 시선을 받았다. 미리스 신성국에서 신급 주문을 훔쳐낸, 현재 주목받는 도적으로.

그들에게 사정을 말하자, 트리스라는 요염한 여도적이 안내해 주겠다고 했다.

이런 여자와 함께 있다간 또 실피에게 오해를 사지 않을까, 그것만이 불안하다.

아슬라 왕국에 들어갔다.

얼굴을 숨기기 위해 후드와 가면을 쓰기로 했다. 내 이름은 오늘부터 루드 로누마고, 저주 때문에 맨얼굴을 보이면 돌이 된다는 설정이 추가되었다. 로누마는 바쉐란트에서 돈을 벌려고 온 마술사로, 사촌인 트리스의 안내를 받는다는 걸로 했다.

여러모로 도움을 많이 받아서 고개가 숙여진다.

국왕이 병으로 죽어가고 있다는 정보를 입수했다.

그 뒤를 누가 잇는가를 두고 왕자들이 다툰다는 소문도 있었다.

이것 때문에 아리엘은 서둘러 귀환했겠지.

이제 곧 왕도다.

하지만 아리엘에 대해서는 아무래도 수상쩍은 소문만 들렸다.

병력을 모아서 쿠데타를 일으킨다나 뭐라나.

들리는 이야기로는 승산이 전혀 없다는 모양인데. 뭐, 아리엘도 그렇게 바보는 아니겠지.

단순한 소문이다.

왕도에 도달했다.

트리스에게 정보 수집을 부탁하고 술집에 있다가 에리스의 모습을 목격했다. 나를 여기까지 좋아왔다. 아니, 아니겠지. 그녀의 고향은 애초부터 아슬라 왕국이다. 단순히 행선지가 같을 뿐이겠지.

아리엘은 모습을 감춘 모양이다. 당연히 루크와 실피도.

찾을 수 있을까.

찾을 수가 없다.

트리스의 예상으로는 이미 왕도에서 다른 도시로 이동한 것 같단다. 아리엘이 갈 만한 곳… 루크의 본가일까. 내일 노토스 가문이 다스리는 영지로 가자고 트리스에게 말해 보자.

필레몬 노토스 그레이랫이 다스리는 밀보츠령에 왔다.

그리고 아리엘이 노토스 가문의 비호 밑에 숨어 있는 듯하다는 정보도 얻었다.

하지만 어떻게 하면 실피를 만날 수 있을까…. 잠입해 볼까.

노토스 가문의 저택에 잠입했는데, 왜인지 에리스가 있어서 실컷 얻어맞았다.

지하감옥에 붙들려 있는데, 필레몬이라는 이름에, 얼굴만 파울로와 비슷한 남자에게 심한 욕을 들었다.

아무래도 내가 노토스 가문을 빼앗으려는 걸로 착각한 모양이다. 내일이라도 처

형하여 미리스 교단에게 선물하겠다는 말을 남기고 그는 떠나갔다. 그 뒤에 탈주
했는데… 필레몬의 저택에 아리엘은 없었다.

왕도에서 쿠데타가 발발했다.

아리엘이 밀보츠렁에 있다는 소문은 헛소문이었다. 아리엘은 왕도에 잠복하여
기회를 엿보았던 모양이다.

늦지 않게 갈 수 있을까.

왕도까지 하루거리일 때 쿠데타가 진압되었다는 정보를 들었다.

무모하게도 제1, 제2왕자를 동시에 살해하려던 아리엘은 마침 그때 검객으로 초
빙되었던 수신과 북제 등에게 저지되어서 부하는 전멸. 아리엘은 생포되어 후에
처형된다고 한다.

부하는 전멸.

전멸….

실피는…?

……다 싫다.

왜, 이렇게, 된 거지….

어제의 일을 기록하겠다.

왕도 구석의 처형장에는 아리엘의 부하들의 사체가 내걸려 있었다.

그중에는 루크와… 그리고 실피도 있었다.

실피의 시체는 한쪽 팔이 없고, 얼굴에는 커다란 칼자국이 남아 있었다. 몇 명이
돌을 던졌다. 왕도의 평온을 어지럽힌 범죄자인 실피에게 돌을 던졌다. 돌을 맞을
때마다 사체를 쪼던 까마귀가 날아갔다. 나는 더 이상 참을 수 없어서 불 마술로
그 시체들을 불태웠다. 방해하는 놈들도 모두 태웠다.

이런 나라 따위는 망해 버리는 게 낫다.

나는 벌떡 일어났다.

심장이 벌렁거렸다. 현기증이 일었다. 읽기가 괴롭다. 더는 읽고 싶지 않다.

정말로 이걸 읽어야만 하나? 왜 내가 이런 걸 읽고 있지?

"우욱….."

기분이 이상하다. 이건 분명 그 노인의 망상소설이다. 그게 틀림없다.

이런 미래가 존재한다고는 생각하고 싶지 않다. 그렇게 생각하고 싶지만….

"……."

읽어야만 한다. 알아두는 것이 분명 힘이 될 테니까.

그렇게 생각하고 일기장을 보았지만, 페이지를 넘길 용기가 없었다.

속이 안 좋다. 저 일기에는 앞으로 얼마나 괴로운 일이 적혀 있을까. 그걸 생각하니 위가 욱신거렸다.

"조금, 휴식….."

나는 비틀거리는 발로 방을 나가서 화장실로 향했다.

토했다. 눈물이 펑펑 나왔다. 내가 쓴 글이기 때문일까, 내가 그때 어떻게 느꼈는지 그대로 상상할 수 있었다.

록시가 죽었을 때의 슬픔. 실피가 집을 나갔을 때의 초조함, 체념. 쫓아갈 때의 마음. 그리고 죽은 실피를 볼 때의 상실감.

"우에엑…."

변기에 얼굴을 들이대고 토할 수 있는 대로 토했다.

위 속이 완전히 텅 비었다. 하지만 식욕은 없다. 오늘은 아무 것도 안 먹어도 되겠지.

물로 입을 헹구고 나오자, 실피가 걱정스러운 얼굴로 서 있었다.

"루, 루디. 왜 그래? 괜찮아?"

어깨까지 오는 하얀 머리에 살짝 가볍게 입은 느낌의 평상복.

그녀의 얼굴에 상처가 나고 팔이 없어지고, 죽고 차가워진 모습을 드러내고. 그런 광경이 떠올라서….

"어, 왜 그래?"

나는 말없이 실피를 끌어안았다. 실피의 몸은 부드럽고 따뜻했다.

"루디, 아토페랑 싸운 것 때문에 아직도 그러는 거야?"

"…응."

"어쩔 수 없어…. 그래, 그래. 힘들거든 언제든지 내가 위로 해 줄 테니까. 나는 루디가 그렇게 강하지 않다는 걸 잘 알고 있으니까."

실피가 살짝 발돋움을 하면서 내 등을 부드럽게 두들겨 주었다.

힘들거든 언제든지 내가 위로해 줄 테니까. 이 말을 미래의 나는 무시했다.

"응. 실피, 미안."

"괜찮아."

"난 말이지, 어쩌면 아주 힘들 때에 실피에게 기대지 않고, 아주 안 좋은 소릴 할지도 몰라."

"어어…. 갑자기 왜 그래?"

"하지만 없어지진 말아 줘."

"어어…. 그때는 나도 조금 울컥해서 루디에게 차갑게 대하고 싸우게 될지도 몰라…. 하지만 화해할 수 있지?"

"응, 물론이야. 응, 화해할 수 있어…."

실피는 다정하다. 이렇게 착한 애를 나는 배신한다.

"저기, 루디. 엉덩이를 만지는 손길이 야한데."

"…만지면 안 돼?"

"닿는 건 아니니까 괜찮지만…. 우와."

허락을 받았기에 나는 실피를 안아들었다.

그대로 침실로 향했다. 딱히 야한 짓을 할 생각은 없다. 다만 이렇게 단둘이서 있고 싶은 마음이다. 뭐라고 할까, 잃어버린 것을 되찾고 싶다고 할까. 아직 없어진 게 아니지만. 응, 나도 잘 모르겠다.

분명 그런 일기를 읽은 탓에 우울한 기분이 된 거겠지.

그렇게 생각하면서 실피에게 위로를 받았다.

록시가 돌아온 뒤에 나는 그녀에게 달라붙었다.

소파에 앉은 그녀의 옆에 앉아서 머리카락 끝을 만지작거리고,

"왜 그러나요?"

그런 말을 들을 때까지 옆에서 계속 만지작거렸다.

"어어, 록시. 이야기 좀 하지 않겠습니까?"

"이야기라면 항상 하고 있지 않습니까…. 아니면 뭔가 특별한 이야기입니까?"

"아뇨, 뭐랄까, 조금 더 러브러브한 느낌으로."

"하아…. 뭐 좋습니다만, 오늘은 그건 안 됩니다."

"예. 조금 바싹 붙어 있고 싶을 뿐인데, 안 될까요?"

"안 되지 않습니다."

록시는 내 무릎 위에 앉아서 내 어깨에 머리를 기댔다.

나는 그녀의 어깨를 껴안고 가까이서 바라보았다. 그렇다고 해도 딱히 무슨 화제가 있는 건 아니었다.

"저기, 오늘은 뭘 했나요?"

"별것 없습니다. 평소와 같습니다…. 교장 선생님의 가발이 학생의 장난에 날아간 정도일까요."

"아, 그건 좀 보고 싶은데."

"그리고—"

록시는 하루 종일 일해서 지쳤다. 그래도 내 말을 들어 주었다.

잡담을 하며 서로 웃으면서, 슬쩍 엉덩이를 만졌다가 찰싹

손을 얻어맞았다. 그래도 밀착하고 싶었기에 그렇게 말하자 록시는 어쩔 수 없다면서 허락해 주었다.

그 뒤에 같이 목욕을 하고 등을 밀어 주고 어깨를 주물러 주고.

나는 마치 어린애처럼 록시에게 잘해 주었다.

"오늘 루디는 왠지 그렇군요. 뭐 힘든 일이라도 있었습니까?"

"아뇨, 아무것도. 록시가 살아 있어 준 게 기쁘다고 재확인했을 뿐이에요."

"그렇습니까…. 뭐, 전이미궁에서는 정말 죽는 줄 알았으니까요. 충분히 확인해도 좋습니다."

록시는 욕조에서 내 무릎 위에 있으면서 그렇게 말했다.

나는 그녀의 가는 어깨를 주무르면서 물어보았다.

"록시, 최근 몸에 변화는 없나요?"

마석병은 회피하였다. 하지만 그 쥐만 처리하면 괜찮다는 보증은 없다.

미래의 내 연구 결과가 잘못되었을 가능성도 있으니까.

"예? 건강한데요. 왜 그런 소리를?"

"아뇨, 록시는 꼭 오래 살아 주었으면 싶어서요."

"종족의 수명을 생각하면 저는 루디보다 오래 사니까요. 루디야말로 오래 살아 주세요."

"물론이에요."

그렇게 말하자 록시는 기쁜 듯이 미소를 보여주었다. 아무튼 괜찮은 모양이다.

실피와 록시. 두 사람이 아직 살아 있다. 그 일기처럼은 되지 않는다. 반드시 회피한다.

그렇게 결의하자 또 일기를 읽을 기력이 생겨났다.

각오는 끝났다.

제2화 일기 후편

다음날. 일기를 마저 읽기로 했다.

그건 그렇고 아무래도 실피가 죽은 뒤로 한동안 일기를 쓰지 않았던 모양이다.

어제 읽은 부분부터 종이질이 변했다. 안 쓴 기간은 1년이나 2년, 어쩌면 더 길지도 모르겠다. 5년이나 10년일까….

그동안 무슨 일이 있었는지는 모른다. 다만 일기 내용이 꽤나 경박한 것으로 변했다. 시내에서 본 여자 가슴이 어땠네, 엉덩이가 어땠네. 새로 생긴 술집의 웨이트리스를 침실로 데려간 것. 창관을 돌면서 어느 가게가 제일 좋네 하는 것. 완전히 양아치 같은 일기다. 꽤나 심한 내용까지 적혀 있었다.

어느 날에는 그때까지 안은 여자에게 랭크까지 매겼다.

이게 정말 나일까. 실피도 록시도 사라지면 나는 이렇게 망가지는 걸까.

아무튼 몇 년 동안 그렇게 방탕하게 살았구나 싶었다.

장소는 명확하게 적혀 있지 않았지만, 아는 가게 이름이 몇 군데 나왔으니까 아마도 여기, 마법도시 샤리아겠지.

아이샤, 노른, 리랴, 제니스, 그리고 루시.

그런 이름은 기분 나쁠 정도로 나오지 않았다.

가끔씩 자노바와 줄리의 이름이 나오는 정도다. 당찮게도 이 무렵의 나는 줄리에게까지 눈독을 들이고 있었다. 그렇게나 열심히 나와 자노바의 가르침을 지켜온 줄리를 성욕의 분출구로 삼으려고 하였다.

이게 나라고는 생각하고 싶지 않다. 아니, 나라면 가능할까. 자포자기하여 하반신을 주체하지 못하고, 얼굴도 몸도 돈도 있는 상황이라면….

그리고 에리스.

이 무렵의 나는 에리스에게서 도망다니고 있었다. 에리스도 샤리아에 사는 모양인지, 만날 때마다 퉁명스러운 얼굴로 때리고 드는 듯했다. '조만간 붙잡아서 혼쭐을 내주고 싶지만, 복수가 무서우니까 안 건드리고 싶다'라고 적혀 있었다. 칠칠맞군.

하지만 에리스에 대한 복잡한 마음 같은 것도 읽혔다.

이 무렵의 나는 아직 그녀와의 관계를 회복할 수 있다는 마음이 조금은 있었을까.

실피와 록시 사건 때문에 진지한 연애를 할 수 없어서 이렇게 되었을까. 기록된 내용과 행동에 차이가 조금 있는 듯했다.

불온한 내용도 조금씩 적혀 있었다.

이 무렵의 나와 자노바는 미리스 교단의 현상금이 걸린 모양이라서, 현상금사냥꾼이나 자객이 종종 모습을 보이는 것 같았다. 대단한 상대는 아니라서 전부 격퇴한 모양이지만….

그렇게 생각했는데 어느 순간부터 일기의 내용이 또 확 바뀌었다.

또 세월이 경과한 모양이다. 무슨 일이 있었는지는 기록되지 않았다.

더 말하자면 페이지를 넘길 때마다 종이질이 꽤나 변했다. 일기를 부정기적으로 쓴 거겠지.

노른의 그림책과 루이젤드 인형의 매상은 호조다.

또 마법대학의 협력으로 내 무영창 마술이 정식으로 수업에 포함되었다.

미리스 신성국은 아슬라 왕국을 통하여 라노아 왕국에게 내 신변인도를 요구하는 모양이지만, 마법삼대국은 내게 이용가치가 있는 한 요구에 응하지 않겠지.

중앙대륙에서 전쟁이 일어나면 적룡산맥이 있는 한 공격해 오는 쪽이 압도적으로 불리하기 때문이다.

아슬라 왕국은 아직 내가 수도 일부를 불태운 범인이라고 알지 못하는 모양이다. 멍청한 놈들이다. 쓰레기만 모여 있겠지.

자노바의 자동인형이 완성에 가까워졌다. 생각 이상으로 시간이 걸렸다.

하지만 당시처럼 두근거리는 느낌은 없다.

왜 나는 이런 짓을 하고 있는 걸까.

자동인형이 완성되었다.

실피와 똑같이 만든 자동인형, 그녀는 자기 의사를 가지고 스스로 생각하여 행동한다.

게다가 내 말이라면 뭐든지 들어준다.

순종적이고 솔직하고 조금 질투가 강한 부분도 있어서, 옛날의 실피를 보는 것 같다.

하지만 이게 아니다. 이게 아냐….

나는 실피 인형을 파괴했다.

자노바가 화를 낼 줄 알았는데, 오히려 사과를 했다. 잘못을 한 건 이쪽이다.

자노바에게는 아무리 감사해도 부족하다.

이 녀석만큼은 배신하지 말도록 하자.

실피와도 록시와도 다른 인형을 만들었다.

그 개체는 자노바가 포티라는 이름을 붙였다.

왜 그런 이름이냐고 물었더니, 열네 번째 걸작이기 때문이라면서 가슴을 폈다.

포티의 자매기를 양산하여 마법삼대국에 팔기로 했다.

거래처가 나라라는 게 좋군. 군사용으로 얼마나 효과적일지는 모르지만, 나와 자노바의 기술이 담긴 것이니 어지간한 기사나 모험가보다도 강하다.

그렇긴 해도 할 일이 없어졌다.

다음에는 무슨 연구를 할까. 왠지 모르지만, 오랜만에 의욕이 좀 난 것 같다.

흠, 자노바의 연구는 완성된 모양이다.

하지만 그 이론에 대해서는 기록되지 않았다. 연구 레포트는 따로 정리했겠지.

그런 게 적혀 있었으면 단숨에 연구에 진전이 있을까 싶은데⋯. 아니, 필요 없나. 지금의 자노바는 즐거운 모양이고 그 과정도 중요하다.

그런가 싶더니 다음 페이지부터 또 확 변화가 있었다.

또 그 페이지만 눈물자국으로 너덜거렸다.

꿈에 인신이 나왔다.

아직 어깨에 그 녀석의 손의 감촉이 남아 있다.

밉다. 그 녀석이 밉다.

나는 강해져야만 한다.

인신을 죽여야만 한다. 어떻게든. 그렇게 해야만 한다. 그 망할 놈을 죽이지 않으면 록시도, 록시의 아이도 마음 편히 잠들 수 없다.

그리고 내 마음도 풀리지 않는다.

그러고 보니 집을 나간 리랴 씨와 가족들은 잘 지내고 있을까.

루시는 어떤 아이로 자랐을까. 실피를 닮아서 미인이 되었을까.

공부는 잘 하고 있을까. 밥은 잘 먹고 있을까.

⋯왜 나는 실피가 죽은 뒤에 잘 돌봐 주지 않았던 걸까.

아이샤만큼은 돌아와서 날 돌봐 주고 있지만⋯ 이제 와서 이런 소리를 해도 부질없나.

한탄스럽다.

어떻게 강해지면 될까.

마술을 단련한다? 왕급, 제급 마술을 쓰는 자를 찾을까?

아니, 지금까지의 경향을 보면 성급 이상의 마술은 규모가 클 뿐이지 별로 전투에 적합하지 않다.

전격 같은 예외도 있지만, 현재 공격수단은 부족하지 않다.

문제는 방어와 움직임. 나는 투기를 쓸 수 없고 속도와 방어가 뒤떨어진다.

어쩌면 좋지?

어느 문헌에 투신에 대해 적혀 있었다.

투신은 황금갑옷을 몸에 둘러서 그 신체능력을 몇 배나 키웠다고 한다.

그 사실을 자노바에게 말했더니, 아이디어를 알려주었다. '자리프의 의수'를 온몸에 걸치는 것이다.

생각해 보니 나는 투기를 쓸 수 없지만, 의수에 마력을 넣으면 보통이 아닌 힘을 낼 수 있다.

내 흙 마술로 최대한 표면의 강도를 올리고, 그걸로 온몸을 감싸는 갑옷 같은 것을 만들면….

좋아.

자노바의 협력을 얻어서 내 전용 전신갑옷을 완성했다.

2미터가 넘는다. 꽤나 커졌다. 게다가 마력의 소비량이 너무 커서 나밖에 쓸 수 없다. 나조차도 며칠이나 계속 입고 있을 수 없겠지. 거의 반쯤은 대형 쓰레기다.

혹시 크리프가 살아 있었으면 더 효율 좋은 갑옷이 완성되었을지도 모르지만…, 말해 봤자 소용없는 일이다.

아무튼 모 게임을 따서 '마도갑옷(매직아머)'이라고 이름을 붙였다.

여기서부터 내가 강해지는 스토리가 시작되었다.

마도갑옷, 자리프의 의수로 온몸을 감싸는 것으로 나는 열강급의 파워와 스피드, 그리고 방어력을 얻었다. 전력으로 가동할 수 있는 시간은 한나절이 한계인 모양이지만, 30퍼센트 정도의 출력으로도 어지간한 상대에게는 지지 않게 되었다고 적혀 있었다.

발상의 승리로군.

투신도 비슷한 것을 장비했다고 기록된 것을 보면, 전부터 있었던 이론이겠지만.

…마도갑옷인가. 나도 좀 있으면 좋겠는데 지금까지 진행된 연구만으로 가능할까.

아니, 가능하고 말고의 문제가 아냐. 만들자.

그렇긴 해도 어쩐지 다른 가족의 이름이 안 나온다 했더니 집을 나갔나.

노른은 그렇다고 해도 리랴까지도 내게 정나미를 떼다니.

대체 나는 얼마나… 아니, 자세하게는 안 적혀 있지만, 미리스에서 보낸 자객을 고려했을 가능성도 있다. 응, 그래, 응.

뭐, 앞으로라도 가족에게는 잘 대해 줘야지.

응, 오늘은 분명히 노른이 돌아오는 날이었지. 그럼 가끔은 다 함께 외식이라도 하러 갈까. 가족 서비스는 언제 해도 좋고.

"오빠. 점심 다 됐어. 같이 먹자!"

그때 뒤에서 아이샤의 목소리가 들렸다. 의자에서 일어나서 문을 열어 보자, 메이드복을 입은 활발한 여동생이 서 있었다. 요리의 맛을 본 걸까, 입가에 소스가 조금 묻어 있었다.

"너, 입에 소스 묻었어."

나는 손수건을 꺼내어 입가를 닦아 주었다.

"우음, 고마워."

아이샤는 헤죽 웃었다.

이 녀석은 내가 한없이 망가진 뒤에도 돌아와서 돌봐 주는 모양이다. 노인은 아이샤에 대해 말하지 않았지만, 유일한 가족이니까 분명 마음의 버팀목이 되었겠지.

"아이샤, 너는 뭐 갖고 싶은 거 없어?"

"어? 왜 또 갑자기?"

"항상 열심히 하는 너한테 뭐 상이라도 줄까 해서."

"어어, 저기, 나만 받으면 노른 언니한테 미안해…. 하지만 저번에 예쁜 머리핀을 봤는데. 힐끔힐끔."

힐끔힐끔이라고 말하지 마. 누구 흉내 내는 건데. 아마도 나겠지만.

"알았어. 다음에 사러 갈까. 노른에게는 비밀이야."

"어?!"

아이샤는 과장스럽게 몸을 틀며 놀란 포즈를 하였다.

"뭐야, 정말로 왜 그래, 오빠? 무슨 목적이야? 헛! 혹시 내 몸이 목적인가! 오늘 밤에 몸을 깨끗이 하고 침실로 가는 게 좋을까요, 주인님! 흐흥!"

"그래, 그래, 일단 밥 먹자. 식겠다."

"예~"

그런 대화를 하며 나는 식당으로 이동했다.

록시와 노른은 없지만, 가족이 함께 먹는 식사가 꽤나 맛있게 느껴졌다.

오늘은 평소보다 맛있다고 말하자, 리랴가 살며시 미소를 지었다.

점심식사 후에 또 일기를 읽었다.

미래의 나는 전세계를 여행하면서 인신이 있는 곳으로 갈 방법을 찾고 있었다.

도중에 여러 녀석과 만났는데도 정보가 없어서 놀랐다.

인신에 대한 정보는 오래 산 녀석이 알 확률이 높다. 그런 법칙을 깨달은 뒤로 장수하는 녀석을 중심으로 찾았다.

그리고 더욱더 마술을 단련하고 개발하면서 조금씩 강해졌다.

중력을 조종하는 마술, 전기를 다루는 마술, 소리를 다루는 마술. 치유 마술도 성급까지 습득하였다. 마술은 만능이고, 감각만 알면 뭐든지 할 수 있다는 결론이었다. 구체적인 방법에 대해서는 전혀 기록되지 않았지만. 또 쥐가 마석병을 옮긴다는 것이나 실피의 죽음이 인신의 짓일 가능성에 대해서도 적혀 있었다.

언뜻 봐선 순조롭다.

하지만 그 이상의 정보는 전혀 들어오지 않아서, 미래의 나는 조금씩 마음이 거칠어졌다.

당시의 나는 그리 양심적인 인물이 아니었던 모양이다.

가는 곳마다 곧잘 소동을 일으키고, 피라미에게 승리해서 상대를 깔보며 얕보았다.

마음 가는 대로 행동하고, 길가의 여자를 강간하기도 했다.

이미 나이도 충분히 먹었을 텐데… 이렇게 되고 싶지 않다.

그리고 빈번하게 에리스가 나왔다. 전 세계를 여행하는 내게 에리스가 몇 번이나 접촉했던 모양이다.

에리스는 강해서 나는 몇 번이나 패배를 맛보았다.

글에서는 읽어낼 수 없지만, 에리스는 쓰레기가 된 나를 바로잡아 주려고 했을지도 모른다. 하지만 나는 훼방꾼인 에리스를 인신의 부하라고 착각하기 시작했다.

에리스가 방해하는 건 인신에게 안 좋은 일이기 때문이라고 낙인을 찍었다.

인신이 에리스를 조종하는 게 틀림없다고.

계속 읽어 보니 나는 차츰 에리스를 증오하게 되었다.

아무런 확증도 없는 이야기를, 가정만으로 단정 짓고. 호의를 거꾸로 받아들이고.

그리고 에리스는 차츰 내게 이길 수 없게 된 모양이다. 내가 강해진 걸까, 연령적인 의미로 에리스가 시든 걸까. 글에서는 알 수 없다.

마지막으로 그때가 왔다.

에리스가 울고 있었다.

우는 에리스를 보는 게 얼마 만일까.

지나친 걸지도 모른다. 어쩌면 녀석은 인신과 관계없는 것일까?

아니, 하지만 그렇다면 실피가 죽은 뒤로 지금까지 계속 나를 방해한 것을 설명할 수 없다. 게다가 질문하는 도중에도 몇 번이나 입을 다물었다.

뭔가를 알고 있다. 뭔가를.

에리스가 도망쳤다.

수갑에는 이빨 자국이 남아 있었다. 녀석의 이빨은 강철로 되었나?!

제길.

내일은 아토페를 만난다.

뇌까지 근육으로 된 녀석이 뭘 알 것 같진 않지만, 불사마족은 장수하는 만큼 인신에 대해 알 확률이 높다. 반쯤 죽여놓더라도 들어야지.

에리스가 죽었다.

길레느가 날 나무랐다. 무슨 소린지 모르겠다.

어제 일을 정리해 보겠다.

나는 아토페와 싸우게 되었다. 아토페와 아토페 친위대 전원을 상대로 한 싸움이었다.

나는 충분히 가능하다고 생각했는데, 역시 무어가 방해했다. 완전히 방심하고 있었다. 무어란 남자가 엄청난 마술을 쓰는 것은 알고 있었지만, 아토페에게만 정신을 빼앗긴 탓이다.

나는 궁지에 몰렸고, 그때 에리스가 뛰어들었다. 그리고 나를 감싸고 죽었다.

이유는 길레느가 가르쳐 주었다. 재회한 그날부터 지금에 이르기까지 모두.

에리스는 내 곁에 있고 싶었을 뿐이었다. 나는 그녀를 계속, 계속 오해하고 있었다. 녀석은 계속 나를 좋아했다.

오직 그 이유만으로 나를 따라왔다.

거짓말 같다.

이 부분은 별로 자세히 적히지 않았지만, 그 노인에게 들은 이야기와 같겠지.

…역시 에리스와도 결혼해야 할까. 그녀는 뭐랄까, 보상을 받아야 한다는 생각도 든다. 하지만 그걸 위해선 용기가 필요하군. 일단 실피에게는 사전에 그렇게 될지도 모른다는 운을 띄웠지만….

아니, 아무튼 의논해야만 하겠지. 편지를 보내는 건 그 다음이다.

그 이야기는 오늘 밤에 록시가 돌아왔을 때에 하기로 하고 계속 읽자.

여기서부터는 또 한동안 의미 있는 이야기가 없었다. 어디어디로 이동했다, 어디어디서 누구와 만났다, 누구와 싸웠다. 그런 내용이 담담히 기록되었을 뿐이다.

싸운 상대 중에는 수제나 북제 같은 강자가 섞여 있었다.

다만 상대를 쓰러뜨린 것 자체는 아무래도 좋은 모양인지 자세히 적혀 있지 않았다. 'ㅇㅇ를 죽였다. 이 녀석도 인신을 몰랐다.'라는 문장이 있을 뿐.

그리고 또 세월이 흘렀다.

다음 장문은 분명히 종이질이 다른 부분에 적혀 있었다.

자노바가 죽었다.

나도 모르는 사이에 신전기사단이 라노아 왕국 안에 들어왔던 것이다.

내가 달려갔을 때에는 전부 늦었다. 저택은 불타고, 자노바는 지하실 문 앞에서 시커멓게 타 버렸고, 진저와 줄리, 그리고 자노바에게 부탁했던 아이샤는 그 뒤에서 칼을 맞은 시체로 발견되었다.

나는 라노아 왕국 안에 잊던 신전기사단을 몰살했다.

하지만 그 녀석들을 죽인다고 해도 의미는 없다.

자노바는 나를 위해 계속 애써 주었는데, 왜 나는 그 녀석이 위기에 처했을 때

곁에 있어 줄 수 없었을까. 무엇을 위해 이런 힘을 가진 걸까.

나는 무력하다.

결국 모두 죽어 버렸다.

살아남은 것은 나 혼자다. 이제 아무도 없다. 나는 아무도 지킬 수 없었다.

인신 때문이다.

하다못해 인신을 죽여야….

갑자기 무거워졌다.

자노바도, 아이샤도 죽나… 힘들군.

하지만 그렇긴 해도 미래의 나는 가족을 찾지 않았던 걸까.

뭐, 이제 와서 무슨 낯짝으로 루시를 만날 수 있겠냐는 느낌일지도 모르지만.

…아니면 이 일기에 기록되지 않은 곳에서 리랴나 다른 가족들도 죽은 걸까.

노른의 이야기도 나오지 않은 것은… 아니, 그만두자. 적히지 않은 일은 일어나지 않은 일. 그렇게 생각하자. 그렇긴 해도 자노바가 죽은 것은 인신과 관계없는 것 같은데….

이 무렵의 나는 꽤나 시야가 좁아진 상태인지, 그 뒤로 뭔가 정신이 나간 것처럼 인신을 찾기 시작했다. 지금까지보다 더 사납게, 방해하는 것을 전부 죽일 기세로.

그리고 발견했다.

흥분된다.

여기는 베가리트 대륙의 오지. 전인미답이라고 하는 곳에서 어떤 유적을 발견했다.

고대용족의 유적이다. 거기에 남겨진 벽화에 어떤 사실이 기록되어 있었다.

이 세계는 여섯 개로 갈라져 있었다.

용족의 세계. 인간의 세계. 마족의 세계.

수족의 세계. 해족의 세계. 천족의 세계.

이것들은 각각 여섯 개의 면처럼, 즉 주사위 형태로 이어진 모양이다.

그 중심, 주사위의 안쪽이 무의 세계다. 어느 면에서 다른 면으로 이동하려고 하면, 무의 세계를 통과해야만 한다. 하지만 무의 세계는 어떤 특수한 방법을 쓰지 않으면 통과할 수 없다. 그 뒤로는 부스러져서 읽을 수 없었지만, 마지막에 이렇게 기록되어 있었다.

'인신은, 무의 세계의 중심에 있다.'

간신히 찾았다.

한동안 이 땅에 머물며 여기에 기록된 것을 연구할까 한다.

벽화에는 무의 세계의 중심에 이르기 위한 시행착오의 역사가 기록되어 있었다.

소환술이나 전이 마술 같은 것은 무의 세계를 통하며 다른 세계에 이르는 마술에서 파생된 것인 모양이다. 역시 그 방면으로 연구를 진행해야 했을까.

이 유적에 있는 것을 다 조사했다.

아무래도 고대용족은 무의 세계의 중심에 이르기 위한 것을 만들어 내려고 했던 모양이다.

하지만 그게 무엇인지는 모르겠다. 그 부분의 벽화가 망가졌다. 소환이나 전이 마술에 관한 것이란 사실은 틀림없다.

내 지식량으로는 이 벽화에 기록되었을 소환 마술을 재현할 수 없다.

소환이라면 페르기우스다. 녀석은 소환술에 능통하다.

녀석에게 물으면 혹시 뭔가 알지도 모른다.

페르기우스는 아무것도 몰랐다.

녀석은 애초에 인신이 뭔지도 몰랐다. 라플라스가 인신이라는 단어를 듣고 격노했다는 정보밖에 몰랐다.

이걸로 원점으로 돌아갔다.

라플라스는 인신을 아는 모양이지만, 이미 이 세상에 없다…. 혹시 올스테드라면 뭔가 알까.

올스테드의 정보는 기막힐 만큼 없다. 찾아도 만날 수 있을 것 같지 않다.

역시 전이 마술을 연구해야 했을까. 그렇다고 해도 수십 년 동안 계속 싸운 탓인지 몸의 움직임이 둔해졌다. 나도 슬슬 한계일지 모른다.

아니, 몸이 움직이는 동안에 다른 고대용족의 유적을 찾아보자.

이 세계는 주사위고, 그 안의 텅 빈 부분이 무의 세계. 그리고 인신은 말 그대로 세계의 중심에 있다. 그래, 전이 마술의 그 지하로 빨려드는 듯한 감각. 그건 그야말로 지하, 무의 세계를 통과한 것이다. 지하라고 하지만 당연하게도 지면을 파고 들어간다고 무의 세계로 도달할 수는 없겠지.

자, 다음 페이지는 또 세월이 흘렀군.

빠진 데가 많은 일기다.

두 번째 고대용족의 유적을 발견했다.

마대륙의 산속이다. 고대용족은 왜 이렇게 알기 어렵고 위험한 장소에 유적을 만들었을까.

이 주변에는 위험한 마물뿐이다. 아… 그러고 보면 페르기우스의 공중성채도 유적에 포함될 수 있을까.

뭐, 됐어. 내일부터 유적을 공략한다.

수확이 있었다.

몇 년 전에 발견한 벽화의 완전판을 발견하였다.

거기에는 무의 세계의 중심에 이르는 방법, 망가졌던 부분이 그려져 있었다.

고대용족이 만들어 낸 다섯 개의 비보, 이것들을 사용하면 무의 세계로 갈 수 있다.

…간신히, 간신히, 나는 인신에게 도달할 수 있을 것 같다.

하지만 나도 이미 환갑을 넘었다. 몸은 엉망이다. 늦지 않을 수 있을까.

페르기우스에게 돌아가자 어떤 사실이 판명되었다.

고대용족이 만들어 낸 다섯 개의 비보. 이것들은 오룡장이 하나씩 가졌고, 다른 세계로 가는 문은 용신의 비술로만 열 수 있다고 한다.

하지만 이미 오룡장 중 한 명은 사망했다.

그가 가졌던 비보는 행방불명. 오룡장 중 마지막 한 명도 행방불명.

페르기우스의 말로는 마지막 한 명은 앞으로 수십 년 내로 모습을 보인다는 모양이다.

의미심장한 녀석의 말에 뭔가 걸리는 것을 느꼈지만, 떠오르지 않았다.

최근 기억을 제대로 떠올릴 수 없게 되었다. 페르기우스는 아직 뭔가 숨기고 있을까. 짜증이 난다. 하지만 페르기우스는 즐거웠을 무렵의 추억담을 나눌 수 있는 유일한 상대다.

죽이고 싶지 않다.

페르기우스는 올스테드라면 혹시 비술에 대해 알지도 모른다고 말했지만… 어디에 있는지 짐작도 가지 않는다.

마지막 한 명이 모습을 보일 때까지 수십 년.

그것만 해도 절망적이다. 아마도 나는 그때까지 살아 있을 수 없다. 몸은 이미 한계에 가깝다. 수명이 얼마 남지 않았다는 것을 느낀다. 어쩌면 좋지…. 이제 시간이 없다.

오룡장의 비보를 손에 넣을 수 없다.

비보든 비술이든, 내가 만들 수도 없다. 원리를 전혀 알 수 없다.

나는 무의 세계에 갈 수 없다.

이제 지쳤다.

나는 그저 혼자일 뿐. 아무리 애써도 갈 수 없다. 대체 누굴 위해서 이러는 걸까. 인신에 대한 원한도 흐려지는 것 같다.

지쳤다. 그저 지쳤다.

체념 같은 것이 강하게 느껴졌다.

페이지도 거의 끝에 가까워졌다. 그렇다면 여기까지 해서 약 50년인가.

아무런 성과도 올리지 못하고, 그저 계속 발버둥 쳐서, 도달할 수 없다는 결과. 내가 아니더라도 지쳐서 아무 생각이 들지 않겠지.

아니, 지금의 나라면 더 이른 단계에서 포기했을지도 모른다.

연구 노트와는 별도로 여기에도 기록해둘까 한다.

전이 마술의 연구 중에 어떤 가설을 세웠다.

'소환 마술'과 용족의 유적에 있던 벽화의 마술.

이 두 개의 수순을 바꾸어 쓰면 과거로 전이할 수 있을지도 모른다.

하지만 이론상 수십 초 정도 과거로 전이하는 것만으로도 막대한 마력이 필요할 것이다.

연 단위로 날아가면 마력이 얼마나 필요할까.

과거로 가기로 했다.

내 손에는 일기장이 있다. 일기를 기점으로 쓰면 이 일기를 쓴 순간까지 돌아갈 수 있을지도 모른다. 내가 인신에게 속아서 쥐를 풀어 주고, 록시를 죽였던 그때로. 갈 수 있을지는 알 수 없다.

과거로 가는 전이는 무슨 일이 일어날지 모른다.

타임 패러독스라는 것은 나도 알고 있다.

불안한 것은 많다.

타임슬립이 될지 타임리프가 될지. 가령 타임슬립했다고 해도 전해야 할 것은 무엇일까. 마석병과 에리스에 대한 것, 그리고 인신에 대한 것.

전해야 할 것을 다 전할 수 있을까.

과거의 나는 미래에서 온 내 말을 믿을까.

타임리프가 되면 나는 실피나 록시를 무슨 얼굴로 대해야 할까.

한 번 보고 싶다. 또 만나고 싶다. 미안하다고 말하고 싶다.

하지만 행복하던 때의 내 의식을 지금의 내가 빼앗는다고 생각하면….

이런 점은 더 실험을 해야 할까.

타임 패러독스로 무슨 일이 일어날지 모르는 이상, 너무 실험을 해선 안 될 것 같다.

가령 며칠 전으로 돌아갔다고 해도 의식만 과거로 돌아가고, 기억은 이 세계에 남기고 갈 가능성도 있다.

의미 없는 루프를 거듭하면서 죽지도 못하고 이 세계를 살아갈 가능성이다….

그거라면 하다못해 실피나 록시에게 한 번만이라도….

아니, 됐어.

어려운 생각은 그만두자. 이제 아무것도 남지 않았다. 나는 아무것도 이룰 수 없었다. 한심한 남자다. 설령 실패해서 그 바람에 무슨 일이 일어나더라도 알 바 아니다. 될 대로 되라.

하지만 혹시 성공한다면.

인신에게 한 방 먹여줄 수 있을지도 모른다.

마지막 페이지를 다 읽고 읽기를 덮었다.

눈앞에는 표지와 마찬가지로 흠집투성이인 뒤표지. 하지만 모두 읽은 지금, 그 흠집이야말로 이 일기를 오랫동안 써 왔다는 뚜렷한 증거처럼 생각되었다.

미래의 나는 마지막 일기를 쓴 직후에 내게로 날아왔겠지.

그리고 그 직후에 마력이 부족했던 것을 깨달았겠지.

전이 마술로 과거로 날아간다는 이론은 잘 모르겠다. 이걸 읽은 바로는 더 잘게 끊어서 타임슬립했으면 마력부족도 일어나는 일이 없지 않았을까.

그걸 생각할 수 없을 정도로 노쇠했던 걸까.

아니, 그게 아니다. 이 무렵의 나는 분명 스스로의 마력 총량에 절대적인 자신을 가지고 있었다.

부족할 거라곤 생각도 하지 않았겠지.

어찌 되었든 일기만 가지고는 전부 다 알 수 없을 것 같다. 내가 연구했던 것이 반드시 옳다고만 할 수 없고. 특히나 벽화 관련으로는 수상쩍다.

그러고 보면 페르기우스의 성 지하에도 벽화가 있었지. 그 것도 고대용족이 만든 것의 일부일까. 뭐, 그건 소환과 관계없을 것 같았지만… 말하자면 세계 각지에 그런 느낌의 벽화가 있겠지.

아무튼 알고 싶은 건 대충 알았다.

나는 이렇게 되지 않도록 행동해야만 한다.

"다녀왔습니다."

그렇게 생각했을 때 현관에서 록시의 목소리가 들렸다.

일단 할 수 있는 일. 우선은 오늘밤에 실피와 록시에게 의논
하자.

에리스 문제도, 앞날 문제도.

제3화   각오

★ 실피에트 시점 ★

최근 루디의 낌새가 이상하다.

하루 종일 서재에 틀어박혀 있고, 나왔다 싶더니 안색이 창
백했다.

대체 뭘 하는 걸까. 걱정되지만 물어봐도 대답해 주지 않는
다. 어제도 적당히 둘러대더니 침대로 데려갔다. 무슨 고민이
있는 거겠지만… 걱정된다.

그 이야기를 록시에게도 해 보았더니,

"실피도 눈치챘습니까… 루디는 힘들어도 좀처럼 말하지 않
으니까요…. 여차할 때에는 힘이 되어 주죠."

라면서 역시나 걱정하는 눈치였다.

너무 오래 계속되거든 내가 좀 억지로라도 캐묻는 게 낫겠

다.

그렇게 생각하는데 저녁식사 후에 루디가 다소 거북한 눈치로 부탁을 했다.

"아, 실피 씨, 록시 씨. 오늘 밤에 내 방에 좀 와 줄 수 있을까?"

이상한 어조였다. 루디는 나와 록시를 동시에 안을 때 대개 이런 느낌이다.

켕길 일도 아니니까 당당히 굴면 될 텐데. 왜 그리 조심스러워 하는 걸까.

아무튼 불렀으니까 나와 록시는 준비를 했다.

둘이서 같이 목욕하며 서로 씻겨 주고, 이럴 때를 위해 준비했던 향수를 뿌렸다. 속옷은 저번에 산 것을. 잠옷은 노출이 많은 것보다 부드럽고 소매가 있는 것을 루디가 좋아하는 모양이니까 그걸 골라서 입었다.

일단 앞쪽의 단추를 두 개 끌러서 가슴께를 드러내 볼까.

가슴이 없어서 별로 매력적이지 않을지도 모르지만… 하지만 조금이라도 귀여워 보이고 싶어. 아니, 너무 저속해 보이지 않을까…. 아니, 루디는 그런 생각 안 해, 괜찮아, 괜찮아.

저번에도 가슴의 단추를 끌렀더니 뒤에서 안을 엿보려고 했고.

그러는 게 뻔히 다 보이는데도 즐거워하는 눈치길래 그냥 내버려두었더니, 나중에 침대로 날 데려갔지만.

록시는 평소처럼 원피스 잠옷이다. 속옷은 입지 않은 모양이다. 그녀도 제법이네….

아무튼 둘 다 준비 오케이. 기합을 넣고 침실로 향했다.

"……."

루디는 침실에서 의자에 앉아 기다리고 있었다.

나와 록시는 침대에 나란히 앉았다.

내가 오른쪽, 록시가 왼쪽. 딱히 정하진 않았지만 항상 그런 느낌이다.

평소라면 루디가 우리 사이에 실실 풀어진 웃음과 함께 끼어드는데….

그 날은 조금 분위기가 달랐다.

다소 진지한 얼굴로 의자에 앉아 있었다.

루디는 말을 고르듯이 '어어' 소리를 낸 뒤에 록시 쪽을 보았다.

"어어, 록시."

"예?"

"학교에서 노른은 좀 어떤가?"

어떤가? 누구 흉내일까. 록시도 쓴웃음을 지었다.

"…어떻고 말고, 지난번에 노른 본인에게 듣지 않았나요?"

"자네의 솔직한 의견을 듣고 싶군."

루디의 어조가 이상해서 조금 웃어 버렸다.

"하아…. 그렇군요. 공부도 검술도 보통 정도 성적이지만,

학생회 활동은 열심히 하고 있습니다. 특히나 선도 활동에서는 제법 대단하다고 생각합니다. 마법대학에는 불량한 학생이 많습니다만, 그녀가 주의를 주면 다들 말을 따릅니다. 루디의 여동생이란 점도 있겠지만, 다른 상급생들에게도 호감을 산 것이 클까요. 그녀에게 싸움을 거는 이는 없습니다. 친구도 많은 모양이고, 루디가 걱정할 일은 없지 않을까요."

"그렇군요, 고맙습니다."

응, 노른은 열심히 하고 있다. 학생회 멤버에게 들어보기론 그만큼 노력하는 사람은 그리 없다는 모양이다.

나는 언니다운 일을 전혀 못 했는데….

"록시 쪽은 어떻습니까?"

"어떻다는 말은?"

"최근 뭐 걱정거리 없습니까? 예, 예를 들자면 자주 배가 고파서 군것질을 한다든가."

"최근에는 루디가 반찬을 주니까 오히려 살찌지 않을까 걱정입니다."

"학교생활 쪽은?"

"…학교생활은 평범합니다. 가끔 키가 작다고 놀림받거나 수업을 제대로 안 듣는 학생도 있습니다만."

"뭐라고요! 어디의 어느 녀석입니까! 록시의 수업을 제대로 안 듣는 괘씸한 놈! 내가 교육해서 예스와 하이와 부바와 짜앙 소리밖에 못 하게* 만들어 버릴까요?!"

"예?! 괘, 괜찮습니다, 이건 교사의 시련 같은 거니까요….
하지만 고맙습니다."

록시는 조금 얼떨떨한 얼굴로 고개를 숙였다. 하지만 부끄러
운지 머리카락을 만지작거렸다.

좋겠다. 루디에게 존경을 받다니, 부럽다.

"일단 또 한 가지, 마음에 걸리는 것도 있습니다만…."

"자세히 말씀해 주세요."

"그쪽은 확정된 뒤에 보고할까 합니다."

"……기대하며 기다리겠습니다."

아, 왠지 지금 록시가 하려던 말이 뭔지 알겠다. 그러고 보니
최근 몸이 좀 이상하다고 그랬고… 축하를 준비하는 편이 좋을
까? 아니, 아직 성급할까? 확정된 것도 아니고.

"실피."

"왜? 루디."

내 이름을 부르는 소리에 애써서 귀엽게 보이도록 고개를 갸
웃거렸다.

루디의 시선이 내 목 아래쪽으로 향했다. 좋아, 좋아, 작전
성공.

"최근, 어어… 루시는 어떤가?"

"루시는 루디도 자주 보잖아? 건강한데?"

※하이와 바부와 짜앙 소리밖에 못 하게 : 〈사자에 상〉에 등장하는 캐릭터 이쿠라는 1살짜리 아
이이기 때문에 저 말밖에 하지 못한다.

"천상천하유아독존이라고 소리치지 않고?"

"천상… 그게 뭐야? 아, 하지만 슬슬 기어다니기 시작할지도."

"호오."

리랴 씨 덕분에 육아는 순조롭다.

아리엘 님은, 아이는 시녀가 키우는 거니까 어머니는 가급적 개입하지 않는 게 낫다고 말씀하시지만, 할머니는 최대한 자기 손으로 귀여워해 주라고 말했다.

내 생각은 할머니 쪽에 가깝고, 루디도 내가 루시를 키웠으면 하는 눈치니까 열심히 해 볼 생각이다.

"실피는 최근 뭔가 걱정거리 있습니까?"

"없어. 구태여 말하자면 남편이 뭔가 숨기고 있다는 정도일까."

순간적으로 말해 버렸다. 지금 그건 다소 안 좋았을까.

"으, 응, 미안해."

루디는 안절부절못하는 얼굴로 시선을 돌렸다.

역시 뭔가 있구나. 말해 주지 않는 걸까….

루디의 시선이 곧바로 되돌아왔다.

힘 있는 눈동자. 이런 눈을 할 때의 루디는 최고로 멋지다.

"오늘 두 사람에게 와 달라고 한 건 다름 아니라 그 문제입니다."

나는 자세를 가다듬고 가슴의 단추를 채웠다.

록시도 당황하면서 등을 쭉 폈다.

"그렇긴 해도 어디서부터 말하면 좋을지 모르겠는데⋯ 나는 어제 어떤 인물과 만났습니다."

"어떤 인물?"

"글쎄요. 미래를 예지하는 능력을 가진 신의 아이⋯라는 느낌의 사람입니다."

그 뒤로 루디가 한 말은 우리로서도 충분히 위기감을 느낄 만한 것이었다.

루디와 우리 가족을 노리는 녀석이 있다는 이야기.

그녀석 때문에 앞으로 우리 가족에게 불행한 일이 일어날지도 모른다는 이야기.

가족을 지키기 위해 루디는 앞으로 부쩍 이상한 행동을 할지도 모른다는 이야기.

솔직히 기우 아닌가 싶은 면도 있었다.

하지만 루디는 뭔가 확신을 품고 말하고 있었다. 분명 이렇게 설명하면서도 우리에게 알려야 할 정보와 감추어야 할 정보를 생각하고 있다.

그 점이 좀 답답하지만.

하지만 무슨 일이 생긴 뒤라면 늦는다는 루디의 생각은 이해할 수 있다.

"그래⋯. 그래서 우리가 도울 수 있는 일은?"

"없는 건 아니지만, 나로서는 최대한 위험한 일에 엮이지 않게 하고 싶어."

또인가. 최근 루디는 그런 소리를 할 때가 많다. 언제부터일까…. 파울로 씨가 돌아가신 무렵부터일까. 우리를 소중히 여겨 주는 건 알지만, 너무 과보호 아닐까.

나도 이제 아무것도 못 하는 어린애가 아니고….

"하지만 우리가 없는 곳에서 루디가 위험과 싸우는 거잖아?"

"아직 뭐라고 할 수 없지만, 그렇게 될까?"

"그건 좀 싫어…."

아토페와 싸웠을 때도 루디는 아주 힘들어했다. 루디는 강하지만, 싸움 자체를 좋아하지 않는다. 그런데 여러 곳을 뛰어다니고 싸우고 죽을 뻔하고…. 내 역할은 그런 루디를 기다리고 위로하고 기운 내게 해 줄 뿐인 건 싫다.

하다못해 따라가고 싶다. 뭔가 해 줄 수 있을지도 모르고.

하지만 걸림돌이 될지도 모르고…. 으음.

"알겠습니다."

그렇게 말한 것은 록시였다. 그녀는 머리카락을 만지작거리면서 루디의 눈을 보고 미소 지었다.

"루디가 없는 동안은 제가 노른과 아이샤를 지키겠습니다."

힘주어 그렇게 말했다. 그것이 자기 역할이라고 말하듯이.

"록시는 괜찮아?"

록시는 따라가고 싶지 않은 걸까 싶어서 물어보자, 고개를 끄덕였다.

"루디는 자기보다 가족이 불행해지는 것을 슬퍼할 테니까요."

"…하지만."

그러고 보면 록시는 파울로 씨가 죽었을 때 루디의 곁에 있었다.

그때의 루디가 얼마나 힘을 잃었는지는 이야기만으로 알기 어렵지만, 지금까지 루디의 그런 모습은 없었을 정도였다고 하니까 상당히 심각했겠지.

나와의 약속을 깰 정도로… 아, 난 정말 못된 여자구나. 그만두자.

루디는 분명히 내게 돌아와 주었다. 그거면 됐어.

"실피. 저도 물론 루디가 위험한 일에 뛰어드는 것을 그냥 보고 있을 생각은 아닙니다."

무슨 의미지? 록시는 집에 있잖아?

"우리가 보기에 도움이 필요하다 싶으면, 그때는 우리의 판단으로 루디를 도우면 되지 않습니까?"

아, 그렇구나. 잘 생각해 보니 그렇다. 루디를 돕는 데에 루디의 허가는 필요 없어. 멋대로 도와도 되는 거야. 그 결과 루디를 구할 수 있으면 그걸로 된다.

"…그렇구나. 응, 알았어."

루디는 그런 록시의 말에 쓴웃음을 짓고 있었다.

덮어놓고 꾸짖는 게 아니라, 든든한 사람을 보는 눈으로 보고 있었다.

"루디는 뒤를 돌아보지 말고 마음껏 원하는 일을 하세요. 뒤는 우리가 지킬 테니까요."

록시는 그렇게 말하며 미소 지었다.

"그럼 내가 틀렸다 싶을 때는 부탁합니다."

루디는 안도한 것처럼 미소를 돌려주었다. 기분 탓인지 루디의 눈이 반짝반짝 빛났다.

대단하네. 이런 말을 할 수 있으니까 록시는 루디에게 존경받는구나.

어찌 되었든 루디가 안심하고 뭔가 할 수 있다면 그게 제일이야. 루디가 힘들어하거든 내 판단으로 도와주자.

아아, 좋다. 그런 입장을 동경했을지도. 여차할 때에 도움이되는, 평소에는 정숙한 아내.

"그리고 또 하나 있습니다만."

내가 그런 마음가짐으로 주먹을 쥐었을 때 루디가 차분하게 말했다.

방금 전과 다소 분위기가 다르다.

아까도 말하기 껄끄러워하는 분위기였지만 그건 말을 고른다는 느낌이었고, 지금은 화제 그 자체를 피하고 싶어 하는 느낌의 어조였다.

"……이쪽은 뭐라고 하면 좋을까."

"심각한 문제입니까?"

록시가 조심스럽게 물꼬를 틀자, 루디는 크게 고개를 끄덕였다.

"두 사람에게는 아주 말하기 힘든 문제입니다."

"⋯⋯."

뭘까. 불안하다. 최근 루디의 분위기와 관계가 있는 걸까.

어쩌면 지금 해독 마술로는 고칠 수 없는 병에 걸렸다든가.

"확정은 아닙니다만, 어쩌면 한 명 더 늘어날지도 모르겠습니다."

"⋯⋯."

음, 한 명 더 늘어난다는 건 여자 말이구나. 그런 이야기지?

아니, 전에도 그런 이야기는 있었고, 나도 늘리지 말라고 부탁하지 않았으니까 괜찮지만.

하지만 누구든 기쁘게 맞아들일 수 있냐고 한다면 역시 복잡하네.

"누구? 나나호시?"

나는 애써 냉정하게 그렇게 말했다. 화내지 않을 생각이었고, 거기에는 성공한 것 같다.

하지만 나나호시는 왠지 아닐 것 같은데. 그녀는 그리 루디를 좋아하지 않는다고 할까. 루디를 향한 감정은 애정이 아니라 감사라고 할까. 루디가 안게 해달라고 다그치면 거부하지 않겠지만, 그건 거부하지 않을 뿐이지 환영하는 건 아니고⋯ 으음.

"나나호시가 아닙니다."

루디는 부정했다.

하지만 루디의 눈썹 끝이 축 늘어져 있었다. 아주 미안해하는 얼굴이다.

"에리스라는 사람입니다."

"에리스⋯."

에리스. 누구였더라. 어디서 들은 적이 있는 것 같은데, 마법학교에 있는 사람은 아니야.

"분명히 루디가 피트아령에서 가정교사를 맡았을 때의 학생이었던 분이군요?"

록시가 바로 도와주듯이 대답했기에 기억났다.

"⋯그 사람, 루디가 병에 걸린 원인이잖아."

"음, 뭐, 그렇게 되나."

루디는 이미 나와 재회했을 무렵의 일을 잊어버렸을까.

당시에는 몰랐지만, 나와 결혼한 뒤의 루디의 변모를 보면 그것이 이른바 남자로서의 자신감을 잃었기 때문이라는 것은 왠지 모르게 알겠다. 나는 여자라서 실감할 수 없지만, 틀림없이 괴로웠겠지.

나도 처음에는 쇼크였으니까.

"루디는 그렇게 괴로워했으면서도, 아직도 그 사람을 좋아해?"

"지금은 실피를 좋아합니다."

눈을 바라보면서 똑바로 대답하는 루디.

부끄럽다. 역시 루디는 멋져. 소리치면서 데굴데굴 구르고 싶어진다.

지금은 없지만, 리니아와 푸르세나에게 자랑하고 싶어진다.

아니, 지금은 에리스라는 사람 이야기를 하고 있지. 이런 걸론 안 넘어가.

"그럼 그 사람이 루디를 버렸는데, 미련이 있어서 관계를 회복하고 싶어 한단 이야기?"

"아니, 버렸다는 건 내 착각이고, 미련이고 뭐고 그녀는 마음이 변하지 않았던 거라서."

"…하지만 루디는 힘들어했잖아."

"그건 뭐…."

세 번째 아내를 맞는 것, 그 자체는 좋다.

내 안에서도 마음의 정리는 되었다. 그야 물론 나 혼자서 루디를 독점하고 싶다는 마음은 있다. 하지만 루디는 미리스 교도가 아니고, 애초에 나 혼자서 루디를 떠받칠 수 없다는 것은 나도 잘 알고 있다.

루디가 특별하다고 생각하는 사람, 그 사람도 루디를 특별하게 생각한다면 나는 반대하지 않는다. 그렇게 결심했다.

하지만 루디가 그렇게 된 원인이 되었던 사람을…이라면 복잡하다.

"나는 그 무렵의 살벌하던 루디, 잘 기억하고 있으니까."

"그 무렵의 나라면 에리스를 용서할 수 없다고 할까, 만나는 것도 두려워했겠지."

지금은 아닌 걸까. 아까 말했던 미래 예지의 신의 아이와 관계가 있는 걸까. 그 사람에게 그런 예언을 들었다든가.

으음, 하지만 그건 뭔가 아닌 것 같은데.

뭐, 나도 '장래는 루데우스라는 남자와 결혼해서 자식을 다섯 명 정도 낳게 됩니다'라는 소리를 들으면 기대하게 되지만. 이런 건 본인들의 마음도 중요하고.

루디가 좋아하지도 않는 사람과 결혼하는 건 글쎄.

"실피가 그렇게 싫어한다면 아내로 삼는 건 그만두겠지만. 그래도 아무튼 이야기는 해야만 해."

루디는 그렇게 말하더니, 자기 말에서 뭔가 깨달은 듯한 표정을 지었다. 뭐지?

"하지만 에리스는, 나를 위해서, 지금까지 계속, 검의 성지에서 수행했던 모양이야."

"……"

"그리고 돌아왔는데 내게 거절당하면 가엾잖아?"

"분명히 그럴지도 모르지만."

계속 노력했는데 거절당한다. 그 두려움은 왠지 모르게 안다. 나도 루디를 쫓아가려고 부에나 마을에서 노력했으니까.

"딱히 싫은 건 아니지만…."

혹시 전이사건이 일어나지 않아서, 루디가 부에나 마을에 돌아오지 않아서,

무슨 일인가 싶어서 찾아가 봤더니 다른 여자랑 결혼했다…

라고 한다면.

엄청 쇼크겠지…. '

"하지만 만난 것도 아니고…."

그래, 아직 만난 것도 아니야. 지금까지 루디에게 그런 짓을 했으니까 못된 녀석이라고 생각했지만. 하지만 그게 착각이라면 계속 루디를 좋아한 거고, 루디를 그런 식으로 대할 생각은 없었다는 거고.

"저기."

그런 생각을 하는데 록시가 입을 열었다.

"그것도 실제로 에리스 씨를 만난 뒤에 정하면 될 일 아닐까요."

"록시?"

"루디도 자기 마음이 굳어지지 않은 모양이고, 재회해 보지 않으면 모를 것도 많겠죠."

록시는 어떻게 생각하는 걸까.

세 번째 아내가 생기는 것 자체는 별로 반대하지 않는다고 전에 말했는데.

"실피도 전에 말하지 않았습니까."

"?"

어라? 내가 뭐라고 했나?

"'그때는 꼭 내 앞에 데려와'라고."

아, 그랬다. 말했어. 분명히 말했다.

"에리스라는 분을 데려와 주세요. 그리고 대화를 나누고, 도저히 안 되겠거든 그때는… 저도 반대하지요."

그래. 이것도 아까 이야기랑 같다. 아직 예정이다.

역시 록시는 생각이 깊구나.

루디의 아내로서 나보다 더 든든한 느낌이야.

"물론 이 점은 우리만이 아니라 다른 분들과도 이야기해 봐야 하겠습니다만… 저로서는 루디의 선택을 존중할 생각입니다."

"고맙습니다."

"앞으로 더 늘어난다고 해도 저를 잊지 않아 준다면 상관없습니다."

"록시를 잊을 리가 없으니까요."

"약속이에요."

"예."

루디의 신뢰도 두텁고, 머리도 좋고… 질투하게 되네.

아니, 나도 노력해서 저렇게 되어야지. 힘내자, 어른스러운 여성이 되는 거야.

"실피도, 저기, 미안해."

"아니, 나야말로 전에 그렇게 잘난 척 말해 놓고서 오늘은 왠지 변명만 해서 미안해."

나와 루디는 서로 고개를 숙였다. 그걸 보고 록시가 가볍게 웃었다.

아리엘 님이나 루크와 있을 때와 조금 다른, 기분 좋은 공간이다.

여기에 또 한 명이라. 어떻게 될까…. 조금 불안하다.

루디를 빼앗아 가지는 않겠지?

★ 루데우스 시점 ★

그 뒤에 우리는 셋이서 나란히 누워서 잤다.

나도 그런 이야기를 한 직후에 상대를 안을 만큼 무신경하지 않다…란 것도 있지만, 뇌리에 에리스의 얼굴이 지나가서 아무래도 마음이 편하지 않았던 것도 있다. 더 이상 마음에 담아두지 않으려고 했는데, 마음속 깊은 곳에 불안 같은 것이 솟구치는 것을 느꼈다.

록시의 말처럼 나 자신이 그녀에 대해 어떤 감정을 가지고 있는지 좀처럼 알 수 없기도 했다. 결국은 남에게 들은 말이고.

어찌 되었든 역시나 에리스와는 확실히 끝을 맺어야만 한다.

하지만 솔직히 그녀와 만나는 것이 무섭다. 일단 틀림없이 얻어맞겠지.

그녀는 더없이 강해진 모양이다. 그런 에리스가 내 옆에 있는 실피와 록시와 만나면 어떻게 될까…. 일기를 보면 에리스가 실피를 공격하는 일은 없었던 모양인데.

일기에 적힌 내용이 옳다고만 할 순 없다. 그때그때의 말이나 대화의 흐름으로 감정은 너무나도 간단히 뒤집힌다.

　불안하다. 나는 이런 상태로 에리스와 만나면 어떻게 될까.

　그런 고민을 하다가 나는 어느 틈에 잠에 빠져들었다.

　꿈에 인신이 나왔다.

　새하얀 공간. 전이 마술을 썼을 때에 사람이 지나가는 공간.

　거기서 나는 평소처럼 전생의 모습으로 서 있었다.

　미래의 내 연구에 따르면 분명히 여기는 무의 세계. 육면체
모양인 세계의, 사차원적인 세계의 중심.

　노인은 말했다. 여기에 이르는 방법은 없다고.

　하지만 현재 이렇게 나는 여기에 서 있다. 이것은 어떤 것을
의미할까.

　모습이 다르다는 것은 의식뿐, 영혼만 여기로 소환되었다는
게 될까.

　"……."

　그리고 인신이 있다.

　그는 평소처럼 히죽거리고… 아니, 웃고 있지 않았다. 그 흐
릿한 온몸에서 기분 나쁜 오라가 피어오르고 있었다.

　"재미없어."

불쾌한 듯이 중얼거렸다.

"꽤 건방진 짓을 했잖아."

이제까지의 표표한 태도에서는 생각할 수 없는, 짜증내는 목소리로.

"미래에서 오다니 반칙이잖아. 대체 뭐야, 모처럼 잘 풀릴 것 같았는데."

그렇게 툴툴거리는 것을 보면 그 노인이 한 말은 사실일까?

너는 나를 속인 거야? 록시와 실피를 죽였어?

그리고 미래의 나는 인신의 뒤통수를 후려갈겼나? 너한테 한 방 먹인 거야?

"사실이냐고? 뒤통수를 갈겼냐고? 한 방 먹였냐고? 글쎄. 과연 어떨까. 미래의 너도 착각하는 게 좀 많은 모양이니까."

놀리는 듯한 어조지만, 그 목소리에는 뜻대로 안 풀린다는 느낌이 담겨 있었다.

나는 마음이 흔들리지 않도록 조심하면서 대화를 계속했다.

"뭐가 '대화를 계속했다'야. 바보 주제에 똑똑한 척이나 하고."

시끄러. 바보라도 머리 정도는 쓴다고.

어디, 그럼 가르쳐 줘. 왜 너는 나한테, 내 가족에게 못된 짓을 하지?

"글쎄. 왜일까. 네 가족을 죽이고 네 반응을 보는 게 재미있어서 아닐까?"

오늘 인신은 뭔가 될 대로 되라는 분위기다.

마치 지금까지 마음대로 진행된 시합이 상대의 멍청한 행동 때문에 망가진 것 같은, 의욕이 사라져서 토라졌을 때 같은, 그런 인상을 받았다.

"그래. 전부 너 때문이야. 네 멍청한 행동 때문이야."

…어이, 가르쳐 줘.

너는 네 목적이 뭐든지 그걸 적극적으로 방해할 생각이 없어.

미래의 나는 말했어. 너한테는 이길 수 없다. 아첨을 떨더라도 적대하진 말라고.

나는 그 말에 따를 거야. 지금까지 너랑은… 뭐, 네 생각대로 네 손바닥 위였을지도 모르지만 잘해 왔어.

나는 이용당하는 쪽이라도 상관없어. 네 끄나풀이 되라고 한다면 그걸 거절할 이유도 없어.

하지만 하다못해 가족에게는 손을 대지 말아 줘.

"꽤나 기특하군."

미래의 나는 몰라도, 지금의 나는 아직 너한테 당한 게 하나도 없으니까.

적어도 내가 아는 범위에서는, 말이지만.

감정이란 것은 중요해. 너는 록시와 그 아이를 죽이려고 했지만 지금으로선 미수고, 미수라면 없었던 일로 하고 흘려버릴 수도 있어.

내가 너를 용서할 수 없어지기 전에 좋은 관계를 쌓고 싶어.

"흐응."

인신은 뭔가 떠오른 건지 분위기를 조금 바꾸어 말했다.

"내 목적이 세계 평화라고 한다면 믿겠어?"

호오, 세계 평화. 그거 훌륭하군. 찬동할 만해. 러브&피스는 내 모토지.

평화로운 세계에서 야한 짓을 하며 사는 건 최고야.

"야한 건 둘째 치고."

어이.

"용신이 있잖아. 올스테드 말이야. 녀석의 최종 목적은 이 세계를 멸하는 거야."

그런가. 그런 식으로는 보이지 않았는데.

"그 녀석은 뒤에서 움직이고 있어. 이 세계는 내가 죽으면 산산이 부서져서 소멸해. 그러니까 올스테드는 나를 죽이려고 획책하고 있지."

네가 무슨 짓을 했으니까 올스테드가 화내는 거 아닌가?

나한테 한 것처럼 가족을 죽였다든가.

"전에도 말했잖아? 나는 그와 접촉할 수 없어. 그러니까 그런 기억은 없어."

뭐, 좋아. 그래서?

"올스테드는 강하지만 혼자야. 그런 저주를 받았으니까. 그리고 혼자서는 결코 나를 이길 수 없어."

그럼 내버려두면 되잖아?

"그럴 생각이었는데… 네가 나타났어."

내가 있어서 어떻단 말이야?

"너 때문에 딱히 어떻게 되는 건 아닌데…. 아무래도 너와 네 자손에게는 올스테드의 저주가 안 먹히는 모양이라서. 장래에 올스테드에게 힘을 빌려주는 모양이야. 그리고 나는 올스테드와 네 자손, 그 동료들에게 쓰러지게 돼."

그래…. 그래서 임신한 록시를 노렸나.

그러고 보면 실피를 전쟁에 데려가도록 루크를 꼬드긴 것도 너라고 해석해야 할지도 모르겠는데. 루시를 노리지 않은 걸 보면 장남이나 차녀가 문제인가?

어라? 하지만 그렇다면 일찌감치 나를 직접 노리면 되잖아.

왜 그러지 않았지?

"그 전이사건으로 너라는 존재를 발견한 뒤로 시험 삼아서 이것저것 획책해 봤는데 말이야. 네 운명이 너무나도 강해서 그게 마음대로 안 되더라고."

운명이란 건 또 뭐야.

"뭐라고 설명하면 좋을까. 나는 큼직한 줄기의 미래가 몇 가지 보이고, 어느 정도 수정도 가능해. 하지만 운명이 강한 인물은 무슨 사건이 일어나지 않도록 조정해도 마음대로 안 돼. 너는 올스테드와 싸워도 죽지 않았고, 내가 아무리 멀어지게 만들어도 록시와 만나서 결혼하고 자식을 만들어."

인과율이라는 걸까.

과거로 돌아가서 역사를 바꾸려고 해도 결국 비슷한 결과가 된다는 이야기.

"뭐, 대충 그런 느낌이야."

…그런가. 즉, 나와 록시는 결혼할 운명이었나. 왠지 기쁜데.

"나는 전혀 기쁘지 않은데."

그건 미안하네. 그래서 왜 내 자식을 노리기로 한 거야?

그건 더 미래의 내 자손 중에… 올스테드에게 협력하는 녀석들을 어떻게 하면 되는 거 아냐?

"올스테드와 직접 엮이는 네 자손 또한 운명이 상당히 강해. 너와 네 자손만이 아냐. 실피나 록시, 에리스 같은 존재도 꽤 강해. 그 자식들도, 뭐, 그럭저럭 강할까. 하지만 여자에게는 그 강한 운명이 모호해지는 시기가 있지."

강한 운명이 모호해지는 시기라면… 설마.

"그래, 몸 안에 아이가 깃들었을 때야."

지금 내 안에는 눈앞에 있는 녀석을 패 주고 싶다는 충동이 일었다.

하지만 꾹 참았다. 여기서 싸워도 승산이 없을 것 같다.

"물론 그것도 실패로 끝났지만."

…임신한 게 아니라 이미 아이를 낳은 실피까지 죽일 건 없었잖아?

"일기에 적혀 있던 거 말이야? 뭐, 나는 아직 거기까지 한 게 아니라서 모르지만, 후환을 끊는다는 의미도 있지 않았을까?

어쩌면 나랑은 관계없고, 너와 헤어진 실피는 죽을 운명이었던 게 아닐까."

그런가…. 그녀는 그런 운명이었나.

"완벽하다고 생각했는데 말이야. 운명이 강한 너를 조금씩 유도해서. 제일 약할 때, 제일 효과적인 결과가 나오는 방법이었을 텐데."

짜증난다…. 진정해. 화내지 마. 록시도 실피도 무사해. 좋아, 좋아.

"뭘 그리 진정하려는 거야. 설마 이걸로 이겼다고 생각하는 건 아니겠지? 말해두겠는데 네 자식은, 너나 네 아내, 네 자손만큼 운명이 강하지 않아. 나는 이걸로 체념하려는 게 아니니까. 나도 죽고 싶진 않아."

죽고 싶지 않나. 뭐, 그렇겠지. 하지만 달리 방법은 없나?

나는 가족을 구하기 위해서라면 뭐든지 하겠어. 우리 가훈에 '올스테드에게 협력하지 않는다'라고 넣는다든가. 자식들에게 인신님은 훌륭하신 분이고 용신은 쓰레기 같은 놈이라고 가르친다든가.

"무리야. 그런 걸로는 운명이 비틀리지 않아."

아니, 잘 생각해 봐. 내 운명은 강하다면서?

그럼 어떻게 할 수 있지 않을까?

"…아."

뭔가 떠올랐어?

"아니, 가능할지는 모르겠는데… 하지만 가능성은 있나…. 뭐든지 하겠다고 했지?"

…어, 어어.

"그럼."

인신은 장난질이라도 떠오른 것처럼 히죽 웃었다.

"올스테드를 죽여."

"루디, 힘들어, 루디…!"

눈을 떴을 때, 나는 실피를 꽉 껴안고 있었다. 목이 바짝 마르고, 몸 전체가 오한에 시달리고 있었다.

"아…. 미안."

"콜록… 콜록…."

실피를 놓고 얼굴에 손을 대었다.

이마를 닦아 보니 땀이 흠뻑 묻어 있었다.

"괜찮나요, 루디?"

뒤에서 목소리가 들렸다. 고개를 돌려보니 바로 옆에 록시의 얼굴이 있었다.

뒤에서 안아 주고 있었던 모양이다.

"미안."

몸을 일으켰다. 심야 시간인가.

지금 그건 꿈이었을까. 아니다. 꿈이 아니다. 틀림없이 인신이었다.

"콜록…. 왜 그래, 루디? 괜찮아?"

실피도 몸을 일으켜서 소매로 내 땀을 닦아 주었다.

록시는 방금 전부터 계속 내 등을 껴안고서 가슴 언저리를 쓸어 주었다.

"괜찮아…. 조금, 이상한 꿈을, 꾸었을 뿐이니까."

올스테드를 죽여라. 인신은 분명히 그렇게 말했다.

무슨 의미지. 무슨 의도야. 진정해, 진정. 조금 정리해 보자.

올스테드는 인신과 적대하고 있다. 그건 틀림없다.

하지만 올스테드는 혼자다. 혼자로는 인신을 이길 수 없다. 이것도 틀림없다.

그렇게나 강한 녀석이 왜 인신에게 이길 수 없는지는 모르겠지만, 아무튼 이길 수 없다.

그리고 내 자손은 그런 올스테드의 동료가 된다. 그러면 올스테드는 인신에게 도달하여 인신을 쓰러뜨린다.

그러니까 인신은 내 자손이 존재하지 않도록 했다.

록시를 죽이고, 실피를 죽이고, 자손이 태어나지 않도록 했다.

그렇게 해서 올스테드는 인신에게 도달하지 못하게 된다. 인신의 승리가 확정된다.

하지만 아무래도 자손의 탄생을 저지할 수 없다고 깨달았다. 그러니까 나한테 올스테드를 죽이라고 했다.

내 자손과 올스테드. 어느 쪽이 사라지면 분명 인신은 승리할 수 있다.

하지만 내가 녀석을 죽일 수 있을까. 인신은 내 운명이 아주 강하다고 말했다.

하지만 올스테드도 그건 마찬가지일 것이다.

아니, 당연하잖아. 인신과 적대하고 있으며 계속 싸우고 있으니까.

애초에 어떻게 죽이란 말이지? 나한테 그렇게 강한 녀석을 죽일 방법 같은 건….

없나?

일기에는 미래의 내가 사용했던 장비가 몇 가지 기록되어 있었다.

마도갑옷.

그건 지금의 나라도 만들 수 있을 것 같고, 만들면 아마도 꽤나 유효하겠지.

미래의 나도 몇 가지 마술을 사용했다. 중력 마술이나 전이 마술, 전격 마술… 습득 방법을 들은 건 아니니까 중력이나 전이는 쓸 수 없겠지만….

하지만 이전에 올스테드와 싸웠을 때, 스톤 캐논으로도 일단 대미지를 줄 수 있었다.

아토페는 내 전격을 맞고 마비되었다.

통용하는 공격방법은 있다. 그러면 방어방법만 있으면 대항할 수 있지 않을까.

…제길, 왜 나는 올스테드를 죽이는 방법을 진지하게 생각하는 거지.

"저기, 루디. 힘들거든 말해 줄래? 제발 말해 줘."

실피가 울 것 같은 얼굴을 하였다.

나는 오른손으로 실피의 머리를 끌어당기고 왼손으로 뒤에 있는 록시의 손을 잡았다.

왜냐면 이 두 사람을 지켜야만 하니까.

"아무래도, 사람을, 한 명, 죽여야 할 것 같아."

"…뭐?!"

"루디…. 그게 무슨 의미입니까?"

나는 록시의 말에 대답하지 않고 두 사람을 놓은 뒤 침대에서 내려갔다.

온기가 단숨에 사라져서 싸늘함을 느꼈다.

"미안."

나는 그렇게만 말하고 방에서 나갔다.

다리가 비틀거렸다. 머리가 어질거렸다. 연구실로 향했다. 지금 당장이라도 그 일기를 다시 읽고 싶어졌다. 노인이 어떻게 싸우는지 조금이라도 알아내야만 한다고 생각했다.

올스테드를 죽인다. 그 녀석을 죽이고 내 가족의 인생을 지킨다.

설령 나도 죽게 되더라도, 남은 가족을 슬프게 만들더라도.

"…아."

연구실에서 내일이라도 보내려던 편지를 발견했다.

"……."

나는 그 편지에 한 문장을 덧붙였다.

…에리스와는 더 이상 만날 수 없을지도 모르겠군.

제4화 나나호시의 가설

'인신을 의심해라. 하지만 적대하진 마라.'

미래의 나는 그렇게 말했다.

분명히 인신의 말에는 수상쩍은 부분이 많다. 올스테드가 세계를 멸하려고 한다는 둥, 자기가 죽으면 세계가 멸망한다는 둥. 어디까지가 거짓말이고, 어디까지가 진실일까.

틀림없이 어딘가에 거짓이 섞여 있겠지.

하지만 어느 게 거짓이고 어느 게 진실인지, 나 좋을 대로만 생각해선 안 된다.

혹시 그랬다간 '설마 이게 거짓말일 줄은 몰랐다' 싶은 부분에서 발이 걸리겠지.

개인적으로는 그 녀석의 퉁명스러움은 연기가 아니었던 것 같다. 미래의 나는 분명히 그 녀석에게 예측 불가능한 일격을 먹였다고 생각한다.

그렇다고 해도 말이다. 그것 때문에 '너는 내 적이 되려는 거야?'라고 말하는 듯한 태도를 보인다면 내게 선택지는 없다.

나에게 인신을 적대한다는 선택지는 없다. 손이 닿지 않은 곳에서 계속 공격을 받으면서 주위의 인간을 모두 지킬 만한 힘이 내게 없기 때문이다.

그럼 순종을 택한다.

인신은 불쾌한 놈이고, 약속을 지킬 것 같지도 않다. 하지만 일단 목적이 있어서 하는 일이라면 목적이 달성되었다면 날 그냥 놔둘 가능성도 있다.

인신은 올스테드를 죽이라고 했다. 다른 부분은 몰라도 내 자손과 올스테드가 손을 잡고 미래의 인신을 죽인다는 부분만 이라면 일단 신뢰성이 느껴지기도 한다.

나든 올스테드든.

한 쪽이 죽어도 인신의 목적이 달성된다면, 내가 살아남으면 될 뿐이다.

나는 가족을 지킨다. 가족을 노리는 것은 인신이지만, 인신에게는 손이 닿지 않는다. 내 손이 안 닿는 곳에서 계속 내 가족을 노리겠지.

하지만 올스테드는 이 세계에 있다. 도저히 이길 것 같지 않은 상태고, 솔직히 이기고 싶지 않다.

하지만 인신이 그렇게 말했으니 가능성 정도는 있을지도 모른다.

어찌 되었든 내 선택 미스로 누군가가 죽는 것은 피하고 싶다.

인신의 꿈을 꾼 다음날.

나는 실피와 함께 모험가 길드에 가서 편지를 보냈다.

그리고 그 길로 실피와 함께 공중성채로 이동했다. 입구에서 실피와 헤어져서 나나호시에게 갔다.

올스테드를 죽이라는 이야기를 듣고 누구와 의논해야 할지 생각하니 제일 먼저 떠오른 게 그녀였다.

미래의 내가 '나나호시와 의논해라'라고 한 말이 머리에 남아 있는 탓이겠지. 게다가 나나호시라면 어쩌면 올스테드가 어디 있는지도 알 것 같았다.

어찌 되었든 실피와 록시에게도 의논해야겠지만… 실피에게도 록시에게도, 자식들에게도 책임은 없다. 그러니까 말을 가려야만 한다.

어떤 식으로 가려서 말을 해야 할지 전혀 떠오르지 않지만.

"여어."

"어머, 꽤나 일찍 돌아왔네."

그로부터 며칠이 경과했지만 나나호시는 완전히 회복된 건 아닌 모양이라서 아직 침대에 누워 있었다. 물론 안색은 다소 좋아졌다.

"나나호시. 이건 선물."

"고마워."

나는 시장에서 사온 과일들을 테이블 위에 두었다.

지금 시기에는 다소 비쌌지만, 남에게 뭔가 부탁할 때에는 예의란 게 필요하다.

설령 빚이 있는 관계라고 해도.

"…얼굴이 무서워. 무슨 일 있었어?"

나나호시는 불안한 얼굴을 하고 있었다.

그렇게 무서운 얼굴을 했나. 그랬겠지. 분명 지금 내 안색은 나나호시보다도 나쁠 것이다.

"갑자기 이런 말을 꺼내서 미안한데, 지난 빚을 좀 갚아 줬으면 해."

"뭘 하면 돼?"

"일단 내 이야기를 들어줘. 황당무계한 이야기라서 믿기지 않을지도 모르지만."

"알았어."

나는 천천히 미래에서 내가 왔다는 이야기를 했다.

그 녀석에게 이야기를 듣고 일기장을 보고 미래에 무슨 일이 일어나는지 알았고, 또 그것을 뒷받침하듯이 인신이 퉁명스러운 얼굴로 꿈에 나왔다는 이야기. 내 자손이 올스테드와 협력하여 인신을 죽이는 모양이라는 이야기.

마지막에 인신이 올스테드를 죽이라고 했다는 이야기.

모든 것을 말했다.

"……."

나나호시는 그것들을 듣고 이마에 손가락을 대며 생각하는 시늉을 했다.

"…미안. 정리 좀 할게… 타임슬립?"

"그래, 미래에서 왔다고 했어."

"증거는?"

"일기 곳곳에 적힌 일본어 주석과 내 전생에서의 본명."

"본명이 뭔데?"

"말하고 싶지 않아."

"아, 그래…. 하지만 그 사람은 정말로 신용할 수 있어?"

"…그 말은?"

"다른 트리퍼일 가능성도 있어. 미래의 당신을 가장했을지도."

"일기장은 그 날 내가 만든 것과 같은 것이었고, 그 날 내가 쓰려고 했던 내용도 적혀 있었어."

"그런 것도 당신이 자는 동안에 복제했을지도 몰라."

의심하기 시작하면 끝이 없다.

"…하지만 나는 그 녀석이 진짜라고 생각해."

"그래. 하지만 인신이 당신이 그렇게 생각하게 할 만한 인물을 보냈을지도."

"그럼 일기의 내용은 날조고, 꿈속의 대화는 모두 연기였다는 소리야?"

"그렇게 말하려는 건 아니지만… 인신은 신용할 수 있는 상대야?"

"신용할 수 없어."

"하지만 녀석의 말을 듣네."

"어쩔 수가 없잖아…."

나나호시는 푸욱 한숨을 내쉬었다.

그리고 결심한 것처럼 말했다.

"사실은 인신이라는 존재에 대해서는 나도 올스테드에게 조금 들은 게 있어."

"…그래?"

"그래. 그가 당신을 죽일 뻔한 직후에 조금."

"아, 그때…."

"자세한 이야기는 안 했지만, 그는 인신을 반드시 죽이겠다고 말했어. 하지만 지금은 무리라고…."

올스테드는 인신을 죽일 작정으로 움직이고 있다.

지금은 무리. 장래에는 가능할 수 있다. 그 가능해지는 요인을 내 자손이 가지고 있다?

아니, 오룡장 최후의 1인 부활인가?

어찌 되었든 인신은 그것을 예방하고 싶다.

일단 맥락은 통하나.

생각하면 생각할수록 녀석의 말에 신빙성이 있는 것 같다.

그 타이밍, 그 태도로 거짓말을 할까? 인신은 그것도 예견하고 발언한 걸까?

거짓인지 꿰뚫어볼 자신이 없다. 아니, 녀석의 목적은 일단 아무래도 좋다.

"그런데 그 이야기를 왜 나한테 했어? 달리 의논해야 할 사람이 있잖아? 나한테 말해도 아무것도 못 해 주고…."

"…미래의 내가 너한테 의논하라고 했어."

"미래의 당신은… 나에 대해 어떻게 말했는데?"

그 질문에 나는 말문이 막혔다.

이걸 말해야 할까. 마지막에는 결국 실패해서 나나호시가 어떻게 되어 버릴 가능성이 있다고. 일기에 확실한 내용은 아무것도 적혀 있지 않았고, 미래의 나도 말을 흐렸지만.

말하는 편이 좋을 것 같다. 그녀도 실패할 가능성이 크다는 걸 알기에 마음의 준비가 되어 있고, 그걸 회피하기 위한 방법도 생각하겠지.

"너는 아마도 마지막의 마지막 순간에 실패하는 모양이야."

그렇게 말하자 나나호시는 눈을 크게 떴다.

하지만 입술을 꾹 다물고 고개를 내저었다.

"그게 아니라, 미래의 당신은 왜 나한테 의논하라고 했어?"

"어어, 그건, 네가 죽어서 들을 수 없었지만, 어쩌면 올스테드가 있는 곳을 알지도 모르고, 그리고 이런 일을 나보다 더 잘 생각하고 있을 테니까, 무슨 방법을 찾아 줄 지도 모른다고."

"이런 일이라니?"

"아마 인신의 목적이나 그런 거…."

생각해 보면 인신의 목적은 판명되었다.

세계 평화 운운하지만, 결국은 미래에 자기가 죽는 것을 회피하기 위해서다.

뭐, 거짓말일지도 모르지만….

"…으음, 당신 일기, 좀 볼 수 있을까?"

"그래."

내가 일기를 건네자, 나나호시가 첫 페이지를 넘기다가 바로 얼굴을 찌푸렸다.

"이건 시간이 꽤나 걸리겠네. 글씨도 더럽고…."

"나는 다 읽는 데에 이틀 걸렸어."

"그래. 그럼 하루만 기다려 주겠어?"

"하루면 다 읽을 수 있어?"

"독서는 잘하거든. 오늘밤까지는 다 읽을게."

요점만 읽으라고 하고 싶었지만, 전부 읽으면서 뭔가 깨달을지도 모른다. 그런 점은 맡기기로 하자.

"그럼 나는 좀 쉴게. 요즘 제대로 못 잤어."

"알았어. 적당한 시간에 와."

"부탁할게."

나는 그렇게 말하고 일단 나나호시의 방을 뒤로 했다.

순간 어깨의 짐을 내려놓은 듯한 기분이었다. 안도의 감각이다. 이상하다, 나는 그렇게까지 나나호시를 신뢰했던가.

아니다. 나나호시는, 실피나 록시에게는 말할 수 없는 내용을 말할 수 있는 상대이기 때문이다.

신경 써서 숨겨야 할 만큼 중요한 상대가 아니기 때문에 이런 것을 부탁할 수 있겠지.

그렇게 생각하는 나도 참 박정한 녀석이군.

"……"

문득 창밖을 보니 정원에서 아리엘, 자노바, 크리프, 실피, 페르기우스가 뭔가 이야기를 나누고 있었다. 루크가 그 뒤를 따르고 있었다. 실피는 아리엘의 앞에 서서 페르기우스와 뭐라고 대화하고 있었다. 소극적이고 괴롭힘 당하던 실피가 참 많이 변했구나.

하지만 미래의 내 말을 따르자면 결국 아리엘은 페르기우스의 협력을 얻지 못한 채 모국으로 돌아가게 되는 모양이다. 그리고 패배. 실피는 거기에 참가했다가… 죽는다.

도와줘야 할까. 나도 실피와 결혼했을 때 그렇게 결심했다.

하지만 만사에는 순서가 있다. 지금은 인신 문제를 생각하자.

그렇게 생각하면서 나는 내게 주어진 방으로 돌아갔다.

조금 자자.

눈을 떠 보니 옆에서 실피가 자고 있었다.

평소처럼 귀여운 얼굴이 내 시야에 큼직하게 비쳤다.

같이 잔 기억은 없다. 그렇다면 어느 틈에 몰래 들어온 거겠지. 어쩌면 깨워 주려고 했을지도 모른다. 아니면 페르기우스와 나눈 이야기에 대해서 내 의견을 물어보고 싶었던 걸지도 모른다. 그렇다면 미안하군.

나는 내 허리에 감긴 실피의 팔을 풀고 머리를 쓰다듬어 준 뒤에 침대에서 나왔다.

"으음… 루디… 쪽해 줘…."

귀여운 잠꼬대와 무방비한 얼굴을 보고 있자니, 평소의 나라면 불끈거렸을까.

하지만 아쉽게도 지금 내 머릿속에는 야한 짓을 생각할 여유가 없다. 손으로 머리를 매만지면서 실피를 깨우지 않도록 조용히 방을 나섰다.

창밖으로는 별들이 가득 펼쳐졌다. 이미 밤늦은 시간인 모양이다. 이 세계에도 별이 있다는 소리는 우주도 있다는 걸까.

그런 생각을 하면서 복도를 걸었다.

"이렇게 밤늦게 어디에 가는 거지?"

"우왓."

복도 모퉁이에서 갑자기 가면 쓴 남자가 날 불러 세웠다.

"…아르만피 씨."

"사람들은 잘 시간이다. 이렇게 늦은 시간에 어딜 가지?"

"나나호시에게 갑니다. 그녀는 아직 깨어 있습니까?"

"방금 전에 종이와 펜을 요구하더군. 아직 깨어 있는 모양이다."

"감사합니다."

나는 조금 벌렁대는 마음으로 그 자리를 떠났다.

정령은 잠도 안 자는 걸까.

뭐, 인간이 아니니까 안 자도 되려나. 24시간 믿음직한 시큐리티 코만도다.

"분명히 성내에서의 대화는 전부 듣고 있다고 했나⋯."

그렇다면 내가 나나호시의 방에서 나눈 이야기도 모두 페르기우스의 귀에 들어갔겠지.

그런데 아무 말도 없는 걸 보면 일단 지켜보는 걸까.

그리고 페르기우스만이 아니라 분명 인신의 귀에도⋯.

그렇게 생각하면서 조용한 성 안을 걸어서 나나호시의 방으로 향했다. 문 틈새로 불빛이 새어나왔다. 아무래도 아직 깨어 있는 모양이다. 일단 노크를 하자.

"누구?"

"루데우스입니다."

"이렇게 밤늦게 오다니, 아내에게 오해를 사지 않을까?"

"그럼 내일로 할까요?"

"나는 상관없으니까 들어와."

시키는 대로 안에 들어갔다.

나나호시는 침대에 있었지만, 주위에는 종이다발이 대량으로 흩어져 있었다.

"어지럽네요."

"여러 가지로 고찰을 좀 하고 있었어."

"뭐 좀 알았습니까?"

그렇게 물으면서 나는 종잇조각을 줍고 의자에 앉았다.

"일단 당신 이야기와 일기 덕분에 한 가지 가설을 세울 수 있었어."

"호오, 가설."

"계속 생각했던 거야. 내가 왜 이 세계의 이 장소, 이 시대에 왔는가를."

그게 지금의 내 이야기랑 관계가 있나? 아니, 됐어. 일단 들어 보자.

"처음에는 나만이 아니라 내 친구도 이 세계에 전이되었으리라고 생각했어."

"……."

왜? 라고 묻는 편이 좋을까.

하지만 그녀가 그런 말을 하고 싶은 것도 이해된다. 내 기억의 한구석… 전생의 마지막 기억에 남은, 다소 불가사의한 현상.

나는 트럭에 치일 뻔한 세 사람을 구하려고 했다.

하지만 한 명밖에 구할 수 없었다. 그 한 명 대신 나는 트럭에 치이게 됐다. 나만이 트럭에 치였다. 나나호시는 치이지 않고 이 세계로 전이했다.

또 한 명이 이 세계로 왔더라도 이상하지 않다.

"하지만 이 세계를 아무리 뒤져도 그는 없었어."

"온 직후에 죽었을 가능성은?"

"그것도 생각해 봤는데, 나는 무사했는데 그가 죽을까?"

그래서 올스테드와 함께 세계를 돌면서 그 지인을 찾았던 건가.

아니, 그것만을 위해 세계를 돌아다녔던 건 아니겠지만.

"나도 딱히 아무 일도 없었는데."

"정말로 아무 일도 없었어?"

"……?"

무슨 소릴까. 분명히 아무 일도 없었는데.

부에나 마을에서는 파울로도 제니스도 리랴도 있었고 평화로웠다.

"나는 당신이 미래에서 왔을 때, 미래의 당신에게 내장이 없었다는 이야기를 듣고 혹시나 나도 미래에서 온 게 아닐까 생각했어."

"어? 무슨 소리야? 이 세계가 사실은 이전 세계의 연장선상에 있다고 하고 싶은 거야?"

"그게 아냐. 뭐라고 설명하면 좋을까. 전이사건이 일어난 이유는 아직 모르잖아?"

"그 재해는 네가 전이했으니까 일어난 거잖아?"

"그래. 하지만 이론상 보통 전이로는 그런 일이 일어나지 않아."

하지만 그건 이세계 전이니까 일어났다고도 예상할 수 있다.

"하지만 미래에서 온 내 경우는 네 경우처럼 재해가 일어나지 않았어."

"일어났잖아."

"뭐? 어디서?"

"내장이 어딘가로 사라졌잖아."

"아니… 그건….

나나호시는 이렇게 말하고 싶은 걸까.

내장이 소멸한 것과 그 전이사건으로 인간이 전이한 것, 두 가지의 본질은 똑같다고.

"50년의 시간전이로 당신의 마력은 고갈되었어."

"…아니, 고갈이라고 해도 마술은 계속 썼어."

"하지만 마술을 쓸 때마다 약해졌겠지? 이만큼 강한 마술사면서 몸의 상처를 고치는 것도 포기할 정도로."

나나호시는 일기장의 표지를 손가락으로 톡톡 두들겼다.

"혹시 내가 백년 후의 미래에서 왔다고 하면, 당신 마력의 곱절은 필요해."

나나호시는 뭔가 확신하고 말하는 듯했다.

그녀는 아직 내가 모르는 것을 아는 걸지도 모른다.

"50년 후의 당신은 50년의 시간을 이동하고 내장을 잃었어. 그 내장은 어디로 사라졌을까? 50년 후의 세계에 남아 있을까? 혹시 100년 이동했다면 내장만 사라지는 걸로 끝날까? 그 경우는 몸 전체가 미래에 남게 될까?"

"아니, 그건….."

"아니야. 내장이 사라진 것과 같은 장소로 몸 전체가 날아가 게 돼."

"…그게 어디야."

"글쎄, 나도 모르지. 다만 분명 앞뒤가 맞도록 조절되어 있 을 거야. 애초에 이 세계의 마력은 에너지 보존 법칙에 따르고 있으니까."

에너지 보존 법칙.

"자세히 조사한 건 아니지만… 아마 그 사건으로 인간이 사 라졌어. 수천, 수만 단위로."

"……."

"당신, 그 사건 뒤에 당신 몸에 뭔가 이상은 없었어? 마력이 이상하게 적어졌다든가."

사건 뒤. 에리스와 함께 루이젤드를 만나고 리카리스 시에서 모험가 생활을 했을 때다.

그런 건 없었던 것 같은데…. 아니, 그러고 보면 리카리스 시 에 도착할 때까지 이상하게 쉽게 피로해졌던 것 같다. 몸도 나 른했다. 듣고 보니 그때의 감각은 마력이 고갈되었을 때와 비 슷할까.

"하지만, 그러면 전이로 사라진 녀석과 사라지지 않았던 녀석의 차이는 대체 뭐지?"

"인신이 말했던 강한 운명과 관계가 있지 않을까? 강한 인과율이 지켜주는 이는 사라지지 않는다, 는 식으로."

"그건 추측인가."

"처음부터 끝까지 추측이야. 가설이라고 했잖아?"

내 운명은 강한 모양이다. 그리고 나를 둘러싼 미녀들의 운명도 강하고, 실피도 에리스도 무사했다. 분명 내 가족도 나름 강한 운명을 가지고 있겠지.

…이건 결과론이지만.

"그래서 무슨 소리야? 너는 미래에서 전이해 왔다는 소리야?"

"그게 아냐. 다만, 으음, 뭐라고 하면 좋을까."

나나호시는 머리를 긁적이면서 잘 설명할 수 없다는 듯이 끙끙거렸다.

"분명 미래에서 '인신이 쓰러지는 사태'가 발생한 거야."

"발생했다?"

"그래, 그러니까 인신은 그 미래를 피하기 위해 당신에게 접촉하기 시작했어."

"?"

"그래, 떠올려 봐. 당신이 인신을 처음으로 만난 게 언제?"

내가 인신을 처음 만난 건, 그래, 전이사건… 직후다. 아니, 하지만 녀석은 지금까지 계속 나를 지켜보았다고 그랬던 것 같은데.

…아니, 어제는 그 전이사건으로 나를 발견했다고 그랬다.

녀석은 대체 어디서부터 어디까지 거짓을 지껄인 거지?

"전이사건 전에 뭔가 이상한 걸 보지 않았어?"

이상한 것이라…. 아, 그래, 있었다. 피트아령, 사울로스 할아버지가 하녀와 놀던 방에서 보았던, 그 탑에서 보이는 붉은 구슬.

"짚이는 게 있나 보네. 그건 언제부터 거기에 있었는지 기억해?"

언제부터… 내가 그런 걸 알 리가….

아니, 하지만 분명히 사울로스 할아버지가 뭐라고 했는데.

기억해 내. 기억해 내. 이 몸은 기억력이 좋아. 떠올릴 수 있어.

어어, 분명히, 그래.

—3년 정도 전에 발견했다.

"내가 다섯 살 정도일 때."

"다섯 살 때 무슨 일 없었어? 누구랑 만나지 않았어?"

"다섯 살이라면… 실피랑 만난 게 그 무렵이었을까. 그 외에는 딱히…."

머릿속에서 이어지는 게 있었다.

나는 실피와 만나고 실피와 친해졌다. 그 결과 파울로가 나를 피트아령으로 보냈고 에리스와 만나게 되었다. 그리고 열

살 생일. 나는 에리스와 맺어질 뻔했다. 전이사건이 일어난 건 그 다음날이다.

그리고 전이사건 직후부터 인신의 접촉이 시작되었다.

즉, 그 시점에서 인신이 죽는 미래가 생겨났단 소린가?

"본래 당신은 이 세계에 존재하지 않는 인간이야."

"그래."

"어째서 당신이 이 세계에 전생했다고 생각해?"

"그런 건 몰라."

"나는 거기에 의미가 있지 않을까 생각해."

"의미라니, 그게 뭔데."

"누군가가 미래를 바꾸기 위해, 나나 당신을 이 시대로 불러들인 거야."

"누구라니, 그게 누군데."

"분명 미래의 누군가야. 인신이 죽는 미래를 갈망하는 누군가."

의미를 모르겠다. 그럼 뭐야. 나는 그 누군가의 손바닥 위에서 춤추고 있다는 소린가?

"의미를 모르겠어. 결국 너는 무슨 말을 하고 싶은 거야?"

"인신이 죽는 미래가 존재하는 세계에는 우리가 필요했던 게 아닐까 하는 이야기."

복잡하다.

"미래의 당신의 자손이 인신을 쓰러뜨리기 위한 도구나 그런 걸 만들기 위해서, 나는 이 세계에 소환되었을지도 몰라. 그러니까 그 도구를 만들어 내지 않는 한 원래 세계로 돌아갈 수 없어. 귀환 마술은 실패해."

"왜 그렇게 되지?"

"그걸 위해 소환되었으니까. 즉, 내 존재는 타임패러독스야."

가설. 인신이 죽는 건 내 자손과 올스테드가 죽이기 때문이다.

그러기 위해선 내가 자손을 만들어야만 한다.

실피와 만났을 때, 나는 그녀와 자식을 만드는 게 확정되었다.

인신이 록시에게 집착하는 걸 보면, 어쩌면 록시와도.

전이사건이 일어난 것이 에리스와 야한 짓을 하려던 날이었으니까, 어쩌면 에리스와도. 실제로 내 자손이 끊기는 미래에서는 인신이 승리한다.

그리고 아무래도 그것만으로는. 즉, '내 자손과 올스테드'만으로는 인신을 죽일 수 없는 모양이다.

인신을 죽이기 위해 필요한 뭔가를 나나호시가 만든다. 그러니까 뒤를 따르듯이 나나호시가 소환되었다.

그러니까 '미래에서'다.

누군가가 의도적으로 했던가, 아니면 인과율의 장난일까. 우리로서는 알 수 없다.

나나호시의 가설은 미래에서 누가 한 결과로서, 과거에 우리가 생성되었다는 소리다. 미래가 먼저인가, 과거가 먼저인가. 달걀이 먼저인가, 닭이 먼저인가.

"네 가설은 이해했어."

"설명이 서툴러서 미안하지만, 이해해 준 모양이라서 고마워."

재미있는 이야기였지만, 동시에 재미없는 이야기이기도 했다.

"그건 즉, 내 자손이 올스테드와 함께 인신을 죽인다는 말은 어느 정도 신용할 수 있다는 소리겠지."

"뭐, 그런 이야기야."

"그럼 이야기를 되돌리자."

"되돌리다니, 어디로?"

"올스테드를 죽인다는 것으로."

"그건…."

나나호시는 눈썹을 찌푸렸다.

"가령 지금 가설이 옳다고 해도, 인신은 그 미래의 회피를 노리고 있고, 실제로 그게 한 차례 성공했어. 운명이란 게 정해졌다고 해도 미래는 변해."

"…그만두는 편이 좋을 거야. 그보다 올스테드와 의논해서 무슨 수를—"

"그만둬, 혹시 인신은 지금 이 순간도, 내 동향을 보고 있을지도 몰라."

나나호시는 입을 다물고 천장을 보았다.

하지만 애석하게도 무의 세계는 아래에 있다.

"운명이란 것은 눈에 보이지 않아. 나나 실피의 운명이 강하다고 해도 아버지는 죽었고, 어머니는 폐인이 되었어. 인신이 당장 뭘 할 수 있을 것 같지 않지만, 녀석은 미래를 볼 수 있어. 내가 반항하려는 것을 다 알고 있고, 집에 돌아갔을 때 아이샤나 누가 죽어 있을 가능성도 있어. 그렇지 않더라도 1년 뒤, 2년 뒤에 불행이 일어나도록 할지도 몰라."

"…하지만 인신은 누구에게든 접촉할 수 있는 게 아니잖아?"

"글쎄. 마음만 먹으면 누구와도 접촉할 수 있을지 몰라. 자기 힘을 숨기고 있어도 이상하지 않아."

"그래."

"게다가 결국 올스테드도 못 이기잖아? 인신의 말을 믿는다면의 이야기지만. 내 자손에게 도움을 받지 않으면 녀석은 인신에게 지잖아?"

"뭐, 이야기를 듣기론 그래."

"나는 가족을 지키겠어. 가족을 노리는 건 인신이지만, 인신에게는 손이 닿지 않아. 하지만 올스테드는 이 세계에 있어. 어디에 있는지는 모르지만… 마음만 먹으면 불가능하지 않을 거야."

"하지만 인신이 약속을 지킨다는 보장은 없어."

"올스테드는 용신이야. 일기가 정확하다면 무의 세계에 가는 비술을 알고 있을지도 몰라. 그 녀석을 죽이고 무의 세계로 가는 방법을 없앨 수 있으면 사실상 인신이 내 자손을 노릴 이유도 사라져."

"하지만 올스테드를 죽여도 당신 자손이 다른 방법으로 무의 세계로 갈지도…."

"그럼 어쩌란 말이야!"

나는 스스로도 놀랄 만한 목소리로 나나호시에게 소리를 질렀다.

나나호시는 주저하면서도 다시 방금 전의 말을 거듭했다.

"그러니까 올스테드와 상의해서 뭔가 수를 생각해 보자."

"나도 올스테드의 도움을 받는 정도는 생각했어! 하지만 그러면 인신하고는 확실히 적이 돼. 내가 혼자서 인신의 적이 된 경우는 일기에 적혀 있잖아. 나로는 못 이겨. 그럼 올스테드는? 못 이기잖아?! 혼자서 못 이기는 데에 내가 난입해서 판을 어지럽혔으니까 승기가 생기고, 그렇게 지는 미래를 없애기 위해 인신이 나한테 참견하잖아?! 그런 녀석에게 붙는다고 정말로 가족을 지킬 수 있는 여유가 있을까?! 녀석에게 그런 힘이 있을까?! 그걸 모르는데 어떻게 인신의 적이 될 수 있어! 지는 쪽을 편들어서 모든 것을 잃은 뒤면 늦어!"

"하지만! 그래도 올스테드는 인신보다는 믿을 수 있어."

"글쎄. 올스테드는 이 세계를 없애려 한다고 했어. 뭐, 나도 그 말을 곧이곧대로 믿는 건 아니지만… 인신은 나를 속였어. 조언으로 나를 유도하는 척하면서 말이야. 너도 올스테드에게 속는 거 아닐까?"

"그건… 아니라고 장담할 수 없지만."

나는 다시 나나호시의 얼굴을 보았다.

그 표정에는 두려움이 섞여 있었다.

"나에게는 인신도 올스테드도 똑같아. 믿을 수 없어."

다만 나는 나 자신의 무력함을 알고 있다.

인신에게 적대하면 이길 수 없다는, 미래의 나의 말을 믿을 수 있다.

그 노인처럼 모든 것을 잃고 무참하게 죽는 미래는 생생하게 그려진다.

올스테드와 싸우는 미래도 내가 걸레짝처럼 당하는 미래밖에 떠오르지 않는다.

하지만 인신은 내 운명이 강하다고 말했다.

어쩌면 올스테드를 쓰러뜨린다는 결말을 봤을지도 모른다.

그것을 한 줄기 광명으로 삼고 싶다.

"나나호시. 미래의 내가 의논하라고 한 걸 보면, 넌 사실 올스테드와 연락하는 방법 같은 걸 알고 있겠지?"

"…대충은."

"협력해 줘. 올스테드를 죽일 거야."

"나는, 올스테드에게도, 그러니까, 도움을 받았어."

나나호시는 시선을 돌리고 더듬더듬 말했다.

나나호시가 이 세계에 와서 처음으로 만난 게 올스테드. 그 뒤로 몇 번이나 그의 도움을 받았겠지. 그건 마대륙에 떨어진 나를 루이젤드가 도와준 것과 같다.

배신할 수 없겠지. 나라면 배신하지 않는다. 죽어도 그를 배신하지 않는다.

그 정도는 나도 안다. 평소의 나라면 어쩌면 그녀와의 앞으로의 관계를 생각해서 물러났겠지. 하지만 지금은 물러날 생각이 없다. 물러날 수 없다.

"어이, 나나호시. 나나호시 시즈카."

"……."

"나는 이 세계에 오기 전에는 더없을 정도의 쓰레기였어. 네가 지금의 나를 어떻게 보는지는 모르지만… 전생의 나는, 만약 네가 봤다면 분명히 한심하게 볼 정도의 쓰레기였어."

"……."

"하지만 여기에 와서 처음부터 다시 시작했어. 실패도 했고, 잃은 것도 있지만, 많은 것을 배우고, 소중한 것을 손에 넣었어."

"……."

"그걸, 지키고 싶어."

나는 의자에서 내려왔다. 남에게 부탁할 때는 의자에 앉아서 하는 게 아니다.

제대로 부탁하는 방법이 있다.

지면에 두 손과 무릎을 대고 이마를 땅에 댄다. 몸을 최대한으로 굽히고.

"부탁합니다. 힘을 빌려 주세요."

공중성채의 바닥은 차갑고 딱딱했다.

"인신이 갑자기 마음을 바꿀 가능성도 있습니다. 꾸물대다가 어느 날 갑자기 가족의 참혹한 시체가 발견되는 사태는 만나고 싶지 않습니다…."

"아니, 뭐 하는 거야! 그만해!"

"아무도 잃고 싶지 않습니다. 부탁합니다."

나나호시가 침대에서 내려왔다. 억지로 내 어깨를 붙잡고 고개를 들게 했다.

"알았으니까… 협력할 테니까, 그런 짓, 하지 마…."

나나호시의 초췌한 얼굴을 보고 나는 미안해졌다.

그와 동시에 '좋아, 해냈다'라고 생각했다. 마음 속으로 주먹을 쥐었다.

나도 참 못된 놈이다.

"고맙습니다."

나는 잘못을 저지르는 걸지도 모른다.

하지만 할 수밖에 없잖아….

제5화 편지, 도착하다

북방대지의 서쪽 끝. 검의 성지.

커다란 기합이 담긴 소리와 함께 목검이 맞부딪치는 소리가 들리는 장소. 길을 가는 사람 중 절반 정도가 도복, 혹은 그에 준하는 옷을 입고, 손에는 목검과 수건을 들고 있다. 때때로 검사 같은 차림의 자도 나타나지만, 여기에 체재하게 되면 수행하기 쉬운 옷을 입는 경우가 대부분이다.

그런 도시 한가운데.

온통 눈으로 뒤덮인 곳 가운데에 있는 커다란 도장의 입구. 그 근처에 검사풍의 옷을 입은 한 여자가 서 있었다.

검은색 바탕의 움직이기 쉬운 상하의. 또 그 위에 검신류의 검성에게 주어지는 전통적인 겉옷과 외투를 걸쳤다. 허리에는 크고 작은 두 자루의 검을 찼고, 그중 하나는 멀리서 봐도 대단한 대장장이가 만들었다고 예상할 수 있을 만한 존재감을 띠었다.

이 정도의 검을 가진 것은 검신류에서도 서열 높은 제자, 그것도 검왕급의 강자임이 틀림없다.

그 모습은 그녀의 파도치는 듯한 새빨간 머리칼도 있어서 사자를 떠올리게 했다.

길을 가는 사람이 보면 열 명 중 아홉 명은 길을 양보하겠지.

그녀가 바로 검왕. '광검왕' 에리스 그레이랫이다.

하지만 그런 그녀는 자신의 위풍당당한 옷차림을 내려다보고 불안한 얼굴을 하였다.

"저기, 니나, 이거 정말로 이상하지 않아?"

"그래, 그래, 하나도 안 이상해. 아주 멋있어."

붉은 털의 사자 앞에 선 것은 진한 남색의 머리를 묶어 맨 도복 차림의 여자―니나다.

그녀는 수없이 들었다는 듯이 사자에게 대답했다.

"지금 너는 누가 어떻게 봐도 멋진 검왕님이야."

"하지만 루데우스는 더 하늘거리는 옷이 좋다고 그랬어."

"있잖아."

니나는 기막히다는 목소리로 한숨을 내쉬었다.

"네 남자가 볼 때 이상한지 아닌지를 내가 알 리가 없잖아?"

"그렇겠지…."

"왜 그렇게 연민 어린 눈으로 보는 거야. 나도 지노랑… 아니, 그건 됐어."

니나는 고개를 흔들고 손가락을 세웠다.

"애초에 이 근처에 그렇게 멋스러운 옷을 파는 것도 아니잖아. 여기가 어디라고 생각해? 그렇게 하늘거리는 옷을 입고 싶거든 시내로 가서 사."

"그것도 그래."

에리스는 니나의 말에 납득하고 고개를 끄덕였다.

하지만 이 대화는 오늘만 해도 벌써 다섯 번째다.

"게다가 지금 옷 걱정 해 봤자잖아. 마법도시 샤리아까지 아무리 서둘러 가도 한 달은 걸리니까."

"……."

"옷보다도 만났을 때 깨끗하게 하는 쪽이 중요해. 목욕하고 머리도 잘 빗고 향유 바르고… 어어, 땀내 나는 여자라면 좋게 안 볼 테니까."

"루데우스는 내가 땀 흘려도 싫은 얼굴 안 했어."

"뭐, 그런 쪽으로 이해심이 없으면 네 상대는 못 되겠지…."

"오히려 땀에 젖은 속옷 냄새를 맡으며 좋아했어."

"변태잖아!"

그 말에 에리스는 조금 울컥한 얼굴로 맞받았다.

"루데우스는 변태가 아냐. 조금 야한 것뿐이야."

"하지만 네 냄새를 맡다니… 아무리 봐도 변태야!"

"……."

에리스는 그 말을 듣고 자기 팔에 코를 가져가서 킁킁 냄새를 맡았다.

하지만 새로 맞춘 옷과 비누 냄새만 났다.

그녀는 여행을 앞두고 방금 목욕을 했다.

"변태, 아냐."

"…뭐, 지금 말은 좀 심했어."

두 사람은 그걸 끝으로 침묵했다. 추운 하늘 아래 차가운 바람이 불어와서 두 사람의 머리칼을 흔들었다.

"길레느가 늦네."

"누구를 데려갈지 놓고 다투는 걸지도 몰라."

"그래."

니나의 말에 에리스는 끄덕였다.

"…그리고 보면 네 남자 소문, 조금 들었어."

"어떤 거?"

"루데우스 그레이랫은 눈이 튀어나올 정도래."

"루데우스라면 그럴지도 몰라!"

"그리고 가슴이 작은 여자를 좋아한대."

니나는 그렇게 말하고 에리스를 보았다. 에리스도 자기 몸을 내려다보았다.

거기에는 검사답지 않게 큰 가슴이 있었다.

"……괜찮아."

그렇게 말하는 에리스의 얼굴은 조금 창백했다.

"그리고 전설의 미궁을 답파했다든가, 불사신의 마왕을 없앴다든가, 칠대열강이랑 좋은 승부를 벌였다는 소문도 들었어."

"그래, 역시나 루데우스. 그 정도는 해야지."

에리스의 얼굴에 홍조가 돌았다.

루데우스가 자신과 마찬가지로 노력한다는 이야기를 듣고 기뻤던 것이다.

"상당한 괴물이야. 보통은 이런 이야기 믿을 수가 없어."

"그렇지?"

에리스는 가슴을 펴고 입가를 실룩이면서 콧김을 내뿜었다.

"하지만 조금 이상한 소문도 들었어."

"어떤 거?"

"루데우스 그레이랫은 난봉꾼에, 항상 다른 여자를 데리고 다닌다고."

에리스의 얼굴이 굳었다.

"강하다고 자기 좋을 대로 군다는 이야기도 들었고…."

"……."

"저기, 에리스, 혹시나의 이야기인데."

니나는 작은 목소리로 말했다.

"너를 잊어버린 거 아냐?"

니나의 왼손이 고속으로 움직였다.

다음 순간 파앙 소리와 함께 에리스의 주먹을 막아냈다.

"……."

주먹은 받아냈지만, 에리스의 사나운 눈동자를 채 받아내지 못하여 니나는 시선을 피했다.

"그냥 소문이야."

에리스는 주먹을 거두고 팔짱을 꼈다. 다리를 어깨넓이로 벌리고 가슴을 펴며 입술을 일그러뜨렸다.

그리고 턱을 쳐들어 고개를 돌렸다.

"……."

"길레느가 왔어."

에리스의 시선 앞에는 말 네 필이 있었다. 그것들의 선두에 선 것은 수족 여자였다.

검왕 길레느 데돌디어. 나이가 이미 마흔 가까운 그녀는 여전히 건장한 몸을 가졌고, 두 말의 고삐를 끌고 있었다.

또 그 뒤에서 말을 끄는 것은 묘령의 미인이었다. 여행 차림이지만, 흐르는 듯한 머리칼에서는 보는 이를 포로로 삼는 매력이 나왔다.

수왕 이졸테 크루엘. 그녀가 끄는 말 위에는 수신 레이다 리아의 모습도 있었다.

"기다리게 했군."

길레느는 그렇게 말하더니 짐이 실린 말의 고삐를 에리스에게 건넸다.

"또 싸웠나?"

"니나가 잘못했어."

에리스가 입을 삐죽거리며 말하자, 니나는 어깨를 으쓱였다. 그걸 보고 길레느는 "그런가."라고 말하고 웃었다.

"흐음, 철부지 갈 녀석은 배웅도 안 오는 건가."

말 위에서 목소리가 들렸다. 이 자리에서 가장 강한 노파는 도장 쪽을 보고 기분 상한 얼굴을 하였다.

"스승님. 검신님은 술에 약하신 분이기에."

"어제 술이 덜 깼다고? 그 나이를 먹고도 그렇게 마시더니만… 그래, 니나. 지금이라면 이길 수 있을지도 모른다. 도전해 보는 게 어떠냐?"

말에 탄 노파는 그렇게 말하며 니나를 놀렸지만, 니나는 쓴 웃음만 지을 뿐이었다.

"아뇨, 검신이 될 때는 정정당당하게 정면에서 도전할 거라서."

"너는 참 곧고 착한 아이야. 너라면 그리 머지않은 미래에 이길 수 있게 될 거다. 열심히 하거라. 물론 봐야 할 곳은 위가 아니라 밑일지도 모르지만."

"밑입니까? 아무튼 지금까지의 지도가 허사가 되지 않도록 정진하겠습니다."

니나는 레이다에게 고개를 숙인 뒤에 이졸테 쪽을 보았다.

"그래서 너희는 이제부터 어쩔 거야? 도중까지 에리스와 함께 가?"

"예. 아슬라 왕국으로 돌아갑니다. 저는 검술 교관으로 성에 들어가기로 되어 있어서."

"아, 그래…. 쓸쓸해지겠네…."

니나가 그렇게 말하자 이졸테는 부드럽게 미소 지었다.

"니나도 혹시 아슬라 왕국에 올 일이 있거든 들러 주세요. 시내를 안내해 줄 테니까요."

"싫어. 나 같은 촌뜨기가 아슬라 왕국 같은 곳에 가도 이상한 짓을 해서 비웃음만 살 테니까."

니나가 그렇게 말하면서 코를 긁적이자, 에리스가 콧방귀를 뀌었다.

"흥. 우리를 비웃는 놈은 그냥 베어 버리면 돼."

에리스의 험악한 말에 니나는 자기들이 어떤 사람인지 떠올리다가 웃었다.

검왕과 수왕과 검성. 그런 세 사람을 비웃을 만한 자는 그녀들의 손이 닿지 않을 정도의 강자든가, 아무것도 모르는 멍청이뿐이겠지.

"에리스. 슬슬 가죠."

"알았어!"

에리스의 씩씩한 대답에 이졸테는 쓴웃음과 함께 말에 올라탔다.

에리스도 자기 말에 뛰어올랐다. 그렇게 난폭한 행동이 싫은지 말은 몸을 흔들었지만, 에리스가 목덜미를 두들기자 곧바로 얌전해졌다.

"다들 건강하길."

어느 틈에 니나의 눈동자에는 눈물이 맺혀 있었다.

그녀는 최근의 몇 년을, 에리스가 온 뒤의 일을 떠올렸다.

만남은 안 좋았다. 굴욕으로 시작해서 몇 번이나 고배를 마셨다. 하지만 덕분에 니나는 그 굴욕을 밑거름으로 삼을 수 있었다. 이졸테가 온 뒤로는 그녀의 부드러운 어조나 조언에 몇 번이나 도움을 받았다. 두 사람이 없었으면 지금도 평범한 검성과 같은 위치에 있었겠지. 검왕이라는 자리에 오를 수 없었을 게 틀림없다.

즉, 두 사람이 없었으면….

"안녕하십니까. 우편입니다. 사인 부탁합니다."

그때 느릿한 목소리가 울렸다.

니나는 감동의 순간이 깨져서 살짝 짜증을 내면서도 목소리가 들린 방향을 돌아보았다.

거기에는 푹신푹신한 방한구를 껴입은, 느긋한 눈치의 남자가 서 있었다.

그는 이 자리에 있는 사람이 누군지 모른다는 얼굴로 하얀 입김을 내뱉으면서 가방에서 봉투 하나를 꺼내려고 했다.

"누가 보낸 거야?"

"어어…. 에리스 보레아스 그레이랫 님 앞으로 온 겁니다."

그 말에 에리스는 눈썹을 찌푸리다가 다음 말에 눈을 치떴다.

"루데우스 그레이랫 님이 보낸 것입니다."

"루데우스!"

에리스는 곧바로 말에서 뛰어내리더니 남자에게서 봉투를 빼앗았다.

그리고 그대로 봉투를 찢으려고 하기에 남자가 다급한 기색으로 에리스의 어깨를 붙잡았다.

"아니, 사인 좀 부탁합니다. 안 그러면 보수를…."

"어디에?"

"아, 잠깐만 기다려 보세요."

남자는 가방에서 영수증 같은 것과 펜을 꺼내어 에리스에게 건넸다.

에리스는 펜을 들더니 몇 초 생각했다. 글자를 떠올리는 것이다.

그리고 더러운 글씨로 에리스 그레이랫이라는 이름을 적었다.

남자는 그 글자를 뚫어지게 들여다보고 에리스라는 글자를 확인한 뒤에 고개를 끄덕였다.

"예, 확인했습니다. …휴우. 짭짤한 일이었어…."

남자는 그걸 받아들고 의기양양한 기색으로 온 길을 되돌아갔다.

에리스는 그런 남자의 행방 따윈 아무래도 좋다는 듯이 봉투에 달라붙었다.

바로 봉인을 뜯으려는데, '에리스 보레아스 그레이랫 님'이라고 적힌 글자가 눈에 들어왔다.

분명히 루데우스의 필적이다.

'루데우스도 급했나 보네. 나는 이제 보레아스가 아닌데…. 아, 모르는 건가?'

그렇게 생각하면서 뒤쪽에 적힌 '루데우스 그레이랫'이라는 글자를 보았다.

여전히 꼼꼼하면서도 어딘가 얼이 빠진 듯한 느낌의 글씨.

과거에 이 글씨를 보면서 베껴 쓰던 때를 떠올리고 에리스는 히죽 웃었다.

그리고 봉투 끝을 손톱으로 잡아 뜯으려고 했는데… 뜯어지지 않았다. 힘을 주어 세 번 정도 잡아당기다가 에리스는 허리춤의 검에 손을 댔다.

편지를 공중에 던지고 검을 뽑았다.

"합!"

검을 휘둘렀다. 편지는 산산조각…나는 일 없이, 가장자리만 딱 잘려서 에리스의 손에 떨어졌다.

에리스는 가장자리 부분을 획 버리고 안에 든 편지지를 꺼냈다.

그리고 두근거리는 표정으로 그걸 읽기 시작했다. 읽기 시작하고, 계속해서 읽어나갔다. 하지만 그 표정은 순식간에 퉁명스럽게 변했다.

"저, 저기, 에리스, 뭐라고 적혀 있어?"

"……."

니나가 그렇게 물었지만, 에리스는 대답하지 않았다. 무서운 얼굴을 한 채로 편지에 시선을 줄 뿐이었다.

"말 좀 해 봐."

"시끄러! 모르는 글자가 좀 많아서 읽는 데에 시간이 걸릴 뿐이야!"

"아, 그래…."

"니나, 네가 좀 읽어 봐 !"

"아니, 나는 글을 못 읽는데."

"뭐야! 글을 모르면 여차할 때에 안 되잖아!"

"그렇게 잘난 척 말하는 너도 못 읽잖아!"

그런 말싸움에 이졸테도 말에서 내렸다.

"자, 진정들 하세요. 제가 읽을 테니까요."

"어, 응. 부탁해."

이졸테의 제안에 에리스는 순순히 편지를 건넸다.

이졸테는 편지를 보면서 처음에는 천천히 소리 내지 않고 읽기 시작했다. 하지만 그 얼굴은 차츰 험악하게 변했다. 그리고 끝까지 다 읽은 뒤에는 노기를 띤 목소리를 내뱉었다.

"…이 사람은 대체 뭡니까!"

"왜, 왜 그래? 뭐라고 적혀 있길래?"

"에리스. 당신, 이런 사람을 위해서 지금까지 노력했나요…. 아아, 이렇게 가엾은… 미리스 님, 도와주세요…."

이졸테는 그렇게 말하더니 손을 모으고 하늘을 올려다본 뒤 연민 어린 눈으로 에리스를 보았다.

"안 좋은 말은 안 하겠습니다. 에리스, 샤리아에 가지 말고 우리랑 같이 아슬라로 가죠. 당신 같은 사람이 못된 남자에게 속을 일은 없습니다."

"됐으니까 뭐라고 적혀 있는지 가르쳐 줘! 확 베어 버리기 전에!"

"알겠습니다. 잘 들으세요, 이렇게 적혀 있습니다."

에리스가 허리춤의 검으로 손을 가져갔을 때, 이졸테는 분노한 목소리로 편지를 읽기 시작했다.

"전략　에리스 님.

별고 없으셨습니다. 루데우스 그레이랫입니다.

우리가 헤어진 뒤로 벌써 5년이 지났습니다.

저를 기억하고 있을까요. 저는 그 때의 일을 잊지 못했습니다.

당신과의 첫날밤. 저는 당신을 따라가기로 맹세했습니다. 바로 옆에 서서 당신을 돕자고 생각했습니다.

하지만 아침에 눈을 떴을 때, 이미 당신은 제 곁에 없었습니다.

그때의 상실감, 허탈감은 제 마음에 깊은 어둠을 만들어 냈습니다.

힘들고, 애절하고, 덧없는 3년이었습니다….

물론 지금은 그 일을 원망할 마음이 없습니다.

하지만 깊은 어둠에 빠졌던 제 마음도 이해해 주신다면 기쁘겠습니다.

자, 이렇게 펜을 들게 된 것은 어느 인물이 에리스의 마음에 대해 말해 주었기 때문입니다.

저는 분명히 당신이 저를 버리고 혼자 여행을 떠났다고만 생각했습니다.

하지만 그 인물은, 그것이 제 착각이고 에리스의 마음은 항상 저를 향하고 있다고 말했습니다.

제게는 현재 아내가 둘 있습니다.

양쪽 다 많이 괴로워하던 저를 구해 준 분입니다. 에리스와의 일이 제 착각이었다고 해도 제가 많이 괴로워한 것은 사실이고, 그녀들이 저를 구해 준 것 또한 사실입니다.

하지만 혹시 에리스가 정말로 이전과 다름없는 마음이라면.

저와 맺어져서 저와 함께 살고 싶다고 생각해 준다면.

저는 받아들일 준비가 되어 있습니다. 에리스에게는 좋지 않겠지만, 지금 두 사람과 헤어질 생각이 없기 때문에 세 번째 아내라는 형태가 됩니다.

혹시 그런 것을 원치 않고 도저히 허락할 수 없다면, 저는 당신의 주먹을 받아들일 각오가 되어 있습니다. 되도록 두세 대 정도로 넘어가 주셨으면, 하는 마음도 있습니다만.

하지만 저는 가능하면 당신과 싸움은 하고 싶지 않습니다.

설령 가족이 될 수 없다고 해도 친구로서 좋은 관계를 쌓을 수 있기를 바랍니다.

그럼 이만.

　　　　　　　　　　　　　　　　　　루데우스 그레이랫이]

"……"

그 내용을 들었을 때 에리스는 굳어 버렸다.

굳어진 에리스를 보고 이졸테가 기염을 토했다.

"못된 남자입니다! 이미 아내가 둘이나 있다는 자체도 웃긴데, 셋째 아내라도 좋다면 받아들이겠다는 이 태도! 여자를 얕본다고밖에 생각되지 않습니다!"

"그래? 꽤나 에리스를 배려하면서 쓴 것 같은데…?"

니나는 그 글을 보고 얼굴을 찌푸리면서도 그렇게 반론했다.

"배려?! 오랜만에 쓰는 편지에 사랑한다는 말 한마디도 없는데요?! 그건 고사하고 받아들이네 마네 하고 잘난 척하는 모습! 저는 이 루데우스라는 사람이 마음에 들지 않습니다!"

"에리스에게 버림받았다고 생각하고 3년이나 괴로워했다고 적혀 있잖아? 가볍게 던지고 온 에리스에게도 책임이 있어!"

"그런 건 방편 아닙니까! 분명히 에리스의 검술 실력이나 몸이 목적입니다!"

"아니, 그것만 노리고 에리스를 곁에 두는 건 너무 위험부담이 크지 않을까 싶은데…."

니나는 신음하고, 이졸테는 마구 화를 냈다.

에리스는 팔짱을 낀 모습으로 하늘을 올려다보았다. 그 눈동자에는 이미 아무것도 비치지 않았다.

하늘은 파랗고, 마음은 새하얬다.

"어라? 한 장 더 있네요."

그때 이졸테는 봉투 안에 편지지가 한 장 더 있는 것을 발견했다.

그녀는 그걸 꺼내 소리 내어 읽었다.

"어어…. 어디 보자."

[추신.

저는 지금부터 용신 올스테드에게 도전하겠습니다.

이길 수 있을지는 모릅니다. 이 편지가 도착했을 때 저는 이미 이 세상 사람이 아닐지도 모릅니다. 혹시 살아서 돌아올 수 있거든 못 다한 이야기를 하지요.]

그걸 다 읽었을 때 이졸테의 얼굴은 굳어 있었다.

니나도 굳어 있었다. 그 표정은 전율이라고 할 것이었다. 용신 올스테드에게 도전한다는 말에 등골이 얼어붙는 듯한 감각을 느꼈다.

하지만 에리스의 입가에는 미소가 떠올라 있었다. 그 눈동자는 빛을 되찾고, 결의와 격정의 불길을 담고 있었다.

"서두르지 않으면 늦겠네."

그렇게 말하더니 에리스는 말에 올라탔다.

"가자, 길레느!"

에리스는 그렇게 외치고 말을 몰았다.

말은 눈을 박차면서 달렸고, 그 뒤를 길레느가 쫓아갔다.

두 사람은 아까 편지를 전해 준 남자를 길 밖으로 밀어내고 순식간에 멀어졌다.

니나와 이졸테는 그저 얼떨떨하니 그걸 지켜볼 수밖에 없었다.

제6화 준비

인신과 대화한 지 한 달이 지났다.

그 동안에도 올스테드를 쓰러뜨리기 위한 준비는 착착 진행되었다.

올스테드를 죽이기란 어렵다. 올스테드는 세계에서 가장 강하다. 그것은 당연히 루이젤드나 아토페, 페르기우스 같은 이들보다도 압도적으로 강하다는 것을 의미한다.

그들에게 못 이기는 내가 어떻게 올스테드를 쓰러뜨릴 수 있을까.

그렇기에 나는 일단 세 가지 방침을 세웠다.

세 가지. 뭐든지 셋이다. 새끼돼지도 세 마리, 감사의 인사도 세 번까지.

첫 번째, 마도갑옷의 제작.

두 번째, 동료 찾기.

세 번째, 전투방법의 모색.

일단 하나, '마도갑옷'의 제작.

일기의 내용이 사실이라면 이걸 만들면 나는 열강과 맞먹는 신체능력을 손에 넣을 수 있다. 미래의 나도 이걸 손에 넣고 꽤나 강해진 모양이니 이건 필요하다.

그런고로 나는 일단 마법도시 샤리아의 교외에 있는 작은 집을 사들였다.

공중성채에서 만들려고 했지만, 페르기우스가 허락해 주지 않았다.

그때 페르기우스가 한 말에 대해서는 나중에 따로 말하기로 하자.

자노바와 크리프에게 협력을 부탁했다. 두 사람은 자세한 설명을 듣지 않고도 내 요청에 응해 주었다.

크리프에게는 '자리프의 의수'를 응용한 시스템을, 자노바에게는 전체의 디자인이나 구동부분의 설계를 부탁했다. 두 사람은 '마도갑옷'이라는 병기의 개요를 듣더니 눈을 빛내며 곧바로 이미지를 파악해 주었다. 파워드 슈트 같은 건 이 세계에 없을 거라 생각하는데… 남자가 이런 것에 동경을 품는 것은 어느 세계든 변함없겠지.

그 다음에 실피와 록시에게도 도움을 요청했다.

록시에게는 전체의 감독을 맡기기로 했다.

내가 감독하면 좋겠지만, 마도갑옷의 장갑이 되는 단단한 바위를 만들어 내고 가공할 수 있는 것은 나밖에 없다. 거기에는 시간도 마력도 든다. 다른 일을 할 시간은 없다.

실피는 무영창으로 흙 마술을 쓸 수 있다. 게다가 전이 마술에 대해 연구했던 일도 있어서 마법진에 대해서도 밝다. 이러니저러니 해도 그녀는 스펙이 대단하다.

뭐든지 할 수 있으니까 록시의 조수 같은 위치에서 사람이 부족한 곳을 돕는 일을 맡겼다.

내가 그걸 부탁하자 실피는 기쁜 얼굴로 "맡겨줘."라고 말했다.

실피가 이렇게 기뻐하는 얼굴은 오랜만에 본 것 같다.

최근 여러모로 꾹 참게 만든 걸지도 모르겠다. 미안하군.

자, 이러한 일을 하면서 두 번째인 동료 찾기를 했다.

처음에는 혼자서 싸우는 생각도 했지만, 나는 무력하다. 미래의 루데우스 씨처럼 실전경험이 풍부한 것도 아니다.

하지만 아쉽게도 올스테드와 싸울 수 있는 레벨의 동료는 찾을 수 없었다.

바디가디는 없고, 루이젤드도 없다. 페르기우스에게는 당연하게도 거절당했다.

또 페르기우스는 이렇게 말했다.

"이 세계에서는 싸워선 안 되는 상대가 세 명 있다. 기신, 투신, 그리고 용신이다. 용신 올스테드는 그 세 명 중에서도 특히나 강하고 사정을 봐주는 법이 없다. 네 가족을 지키고 싶다는 결의는 존경할 만하고, 인신에 대해 물어보고 싶은 것도 있지만… 나는 관여하지 않겠다. 라플라스가 부활하기 전까지 죽고 싶지 않으니까."

어떻게든 동료로 끌어넣을 수 없을까 생각했는데, 틀린 모양이다.

그가 방해하지 않는 것만으로도 고맙게 생각해야겠지.

페르기우스 외에 올스테드에게 대항할 수 있을 만한 인물은 찾을 수 없었다.

높은 완력과 방어력을 자랑하는 자노바라면 혹시나 싶었지만… 아토페는 신의 아이인 자노바에게도 물리 대미지를 주었다. 그것을 올스테드가 못 할 리가 없다.

자노바가 죽는 것을 바라지 않는다. 녀석은 내 친구다.

물론 크리프도, 엘리나리제도 죽지 않았으면 좋겠다.

그렇게 생각하니 같이 싸워줄 만한 상대는 없었다.

문득 에리스의 얼굴이 떠올랐다. 그녀는 언제 이쪽에 올까. 일기를 읽어 봤을 때, 그녀는 마도갑옷을 입은 나와 호각 이상으로 싸울 힘을 가진 모양이다. 함께 올스테드와 싸워 줄까….

아니, 그녀는 같이 싸우기 전에 과거를 청산해야만 하는 상대다.

갑자기 부탁하는 건 뻔뻔한 소리겠지.

두 번째 문제는 일단 넘어가고, 세 번째. 전투방법의 모색, 싸움의 시뮬레이션이다.

혼자서 싸운다. 상대를 확실히 죽인다.

그렇게 또렷하게 정하고 생각해 보니, 취할 수 있는 작전은 많이 있었다.

주위에 아군이 없고 적과의 거리만 떨어져 있으면, 광범위를 공격하는 마술을 쓸 수 있다.

사정범위가 넓다는 것은 그만큼 회피하기 어렵다는 소리다.

라이트닝처럼 일점집중형으로 대미지를 주는 것을 직격시키는 게 제일이겠지만, 올스테드라면 쉽게 회피하겠지.

그렇다면 초원거리에서 광범위 공격을 거듭하여 대미지를

축적시키는 것이 상책으로 보였다.

상대가 이쪽을 볼 수도 없을 정도의 거리라면 디스터브 매직을 맞을 일도 없다.

어쩌면 올스테드가 방심한 사이에 공격하면 방어를 돌파할 수 있을지도 모른다.

그러기 위해 덫을 치는 수도 있다. 아무도 없는 곳으로 유인해서 올스테드가 손을 댈 만한 물건을 두고, 그걸 주워든 순간 쾅 하는 느낌으로. 그리고 내가 그 폭발을 노려서 멀리서 마술을 쏜다.

그렇게 생각하니 덫을 깔고 원거리 쾅 전법은 괜찮은 전법으로 여겨졌다.

문제는 어떻게 덫이 있는 장소까지 유인하는가, 다.

나나호시를 인질로 삼든가, 인신을 미끼로 삼든가. 어느 쪽이든 괜찮을 것 같군.

그렇긴 해도 물론 원거리만으로는 쓰러뜨릴 수 없겠지. 의외로 해치울 수 있을지도 모르지만, 못 쓰러뜨린다고 상정하는 편이 좋겠지.

그렇다면 마도갑옷을 장착하고 접근전. 미지의 영역이다.

극한의 하이스피드 배틀에 내 인식이 따라갈 수 있을까…. 이것만큼은 실제로 마도갑옷을 움직여보지 않으면 알 수 없다.

이런 생각을 하고 있으니 이 세계에 온 직후가 떠오른다.

파울로에게 이기려고 이것저것 획책하던 시절 말이다. 파울로가 전성기일 동안에 한 번은 이기고 싶다고 생각했는데… 결국 이루어지지 않았다.

하지만 당시 생각했던 전투방법은 내 안에 확실히 뿌리를 내렸다.

마술과 체술을 합친 삼차원적인 전투다.

상대가 아무리 강대해도 기본은 변하지 않는다. 상대가 나를 건드리지도 못하고, 이쪽이 일반적으로 공격한다. 상대에게 여유를 주지 않고 항상 이쪽이 상대에게 선택을 강요한다.

그런 전법이 베스트다.

하지만 올스테드에게는 디스터브 매직도 있고, 용문도 있다. 분명 다른 수단도 더 있겠지.

내가 상정한 대로 일이 진행될 가능성은 일단 없다고 생각해도 좋다.

덫과 기습, 또 뭔가 더 있으면 녀석에게 이길 수 있을까.

잘 생각할 필요가 있겠다.

세 가지를 생각해서 실행하는 건 두 가지.

솔직히 내가 서두른다는 자각은 있다. 시야도 좁아졌겠지.

더 많이 생각하고 시험해야 한다는 것은 알고 있다.

정말로 10년 정도의 기간을 써서 이런 수 저런 수로 올스테드를 몰아붙이는 게 제일이겠지.

하지만 그렇게 느긋하게 굴다가 도중에 인신의 마음이 변해서, 어느 틈에 누군가가 죽었다. 그런 일이 일어나면 나는 더

없이 후회하겠지.

그렇게 생각하던 때… 또 꿈에 인신이 나왔다.

★　★　★

하얀 장소. 무의 세계의 중심에 나는 있었다.

"으음, 생각했던 것보다 순조로워."

그래. 네 말처럼 나는 올스테드와 싸우겠어.

"싸우는 것만으로는 안 돼. 제대로 죽여 달라고."

아주 기분 좋은가 보네. 그렇게 내가 손바닥 위에서 춤추는 게 즐겁냐.

"무슨 일이 일어날지 모른다는 건 두근거리는 법이야."

그러냐. 그렇긴 해도 이렇게 타이밍 좋게 나온 걸 보니 예전에 말했던, 파장이 안 맞으면 못 나온다는 것도 거짓말이야?

"뭐, 그렇지."

미안한 기색도 없군….

그걸 보면 한정된 상대와만 접촉할 수 있다는 것도 거짓말이로군?

"그래, 거짓말이야. 하지만 신에게 선택받은 느낌이라서 특별하단 기분이지?"

쳇…. 뭐, 됐어. 조금만 더 있다가 실피와 록시에게는 올스테드와 싸우겠다고 말할게.

내가 져서 죽으면 분명 자손들은 올스테드를 부모의 원수로 증오할 테지.

그러니까….

"그 정도로는 운명이 흔들리지 않아. 확실히 죽이지 않으면 나는 네 자손을 없애겠어. 몇 년이 걸리든지."

없앤다니, 그렇게 무서운 소리 하지 마….

뭐, 됐어. 아무튼 마도갑옷의 완성에는 시간이 조금 더 걸려. 이론적으로 처음인 분야도 있어서 크리프가 고생하고 있어. 나도 서둘러서 진행하고 있지만… 그래, 앞으로 반년 걸릴 거야.

"크리프라면 바위 자체의 경도를 올리는 마법진을 만들 수 있어. 너는 물리적으로 단단할 필요가 있는 겉부분과 관절부만 담당하면 돼. 그리고 동체 부분의 마법진은 빈드 방식이 아니라 아레스탈 방식을 응용하면 돼. 그러면 문제는 해결될 거야."

오, 오오?

"또 크기는 조금 더 크게 해달라고 자노바에게 말하면 좋을 거야. 그만큼 연비는 나빠지지만, 마법진 밑에 다른 마법진을 깔아. 거기에 다른 마법진을 수복하는 마법진을 넣으면 크게 망가져도 가동할 거야."

어, 어라? 너 이런 분야에 밝은 거야?

"나는 인신이야. 투신의 갑옷을 알고 있으니까. 조언 정도는 할 수 있어."

인신… 그래, 너는 인신이야.

그리고 보면 이 세계에서는 너를 다른 이름으로도 부르는 모양이던데, 인신이란 건 가명이야?

"그건 그냥 별명 같은 거야. 나는 인신이야. 어느 틈에 그쪽 이름으로 퍼진 모양이지만."

거짓말 같다. 뭐, 이름은 지금 아무래도 좋지만.

그보다 이길 수 있어? 그 마도갑옷과 덫과 기습작전으로.

"글쎄…. 뭐, 네 마력은 라플라스급이야. 제대로 하면 꽤 괜찮게 싸울 수 있지 않을까?"

대충이군. 평소의 조언처럼 이기는 방법 같은 걸 말해 줘도 좋지 않아?

"그럼 마도구를 쓰도록 해. 마력을 넣으면 마술을 방출하는 마도구는 샤리아에 마구 굴러다니잖아. 그런 것은 일반인이 쓸 수 있게 소비마력을 낮추었지만, 소비마력을 올리려고 하면 얼마든지 올릴 수 있어. 너희가 만든 '자리프의 의수'처럼 말이야. 네 마력으로밖에 쓸 수 없을 만한 대출력의 마술을 쓰는 마도구. 그걸 몇 개 준비하면 디스터브 매직에 대비할 수도 있고, 공격수단을 늘릴 수 있지 않을까."

오, 오오. 이번에는 꽤나 구체적인 지시를 해 주는군.

"네가 생각 이상으로 열심히 해 주니까. 나도 협력을 아끼지 않겠어. 올스테드를 죽이고 싶은 건 진심이야."

…뭔가 꿍꿍이가 있을 것 같은데.

아까 가르쳐 준 마도갑옷의 제작방법도 사실은 폭발하거나 하는 거 아냐?

"…너는 그 발언에 누구의 생명을 걸겠어? 아이샤야? 노른이야? 리랴야? 제니스야?"

칫….

"내게는 올스테드의 미래가 보이지 않아. 당연하지만 너와의 싸움의 행방도. 그러니까 몰라."

그런가. 하지만 보이지 않는다는 소리는 지는 미래도 알 수 없다는 소리지.

"그래."

그런데 올스테드의 미래가 안 보이는데도 왜 너는 내 자손이 올스테드와 손을 잡는다는 걸 알지?

"올스테드가 안 보여도 자기 미래 정도는 보여. 네 자손이나 모르는 남자와 함께 나를 둘러싼 올스테드의 모습이."

자기가 미래에 보는 건 보인다는 소린가. 그 뒤에 어떻게 되지?

신나게 두들겨 맞나?

"그래, 저항도 헛되이 참혹하게 죽지."

흐응…. 그보다 너는 왜 올스테드에게 찍혔어? 살해될 만큼 못된 짓을 한 거 아냐?

"글쎄, 왜일까. 그 자신에 관해서는 나도 전혀 기억이 없어."

가르쳐 주지 않는 거냐, 아니면 정말로 짚이는 데가 없냐.

뭐, 어느 쪽이든 좋아. 네 말은 거짓말이 많아. 무슨 소리를 해도 신용할 수 없어.

"너무하네. 말해두겠는데 네게 불이익이 되는 거짓말은 그 지하실에 대한 것뿐이거든?"

지금까지의 조언은 그 지하실 거짓말을 따르게 하기 위한 거 겠지?

"뭐, 그래. 하지만 네가 록시와 자식을 만들지 않으면 거짓 말을 안 해도 되었어."

그럼 그냥 록시랑은 자식을 만들지 말라고 하면 되잖아!

왜 그렇게 뱅뱅 도는 짓을 하는데!

"만드니까. 너는 내가 무슨 소리를 해도 록시와 자식을 만들 어. 그런 식으로 정해진 모양이야. 내가 수정해도… 몇 번이 나, 몇 번이나 수정해도, 그 미래에 도달해."

정해져 있다니…. 아니, 화내서 미안해. 분명히 결과적으로 록시와 결혼해서 자식을 만들었어. 생각해 보니 스스로도 이상 한 짓을 했다 싶은 면도 있어.

그게 운명이겠지. 그런 운명이 마음에 안 든다면.

나는 하겠어, 인신. 네 말을 따라서 올스테드를 죽이지.

하지만 그 전에 여기서 확실히 말해두고 싶어.

"뭔데?"

올스테드를 죽이거든 두 번 다시 내게 상관하지 마.

가족에게도 손대지 말아 줘. 그렇게 약속해 줘.

"너 말이지, 애초에 내가 약속을 지킬 거라곤 생각도 않는 거 아냐?"

생각이야 않지, 하지만… 그래도 올스테드를 죽이면 어쩌구 하는 것도 거짓말일까?

나는 이대로 올스테드 쪽에 붙어서 너와 적대하는 편이 낫다고 생각하기 시작했거든?

"해 보시지. 확실히 나는 너를 죽일 수 없고, 올스테드도 죽일 수 없어. 하지만 각오하라고. 나를 적으로 돌리는 게 어떤 건지 알게 해 주지."

그게 블러프일 가능성도 있어. 사실 너는 말밖에 못 하는 거야. 나한테 뭘 시키는 것도 뱅뱅 돌고…. 이렇게 나를 위협하는 것도 사실은 적으로 돌리기가 무섭기 때문일까?

"그건 네 운명이 강하니까 그걸 이용해서 일찌감치 싹을 따 버리려는 것뿐이지만…. 하아…. 뭐, 됐어. 어차피 무슨 소리를 해도 너는 믿지 않겠고. 그렇게 내 힘을 과소평가하고 깔봐도 좋아. 잘 있어. 실컷 후회해 봐."

아…. 아니, 미안. 지금 건 취소. 잠깐 스톱.

나는 그저 보증이 필요할 뿐이야. 너는 내가 올스테드에게 지면 가족을 죽이겠다고 위협했어. 그럼 반대로 올스테드에게 죽어도 네가 표변해서 내 가족을 죽일 가능성도 있잖아? 그런 상태로 올스테드를 쓰러뜨린다니 모티베이션이라는 점에서 좀 어렵겠지?

"…휴우. 그래, 알았어. 약속하지. 인신의 이름을 걸고 이 약속을 지키겠어. 혹시 네가 올스테드에게 이긴다면 내 근심도 없어져. 너와 엮일 필요도 없어져. 너와 네 아내. 네 부모, 네 동생들. 네 자손. 네 애완동물에 이르기까지 손도 발도 입도 안 내밀겠어."

정말이지? 약속 지켜라.

"뭣하면 네 가족이 궁지에 빠졌을 때 말로 도와줄게."

…아니, 조언은 됐어.

"그래. 그럼 힘내봐."

메아리가 남으면서 내 의식은 흐려졌다.

그런 꿈을 꾼 뒤로 한 달이 경과했다.

마도갑옷의 제작은 순조로웠다.

인신이 시킨 대로 마도갑옷을 다소 크게 만들기로 했다.

높이 3미터 정도. 오○배틀러의 절반 정도 크기다.

일기에 있는 마도갑옷은 내 온몸을 뒤덮는 정도였지만, 그보다 크게 만든다.

키워놓고 보니 여러모로 깨닫게 되는 게 있었다. 기술적으로도 큰 편이 편하고, 견고함도 늘었다.

크게 하라는 말은 지극히 옳았다.

크리프에게 인신이 한 말을 전하자, 그는 뭔가 크게 깨달은 얼굴로 제작에 몰두했고 그때까지 막혀 있던 부분을 순식간에 마무리 지었다. 반년은 걸릴 거라고 생각했는데, 생각 이상으로 일찍 끝날 것 같다.

예정으로는 앞으로 한 달만 더 있으면 완성된다.

고작 석 달…. 이런 상황이 아니었으면 분명히 인신에게 감사했겠지.

얄궂은 이야기다. 미래의 내가 인신을 쓰러뜨리기 위해 만든 마도갑옷이 인신의 조언으로 만들어지다니….

그렇게 생각하니 분명 또 꿍꿍이가 있겠다고 의심스러워지지만, 이걸 만드는 것은 자노바와 크리프다.

나는 두 사람을 믿고 있다.

마도구 쪽도 찾아보았다.

이건 록시가 도와주었다.

인신이 말했던 마도구는 금방 찾았다.

지팡이 모양의 마도구. '쏴라'라는 말로 발동하여 초급 마술을 발사하는 것이다.

마도구로선 일반적이고 위력도 대단하지 않다. 원거리 공격을 원하는 시프가 이따금 소지하는 경우도 있다. 인신의 말을 요약하면 이 마도구가 내 마력량을 견딜 수 있게 개조하면 내가 평소에 쓰는 스톤 캐논을 쏠 수 있다고 한다.

거기서 나는 어떤 방안을 생각했다.

출력만이 아니라 계속 마력을 흘려보내면 연사할 수 있게 만들고, 그걸 열 개 정도 묶으면… 평소에 쓰는 스톤 캐논으로 개틀링포 같은 탄막을 펼 수 있지 않을까.

그 이야기를 하자 록시는 무표정하게 끄덕였다.

"루디의 마술은 강력하지만 한 발씩밖에 쏠 수 없으니까요. 좋은 생각입니다. 제 지인 마술사 중에 마도구 제작자가 있으니까 부탁해 보지요."

록시는 그렇게 말하고 최근 친해졌다는 마술사와 교섭했다.

여기서는 좀처럼 찾아볼 수 없는 엘프 여성이었다. 엘프는 다들 예쁘장한 얼굴인데, 그 사람의 손톱은 새까맣고 얼굴에도 검댕이 묻어 있었다. 기술자다.

그녀는 내 이야기를 듣고 그 아이디어에 놀라는 동시에,

"하지만 그런 요구에 맞춰 만들면 마력 소비가 너무 커. 마도구에 마력을 다 먹혀서 죽을지도 모르는데?"

라고 주의를 주었다.

죽을지도 모른다. 이게 인신이 노리는 바일까. 하지만 스톤 캐논이라면 하루에 1만이나 2만 번 정도 쏠 수 있다. 아마도.

…뭐, 됐어. 마력이 고갈되면 올스테드에게 져서 죽겠지.

이번에는 마력을 물처럼 쓰면서 아슬아슬한 한계까지 싸우지 않으면 못 이긴다.

"문제없습니다. 부탁합니다."

그렇게 말하자 엘프 기술자는 마다 못해 끄덕였다.

아무튼 이걸로 근거리전의 무기는 입수했다. 통하기를 빌자.

"루디."

돌아오는 길에 록시와 잠깐 이야기를 했다.

"당신이 무엇과 싸울 생각인지는 모릅니다만, 그런 걸 만들지 않으면 못 이기는 상대입니까?"

"그런 게 없어도 물론 이기지요."

나는 록시를 안심시키기 위해서 그렇게 말했지만, 록시는 새된 눈으로 나를 보며 입을 삐죽거렸다.

"예전의 루디는 거짓말을 안 하는 착한 아이였는데, 최근에는 거짓말과 비밀만 늘었네요."

그런 말을 하면 괴롭다. 뭐, 거짓이나 비밀에 대해서는 예전부터 꽤 많았는데.

"죄송합니다…."

"아뇨, 됐습니다. 저도 비밀이 하나 있으니까요. 하지만 루디. 저는 분명히 그것을 주위와 의논했습니다. 루디는 제가 아니어도 되지만… 누군가와 의논하고 있나요? 혼자서 끌어안고 있는 건 아니지요?"

"괜찮습니다."

록시의 비밀은 대충 예상이 간다.

그녀는 최근 별로 야한 일을 해 주지 않게 되었다.

내가 부탁하지 않게 된 것도 있지만, 그녀도 의도적으로 그런 방향으로 이야기가 흐르는 것을 피하는 듯하다.

일기에서도 지금 시기였고, 역시 임신했겠지. 아직 입덧은 시작하지 않은 모양이지만, 입맛의 변화도 보이고.

언제쯤 발표할까. 안정기가 되었을 때일까. 아니면 나의 이 문제가 정리될 때까지 입 다물고 있을 생각일까. 어찌 되었든 내가 올스테드와 싸우기 전에 발표해 주었으면 싶다. 그때는 성대하게 축하하고 싶다.

애초에 나는 미래가 없을지도 모르고.

다음날, 나는 나나호시를 찾아갔다.

공중성채는 출입금지라고만 생각했는데, 의외로 간단히 들여보내 주었다.

페르기우스는 올스테드를 두려워하는 주제에 그런 쪽으로는 관대한 걸까.

"분명히 출입금지일 거라고 생각했습니다만."

"페르기우스 님은 죽음을 앞둔 자에게는 대단히 관대하십니다. 나나호시 님과의 마지막 작별인사도 당연히 허락해 주십니다."

질문해 보니 실바릴은 순순히 그렇게 대답했다.

아무래도 이미 져서 죽을 거라고 생각하는 모양이다.

이번에 성에 들여보내 준 것은 저승길 선물이라는 모양이다.

응, 호의로 받아들이자.

나나호시는 몸이 꽤 괜찮은 듯했다.

마법대학의 연구소에서 자기 물건을 몇 개 가져온 모양인지, 방도 다소 화사해졌다. 창가에 있는 루이젤드 인형은 분명 자노바의 선물이겠지. 십자가 장식물은 크리프가 준 걸까. 난처할 때에 기댈 수 있는 신이 있는 건 좋은 일이니까.

나도 이 세계에 올 때까지는 신 같은 걸 안 믿었지만, 지금은 그렇게 생각한다.

"그렇게 해서 대충 준비는 되었으니까, 놈을 유인할 수단에 대해 조금 의논하고 싶은데."

"알았어. 하지만 알 거라고 생각하지만 올스테드는 꽤 강해."

"그래."

"봐주는 법도 없어. 어떤 기준으로 상대를 고르는 건지 모르지만, 죽이기로 마음 먹은 상대에게는 주저하지 않고."

"……."

"나는 그와 몇 년 동안 함께 있었는데, 그가 고전하는 모습을 한 번도 본 적이 없어. 거대한 드래곤도 일격이었고…."

"그렇게 겁주지 말래?"

"미안해. 하지만 다시 생각해 보겠어? 올스테드를 죽인다니…."

"그러니까…."

"응, 미안해. 알고 있어."

왠지 불안해졌다.

내가 정말로 이길 수 있을까.

"아무튼 정면에서 싸우는 건 추천할 수 없어."

"그래. 나도 아무리 신체 능력이 향상되었다고 해도 이길 것 같지 않아."

"어딘가로 유인하고, 거기서… 당신 자신은 숨어서 마술로 공격하는 게 제일이라고 생각해."

"으음, 달리 없을까?"

"그래…. 아."

"뭐 좀 있어?"

"…나도 돕기로 했으니까 말하는 건데."

"그래."

나나호시는 꿀꺽 침을 삼키고 말했다.

"독을 쓰는 건 유효할지도 몰라."

독인가. 이 세계에는 해독 마술이 있지만, 기존 해독 마술로는 낫지 않는 병이나 독도 존재한다.

올스테드가 그런 쪽으로 어느 정도 실력인지 모르지만….

그래도 통용하는 독은 있을 것이다. 아리엘에게 물어보면 준비할 수도 있겠지.

왕족이니까 그런 쪽으로 알 것 같다.

"독과 덫, 그리고 원거리 공격…. 그래, 나나호시, 인질이 되어 줄 수 있겠어?"

"인질…. 좋긴 한데, 올스테드가 나를 생각해 줄지는 알 수 없어."

"그도 그런가…. 게다가 한 패라고 들켜서 나나호시에게까지 피해가 가는 건 안 좋고…."

"아, 그, 그렇구나. 생각도 안 했어."

뭐, 그만둘까. 내 입장에서 생각하면, 지금 인신이 하고 있는 짓과 비슷한 방식이다. 고로 대단히 유효하다고 알지만, 그 이상으로 상대에게 '의욕'을 준다.

싸움에서 상대의 모티베이션을 올리지 않는 건 중요하다.

"달리 뭐 없을까?"

"그래. 예전 세계에서 강적과 싸우는 만화가 어떤 게 있었더라."

"만화를 참고로 해도 좋은 결론은 안 나올 거라고 생각하는데…."

"……."

그 뒤에 나나호시와 잠시 이야기를 하며 몇 가지 작전을 떠올렸다.

내가 봐도 잔재주뿐이다. 이런 자잘한 기술이 올스테드에게 통용될 것 같지 않지만….

아니, 자잘한 것도 쌓이면 연계기가 된다.

전혀 안 통하는 일은 없겠지.

"그럼… 열심히 해 봐."

"그래."

"당신이 돌아오지 않으면, 나도 아마 돌아갈 수 없으니까."

나나호시와도 이야기하여서 올스테드를 유인할 방법을 세웠다.

아리엘에게도 협력을 요청했다.

해독이 안 통하는 독이라는 말에 그녀는 별로 좋은 얼굴을 하지 않았다.

하지만 그래도 자신과 관계있는 뒤쪽 세계의 집단을 소개해 주었다.

그 집단은 도적단을 업그레이드한 듯한 집단으로, 마피아나 갱이라고 하는 게 옳을까. 마약이나 밀매품을 다루는 조직으로, 암살용 독도 만들어 주는 모양이다.

안내받은 장소는 마법도시 샤리아에 있는 폐가 지하로, 달달한 냄새의 연기가 충만한 방이었다. 거기서 기다리는 것은 연락창구인 외눈박이 남자.

"여어, 루데우스 씨. 처음 뵙겠습니다."

그는 나를 이미 알고 있는지 저속한 얼굴로 웃었다.

"오늘은 어떤 약이 필요하신지? 천천히 괴로워하는 녀석인지, 아니면 바로 저세상행인 것인지. 다리가 저려서 못 움직이게 되는 것인지, 마술사용으로 혀가 찌릿찌릿하게 되는 것인지. 여자가 정신 놓게 만드는 것도 있고. 밤생활에 질렸거든 써 보는 것도 좋지."

마약부터 마비약, 미약까지 다루는 모양이다. 좋군.

"전부 다."

"전부 다라니…. 상관이야 없지만 조금 비쌀 텐데?"

"괜찮아."

"예예. 그렇게까지 죽이고 싶은 상대가 있다니…. 그리고 마지막 것은 어떻게 하지?"

"그건…."

문득 올스테드에게는 독이 통하지 않을 가능성이 머리를 스쳤다.

해독 마술이 통하지 않는 독을 쓰자는 생각은 누구든지 할 수 있겠지.

올스테드는 남들에게 미움을 사는 저주를 가진 모양이고, 독살에도 대비했겠지.

어쩌면 독에 대한 내성이나 만능약 같은 것을 가졌을지도 모른다.

"그것도 부탁합니다."

"헤헤헷, 당신도 얌전한 아내가 침대 위에서 풀어지는 것을 보고 싶은가?"

"내 아내는 침대 위에서는 어리광쟁이거든요."

"호오, 그 무언의 피츠가… 상상도 할 수 없는데."

미약이라면 통용되는 건 아니겠지만, 기대는 해 볼 수도 있다.

몸이 안 좋아지는 거라면 뭐든지 써 봐야 한다.

그렇게 생각하면서 약을 조달했다.

그렇게 움직이면서 올스테드와의 결전장 준비도 하였다. 혼자서 싸울 것을 상정한다면 도시에서 떨어진 장소여야만 한다. 도시에서 떨어졌고, 주위에 사람이 없고, 그리고 덫을 설치할 수 있을 만한 장소. 모험가 길드에서 그런 장소의 정보를 모으고, 정보가 손에 들어오는 대로 직접 찾아가서 조사했다.

또한 덫 제작 쪽으로도 엘리나리제를 통해 모험가를 소개받고 가르침을 받았다.

그걸 가르쳐 준 모험가는 원래 암살자 출신으로, 사람을 빠뜨리기 위한 덫을 여러 가지 알고 있었다.

마음속의 허를 찌르는 덫이다.

실제로 나도 몇 개 시험해 보았는데, 나는 주의했음에도 불구하고 걸렸다.

올스테드가 걸릴 거란 생각은 전혀 하지 않지만, 그래도 없는 것보다는 낫겠지.

또한 엘리나리제에게 근접전에 대한 가르침도 받았다.

그녀는 파티로 싸우는 것에 능하지만, 1대1 전투가 그만큼 대단한 건 아니다.

그래도 오랫동안 살아왔기에 경험이 부족한 것도 아니다.

지금까지 자기보다 훨씬 강한 상대와의 싸움은 몇 번이나 경험했다. 신체능력면에서 그렇게 뛰어난 것도 아닌데 살아남았다. 그러니까 그녀의 가르침은 도움이 된다.

그런 의미에서 이럴 때에 루이젤드가 있으면 좋았겠지만, 없는 사람을 찾아봤자 소용없다. 페르기우스도 도와주지 않고.

그와 나란히 마도갑옷을 장착했을 때의 움직임도 상정해 보았다.

마도갑옷에는 마도구를 잔뜩 넣고 스톤 캐논으로 탄막을 치면서 싸운다.

뒤로 물러나면서 전투를 벌이게 되겠지. 탄막을 치고 진흙탕이나 안개로 발을 묶으며 상대의 틈을 봐서 큰 기술을 먹인다.

알기 쉬워졌다.

마지막으로 지하실을 해금하고 신단을 향해 전승 기원의 기도를 올렸다.

쥐를 죽인 지 두 달, 미래의 내 말을 믿는다면 이만큼 경과했으면 마석병의 균이나 바이러스는 사멸했을 것이다. 하지만 록시의 출입은 금지하고, 드나든 자는 철저하게 손을 씻고 양치질을 하게 했다. 단순한 위안일지도 모르지만.

내친김에 올스테드에 대한 대항책으로 뭔가 좋은 게 없을지 찾아보았다.

지하실에 있는 마력부여품은 잡동사니뿐이다.

그런 잡동사니는 '프로스트 노바'의 영향으로 한 차례 얼어붙었을 텐데, 문제없이 가동했다.

한 번 썼다가 벗으면 안에서 물이 나오는 모자.

쓰면 이마의 보석이 빛나고 회중전등 대용이 되는 투구.

열어보면 안에서 무럭무럭 연기가 나오는 상자.

상대를 찌르려고 하면 칼날이 고무처럼 흐물텅해지는 단검.

신고 걸으면 악취를 풍기는 신발.

기타 등등.

일단 창고에 넣어놨는데, 어디에 쓸지 알 수 없는 것뿐이다. 이런 것이라도 개인기 정도로는 쓸 만한데….

상자는 연막 정도로 쓸 수 있을까.

어떻게든 이러한 장비를 올스테드에게 씌워 주고 싶은데 어렵겠지.

결국 벗어 버리면 의미는 없고. 하지만 어디에 쓰일지도 모르니 몇 개 가져갈까.

지하실을 떠날 때 신단을 향해 다시 한번 전승기원의 기도를 올렸다.

중요한 일이니까 두 번이다.

준비는 착착 진행되었다.

하지만 내 마음속에서는 일말의 불안만이 사라지지 않고 남아 있었다.

제7화 준비 완료

불안은 사라지지 않아도 시간은 흐르고, 또 한 달이 경과했다.

마도갑옷 제1호가 완성되었다.

완성까지 고작 석 달. 중간부터 돈을 물 쓰듯이 쓰고 사람을 고용해서 단순작업을 시킨 것이 완성을 앞당기는 결과로 이어졌다.

크기는 예정대로 약 3미터.

숲속에서 싸울 생각이니 컬러링은 검정과 갈색, 진녹색을 섞은 색깔. 온몸을 내가 만든 거친 장갑판으로 뒤덮었기 때문에 땅딸막한 모습이라서, 멋지다는 느낌을 찾아볼 수 없다.

탑승은 등 쪽에서. 기체 뒤에 인간형의 구멍이 뚫려 있고, 거기에 박히는 것처럼 입는다.

마력을 넣으면 내 몸처럼 움직이게 되어서, 등의 장갑판을 수동으로 장착한다.

이 등의 장갑판에는 어느 마법진이 들어 있어서, 내가 한마디만 하면 자동적으로 파지, 갑옷에서 긴급탈출 가능하게 되었다.

오른손에는 개틀링포를 넣었다.

스톤 캐논을 연발하는 마도구다. 내가 전력으로 마력을 넣으면 내가 쓸 수 있는 최고 레벨의 스톤 캐논이 초당 열 발은 나간다. 어지간한 마물이라면 순식간에 고깃덩어리가 되겠지.

이건 올스테드의 디스터브 매직에 대한 대책이기도 하다.

왼손에는 흡마석을 넣었다. 올스테드의 마술에 대해서는 디스터브 매직으로 대처할 생각이지만, 상황에 따라서는 다 대처할 수 없을 수도 있다. 완성된 마술을 소멸시키는 이 돌은 디스터브 매직으로는 늦을 경우에도 쓸 수 있다. 있는 편이 좋다.

일단 근접전용 무기로 방패도 준비했다.

나도 다소 검을 쓸 수 있지만, 올스테드에게 통할 리 없겠지. 그렇다면 근접전투는 방어를 중시하는 편이 좋다는 결론에 도달했다. 게다가 벼락치기로 검을 쓰는 것보다는 무거운 덩어리로 때리는 편이 대미지도 크겠지.

방어는 최대의 공격이 될 수 있다. 전차의 이론이군.

내친김에 방패 끝에는 파울로가 사용했던 검을 장착했다.

노른이 가진 것이 아니라 아이샤에게 주었던 방어 무시의 효과를 가진 마검 쪽이다.

올스테드에게 통할지는 모르지만, 이것도 만에 하나를 대비해서 있는 편이 좋다.

그 결과 위풍당당이라는 형용사는 실수로라도 쓸 수 없는 꼴이 되었다.

이 세계에는 도저히 어울리지 않는 위장 도색에 개틀링포, 검이 달린 거친 외모의 방패.

그런 것이 마법도시 샤리아 교외의 대지에 엎드려 있다.

너무나도 무겁기 때문에 입은 뒤에 마력을 넣지 않으면 일어설 수도 없다.

"오오, 멋지군."

"으으음, 꽤 중후해서 괜찮지 않습니까."

"그런가? 루디는 더 스마트한 느낌이 어울릴 것 같은데…."

"저도 솔직히 좀 아니라고 생각해요."

"…뭔가 마물 같습니다. 색상을 어떻게 할 수 없었습니까?"

크리프와 자노바는 만족스럽게 끄덕였지만, 여성진의 평가는 안 좋았다.

이런 점은 남자와 여자의 감성 차이일까. 아니, 줄리는 꽤나 만족스러운 얼굴을 하고 있으니까, 여자라고 싸잡아 말하는 것도 잘못이겠지.

혹시 무사히 돌아올 수 있거든 아이샤나 노른의 의견도 들어볼까.

뭐, 디자인은 아무래도 좋지만.

"…자, 그럼 최종 테스트를 해 볼까 합니다."

마음을 다잡고 나는 전원을 둘러보았다.

실피, 록시, 자노바, 크리프, 엘리나리제. 줄리와 진저도 있다.

나나호시는 없다. 그녀에게는 올스테드를 유인할 방법을 부탁하고 싶지만, 그녀는 원래 세계로 돌아간다는 목적이 있다. 고로 '내 협박에 어쩔 수 없이 협력하게 되었다'는 형태를 취하기로 했다. 그러니까 우리와 함께 행동하지 않는다.

지금쯤 공중성채에서 페르기우스에게 소환 마술에 대해 배우고 있겠지.

물론 그래도 올스테드에게 죽을 가능성이 있긴 하지만, 나나호시는 창백한 얼굴을 하면서도 어쩔 수 없다며 승낙해 주었다.

"그럼 저는 견학하도록 하겠습니다."

록시와 줄리는 그렇게 말하고 조금 떨어진 장소에 설치한 견학용 의자에 앉았다.

록시의 배는 아직 눈에 띄지 않지만 꽤 불렀다.

슬슬 숨길 수 없을 테니 보고를 해 주었으면 하는데.

아니, 하지만 지금 상황에서는 내게 별로 좋지 않겠지.

이 싸움이 끝나면 아이가 태어난다…라니.

아니, 그런 생각은 하지 마. 불안은 집중력을 흩트리는 요인이다.

이길 수 있고, 아이는 태어나고, 나는 태어난 아이에게 이름을 붙이고, 다음 아이를 만들기 위해 힘쓴다.

그런 미래가 기다리고 있어, 좋아.

"그럼 타 볼 테니까, 실피와 자노바, 엘리나리제 씨. 셋이서 동시에 덤벼 보세요. 크리프는 식별안으로 보면서 뭔가 알아낸 것을 부탁합니다."

"알았어."

"알겠습니다."

그렇게 승낙하는 두 사람과 달리 엘리나리제는 두 손을 들고 뒤로 물러났다.

"미안하지만 저는 견학하도록 하겠어요. 다칠 것 같아서요."

그러고 보면 일기에 엘리나리제가 임신했다고 했던가?

잘 보니 분명히 배가 좀 부른 것도 같다.

배려가 부족했을까.

"뭐, 아기가 유산이라도 되면 큰일이니까요. 록시와 함께 지켜보도록 하세요."

"뭐?! 유산?!"

경악하며 외친 것은 크리프였다.

그는 고개를 돌려서 엘리나리제의 배를 똑바로 보았다.

"아기…. 새, 생긴 거야?"

"저주가 멎었으니까 십중팔구 그렇겠지요."

"저주가 멎었다니. 어? 하지만, 지금까지와 마찬가지로, 그렇게, 했잖아!"

"했지요."

"누구… 혹시 루데우스의 애는, 아니지?"

"화낼 거예요. 크리프."

"하, 하지만…."

"그렇게 믿기지 않거든 직접 보고 확인해 보세요. 식별안으로 알 수 있을지는 모르지만요."

"으, 음."

크리프는 그 말에 안대를 벗고 엘리나리제에게 다가갔다.

키스라도 하는 게 아닐까 싶을 정도로 엘리나리제의 배로 얼굴을 가져갔다.

자궁 안까지 투시하는 게 아닐까 싶은 느낌이다.

그래도 아직 모르는 건지, 크리프는 천천히 엘리나리제의 스커트를 들췄다.

"어머, 크리프도 참. 이렇게 사람이 많은 곳에서 대담하긴…."

"잠깐 조용히 해 줘."

"예."

크리프의 필사적인 목소리에 엘리나리제는 어깨를 으쓱였다. 그렇긴 해도 긴 스커트 안에 들어가다니 뭔가 외설적이군. 다음에 록시나 실피에게도 해 볼까….

실피의 롱스커트 차림. 분명 어울릴걸.

…아니, 지금은 그런 생각을 할 여유가 없다.

"…정말이다."

크리프는 창백한 얼굴로 스커트 안에서 나왔다. 식별안이란 건 그런 것도 알 수 있나. 어쩌면 임산부라는 단어가 나온 걸까.

"어, 어쩌지, 어쩌면 좋지?"

"어쩌고 뭐고 있나요."

"하, 하지만 큰일이잖아? 저기, 여성의 임신과 출산은….."

"크리프. 저는 몇 번이나 경험했으니까 괜찮아요. 맡겨두면 건강한 아이를 낳을 테니까요."

"어, 어어….."

크리프는 창백한 얼굴. 너무 갑작스러워서 뭘 어떻게 해야 좋을지 모르겠다는 느낌이겠지.

"그렇긴 해도 루데우스도 참….. 록시가 말했나요?"

"…아뇨, 왠지 모르게 그런 게 아닐까 싶었을 뿐입니다."

"그래요. 뭐, 그렇게 되었으니 거친 일은 사양하도록 하겠어요."

"알겠습니다."

엘리나리제는 손을 하늘하늘 흔들면서 물러났다.

그리고 록시의 옆에 앉아서 뭐라고 이야기했다. 록시가 자기 배를 쓰다듬는 것을 보면 그런 쪽 이야기일까. 록시와 엘리나리제, 거의 같은 시기에 임신한 걸까.

일단 그 문제는 넘어가자.

"그럼 다시 마음의 준비를 하고, 테스트를 시작하겠습니다."

그 말에 실피와 자노바는 표정을 다잡았다.

한 시간 뒤, 테스트는 끝났다.

마도갑옷의 성능은 대단했다. 달리면 시속 200킬로는 나오는 게 아닐까 싶을 정도의 속도. 점프하면 수백 미터까지 올라가고, 지면을 때리면 크레이터가 생긴다. 실피의 마술은 맞지 않고, 맞더라도 튕겨낸다. 자노바의 주먹을 맞아도 꿈쩍도 하지 않는다. 뿐만 아니라 자노바의 손뼈가 부러져서 비명을 지르게 했다.

성공이다. 신의 아이인 자노바에게 대미지를 줄 수 있다면 분명 올스테드에게도 대미지를 줄 수 있다.

나로서는 어쩐 일로 실패 한 번 없이 제작에 성공했다는 느낌이다.

아니, 내가 잘한 건 아니다. 자노바나 크리프 덕분이다.

그렇긴 해도 이게 이 세계에서 투기를 두르고 싸우는 자의 감각일까.

압도적이다. 페르기우스나 아토페가 잘난 척하는 것도 이해가 간다.

이 마도갑옷을 입으면 가능할까.

응, 가능할 거야…. 이걸로 가자.

아무튼 준비는 되었다.

모든 준비가 끝난 날 밤, 록시에게서 커밍아웃이 있었다.

"슬슬 말해도 좋으리라고 생각합니다만, 임신했습니다."

그날은 노른이 돌아온 날.

저녁식사 직전. 가족이 모두 모인 타이밍이었다.

"그거 축하할 일이로군요!"

처음에 반응한 것은 리랴였다. 그녀는 평소에 별로 감정을 드러내지 않지만, 이번에는 웃음과 함께 제일 먼저 축하의 말을 하였다.

순간 아이샤의 입장을 생각한 걸까 했지만, 사전에 록시와 이야기를 했겠지. 눈앞의 요리가 약간이나마 화려한 것을 봐도 그런 게 엿보인다.

"축하해, 록시."

실피도 대충 눈치채고 있었을까, 리랴와 마찬가지로 서로 의논을 했겠지. 빙그레 웃으며 그 사실을 받아들였다.

그 미소를 보았을 때, 나는 뭐라고 할 수 없는 데자뷔 같은 것을 느꼈다.

지금 상황은 과거에 리랴가 임신했을 때와 비슷하다고 할 수도 있다.

물론 다른 부분은 많다. 제니스와 리랴가 있고, 나는 록시와 바람피운 것도 아니다. 아니, 그 과정에는 그런 것도 있었지만, 적어도 제대로 이야기를 하여 결론을 내놓았다.

실피는 록시를 받아들여 주었다. 파울로처럼 따귀를 맞는 일도 없고, 제니스처럼 격앙하여 수라장이 되는 일도, 리랴처럼

우는 일도 없었다.

여기는 행복한 공간,

"루, 루디. 뭐라고 말 좀 해 보세요."

록시는 아무 말도 없는 내게 불안을 느꼈는지, 다소 겁먹은 목소리로 내 쪽을 보았다. 내가 해야 할 일은 다름없다.

"감개무량합니다. 고마워요, 록시."

"예? 고맙다고요?"

록시는 고개를 갸웃거리며 쓴웃음을 지었다. 하지만 그 얼굴은 결코 싫어하는 얼굴이 아니었다.

"루디는 루시 때에도 고맙다고 했어."

실피가 웃으면서 그렇게 말했다.

그러고 보면 그랬나. 하지만 그럴지도 모르겠다. 왜 나는 그런 말을 하는 걸까.

으음….

"뭐라고 할까, 아이가 생기고 그걸 보고해 주는 건, 나를 받아들여 준 증표 같은 기분이 들어서."

"저는 예전부터 루디를 받아들였는데요…. 아."

나는 록시를 들어서 내 무릎 위에 앉혔다. 실피 앞에서 이러는 것은 별로 좋지 않지만… 오늘은 록시의 날이라고 생각하도록 하자.

"선생님에게는 많은 것을 배우고 몇 번이나 도움을 받았습니다. 그리고 아이까지 낳아 주는군요…. 고맙다는 말밖에 이 감사의 마음을 표현할 수 없습니다."

"루디에게 선생님 소리를 들은 건 오랜만이네요…."

록시는 배를 쓰다듬었다. 임신 석 달 정도일까. 살짝 커진 게 보였다.

실피 때도 생각했지만 역시 대단하네…. 아이가 생긴다는 건.

"지금 루디는 제 남편이고, 저도 루디의 아이를 원했으니까, '장하다'라든가 '잘했다'면 된다고 생각해요."

"그런 말은 너무 잘난 척하는 것 아닐까요?"

"그러지 말고 가끔은 제 말도 들어주세요."

"그럼… 자, 잘했어."

"후후, 당연합니다."

록시는 그렇게 말하면서 뒤통수로 내 가슴을 꾹꾹 눌렀다.

여유가 있군. 실피 때는 더 불안정했던 것 같은데. 그러고 보면 엘리나리제도 록시의 임신에 대해 아는 눈치였다. 록시는 그녀 나름대로 여러 사람과 의논하고 안정되었겠지.

내가 바쁘기 때문이라고 해도 왠지 미안하군.

너무 바빠서 가족을 돌봐 주지 못하는 아버지 같다…. 아니, 루시도 있고, 나도 일단 이미 아빠인가. 딱히 돈을 버느라고 바쁜 건 아니지만.

그렇게 생각하면서 록시를 껴안고 눈앞에 있는 뒤통수에 얼굴을 비볐다.

록시의 냄새는 역시나 좋군. 마음이 놓인다.

"오빠, 식사 자리에서 너무 그러지 말아 주세요!"

노른이 테이블을 타앙 때렸다. 얼굴이 새빨갛다.

"가끔은 좋잖아. 록시 언니도 항상 사양하니까 오늘 정도야."

즉각 변호해 준 것은 아이샤였다.

그녀는 버릇없게도 테이블에 팔꿈치를 얹고 턱을 짚고 있었다. 그 얼굴에는 히죽대는 웃음이 있었다.

"노른 언니, 요즘 오빠가 신경 안 써 주니까 삐친 거지?"

"아, 아냐! 아냐. 그저 실피 언니랑 루시도 있으니까, 너무 좋아하는 건 아니라고 생각했을 뿐이고. 그런 건 방에서 하면 된다고 생각하는 것뿐이야!"

"또 저러네. 오빠, 나중에 이야기 좀 들어줘. 최근 노른 언니는 학교에서 인기가 많아. 전에 집에 남자가 와서 편지를 두고 갔으니까."

"아이샤! 그런 건 말 안 해도 돼!"

그런가, 노른은 인기가 많나. 귀엽고 노력가니까. 우리 학교에는 보는 눈이 있는 녀석이 많은 모양이다. 노른도 언젠가 남자가 생겨서 결혼하고 우리 집에서 나가게 되겠지. 그때는 가능하면 응원해 주고 싶지만… 너무 껄렁대는 녀석이 나타나면 역시 반대하겠지….

설마 노른이 머리를 탈색하고 피어싱을 하고, 눈 밑에 눈물 모양의 문신을 하고 '여동생 분과 진짜 사랑을 키우게 해 주세요'라고 하는 남자를 데리고 오진 않겠지만.

만일 데리고 온다면 웃으면서 머리를 싸쥐겠지만….

"노른은 아직 좋아하는 사람 없어?"

"조, 좋아하는 사람, 이요?"

그렇게 묻자, 노른은 새빨간 얼굴로 고개를 돌렸다.

"어, 없습니다."

있나. 사춘기고, 그런 시기니까. 응, 보통이지.

그렇긴 해도 우리 노른에게 사랑받는다니 참 행복한 녀석이
겠군.

"그래, 혹시 사이가 진전되거든 집에 데려와."

"그러니까 없다고요!"

혹시 데려오거든 파울로 대신 내가 잘 확인해 줘야지.

그리고 파울로 대신 '너 같은 말뼈다귀에게 우리 노른은 못
준다!'라고 말하는 거다.

그건 확정사실이다.

"아이샤도 최근 정원의 쌀을 수확해서 오빠가 기뻐하겠다고
했잖아!"

"앗! 나중에 발표하려고 했는데, 노른 언니 못 됐어!"

"흥이다, 아까의 복수야!"

아이샤가 다급히 일어서자 노른은 고개를 돌렸다.

하지만 지금 흘려들을 수 없는 말을 들은 것 같다.

"정원의 쌀을 수확…했다고?"

"어, 응, 일단은. 추워서 그랬는지, 결실은 별로 없었지만,

지금 시기에 다시 심으면 가을에는….”

“다시 심는다고 하면 종자는?! 종자를 받은 거지?!”

“어, 응, 받았어. 왠지 어조가 이상한데, 왜 그래, 오빠…?”

“이상한 게 아냐. 그럼 내년, 내년에도 기대해도 되는 거지?!”

“오, 오빠가 또 마술로 흙을 만들어 준다면… 오빠의 흙이 제일 잘 자라는 모양이고.”

나는 록시를 부드럽게 안아 들어서 옆자리에 앉혔다.

그리고 일어서서 테이블 옆으로 이동하여 아이샤에게서 세 걸음 정도 떨어진 자리에 한쪽 무릎을 꿇었다. 크게 팔을 펼쳐서 왕자님 같은 자세를 하였다.

“잘 했어, 아이샤!”

“와, 와아…. 어어, 뛰어들어도, 되는…거지?”

아이샤는 뒤쪽의 록시를 보면서 천천히 걸어서 일단 내 품에 뛰어들었다.

나는 아이샤의 팔 밑을 붙잡고 들어서 빙글빙글 돌았다.

“우오! 아이샤, 쌀이다우!”

“우오!”

밥을 먹을 수 있다. 록시와의 아이와 비교하면 사소한 일이지만, 나는 밥을 아주 좋아한다.

맛있게 지은 새하얀 밥.

소금을 뿌려서 구운 생선을 먹으면서 하얀 밥을 잔뜩 먹는다.

그런 행복한 식생활이 이제 곧 찾아온다.

몸을 조금 움직이니 기쁨이 더욱 솟아올랐다.

록시와의 사이에서 아이가 생겼다. 루시의 남동생이나 여동생이다. 지금부터면 대충 두 살 차이. 미굴드족과의 혼혈이지만, 괴롭힘 같은 건 괜찮을까. 머리는 무슨 색이 될까.

루시는 좋은 누이가 될까. 노른이나 아이샤는….

아아, 기대된다. 이름은… 아, 정하면 안 되는 거였지.

그리고, 그리고… 말로는 다 할 수 없구나.

그 뒤에 사소한 축하 자리가 있었다.

호화로운 식사에 즐거운 대화.

학생회에서 있었던 일을 말하는 노른. 시장에서 이름과 얼굴이 알려졌다고 기쁘게 말하는 아이샤. 시끄러워서 우는 루시와 달래는 실피. 미소 지으면서 조용히 음식을 나누는 리랴. 조용히, 하지만 기분 좋게 식사하는 제니스. 아이샤의 보고에 과장스럽게 기뻐한 탓에 토라진 록시, 달래는 나.

또 식탁에는 주먹밥이 올라왔다. 아이샤가 만든 것인 모양이다. 어떻게 이런 요리를 아느냐고 물었더니, 예전에 나나호시에게 들었나 보다. 나나호시도 다른 요리가 아니라 이런 것밖에 가르쳐 주지 못했다니, 요리를 못 하는 걸까….

그런가 싶었지만, 쌀만으로 만들 수 있는 요리라고 하면 나도 주먹밥이나 죽 정도밖에 바로 떠오르는 게 없다.

아이샤가 작은 손으로 쥔 주먹밥은 둥글고 작았다.

실험적인 의미가 강하니까 작게 만든 것이다.

그래도 한 명이 하나씩. 전원이 하나씩 먹을 수 있다. 나 이외에는 그리 맛있다는 얼굴을 하지 않았다. 하지만 나는 맛있었다. 아이샤가 열심히 만들고 열심히 쥐어준 것이다. 맛있지 않을 리가 없다. 너무 맛있어서 눈물이 펑펑 흘러내릴 정도다.

이번에 수확한 것이니까 다음에 수확할 때는 양이 더 많을 것이다.

다음에는 대량으로 종자를 확보할 수 있다. 그러면 더 커다란 주먹밥도 먹을 수 있겠지.

…먹을 수 있을지는 알 수 없지만.

"모두에게 해둘 말이 있어."

식사가 끝난 뒤에 나는 다시 모두를 둘러보았다.

놀란 얼굴을 하는 여동생과 어머니들. 어느 정도 각오를 한 얼굴의 아내들. 모두의 얼굴을.

"나는 조만간 누군가와 싸워. 아주 강한 상대야."

올스테드의 이름은 꺼내지 않는다.

"다들 내가 요 두 달 동안 수상쩍은 짓을 한다는 걸 알았을 거야. 자세히 묻지 않고 내버려둔 것을 고맙게 생각해. 자세하게 설명할 수 없는 걸 미안하게 생각하고."

"……."

"어쩌면 나는 못 이길지도 몰라."

그렇게 말하자 전원의 얼굴에 긴장이 돌았다.

"내가 이 식탁 앞에 앉는 것은 오늘로 끝일지도 몰라."

"싸, 싸우지 않는다는 선택지는 없나요?"

노른이 다급히 말했다.

"…없어. 적어도 나는 그걸 몰라."

그 뒤로 인신은 접촉해 오지 않았다.

하지만 다름 아닌 그 녀석이니까 계속 나를 보고 있겠지.

"오빠가 못 이길지도 모른다니…. 왜, 왜 그런 걸."

"노른."

그녀가 가장 혼란스러워 했다. 집에 있는 아이샤나 리랴는 넌지시 눈치채고 있었겠지.

진지한 얼굴을 하면서도 그 얼굴에는 놀라움이나 혼란이 없었다.

"돌아오지 못하거든 내 방에 있는…."

"돌아오지 못한다니, 왜 그런 소리를 하나요!"

그래. 무슨 이야기 속의 영웅처럼 멋진 소리를 하고 싶었지만, 그래봤자 좋을 것 없다. 긍정적으로 가자.

"그럼 돌아오거든 같이 목욕이라도 할까."

"…싫습니다. 혼자 들어가세요."

하하하, 이 녀석도 참. 뭐, 노른답긴 하네.

"아이샤."

"예."

"혹시 내가 돌아오지 못하거든 아까 그 주먹밥, 나나호시에게도 좀 먹여줘."

"…오빠."

"나나호시는 분명 울면서 기뻐하고, 네 말은 뭐든지 들어주게 될 거야."

"난 나나호시 씨보다 오빠가 그래줬으면 하는데."

아이샤는 고개 숙인 채로 그렇게 말했다. 그래, 그런가. 아이샤는 여전히 귀엽구나.

돌아오거든 뭐 비싼 거라도 사 주자.

비싼 가방이라든가 커다란 다이아몬드 반지를 사 주자.

"리랴 씨."

"예."

"어머니를 잘 부탁드립니다."

"…명심하겠습니다. 하지만."

"예?"

"저는 언제까지고 루데우스 님이 돌아오시기를 기다리겠습니다."

리랴는 조용히 말했다. 그녀와도 오랫동안 함께 살았지만, 아무래도 딱딱한 느낌은 가시지 않을 것 같다.

아이샤는 동생이지만, 리랴는 어머니란 느낌이 아니로군.

"어머니."

"……."

"다녀오겠습니다."

"······."

제니스는 조금 슬픈 얼굴을 하는 것 같았지만… 잘 모르겠다.

그녀가 감정을 더 드러내는 날은 올까.

"실피."

"응."

"루시를 부탁할게."

"응. 저기, 루디…. 으음."

"…왜?"

"아, 아무것도, 아니야."

실피는 할 말이 있는 것 같았다. 나는 그녀가 무슨 생각을 하는지 잘 모르겠다.

좋아한다, 좋아한다 생각하면서도 생각을 알기 어려우니까 항상 불안하다.

나는 테이블 밑으로 실피의 손을 잡았다.

그리고 귓가에 입을 가져가서 작게 말했다.

"저기, 실피."

"응."

"이런 말을 하면 싫어할지도 모르지만."

"응."

"돌아오거든 많이 하자."

실피의 고개가 푹 꺼졌다. 실수한 걸지도 모르겠다.

"아니! 루디는 여전히 야하다니까."

실피는 그렇게 말하면서 내 어깨를 찰싹 때렸다. 나는 그 손을 붙잡고 실피를 끌어당겼다.

"아."

조금 억지로 키스했다. 실피는 몸을 굳히면서도 받아들여 주었다.

여전히 귀엽네. 언제나 귀엽다. 역시 실피야.

실피에게로 돌아온다. 그렇게 생각하니 돌아올 수 있을 것 같다.

"루디도 참, 다들 보고 있는데…. 하응."

하는김에 귀도 핥아 주었다. 뾰족한 엘프귀를 핥으면서 살짝 깨물자 자국이 남았다.

"돌아올 테니까 기다려 주세요."

"예, 다녀오세요."

실피는 새빨간 얼굴을 하면서 그렇게 말하며 끄덕였다.

그리고 나는 마지막으로 록시를 보았다.

"록시."

"예."

"오늘 밤에… 같이 자요."

"하지만 배 속의 아이가…. 아뇨, 알겠습니다."

내 말에 록시는 조금 당혹스러워하면서도 승낙해 주었다.

그 날 밤, 목욕을 하고 나와 록시는 침실로 이동했다.

손을 잡고 사이좋게 침실로. 작년에는 그때마다 매우 흥분해서 신이 났다. 지금은 그럴 마음이 들지 않지만.

"그럼 너무 심하게 하지 않으면….."

"아뇨, 오늘은 됐습니다."

잠옷을 벗으려던 록시를 나는 제지했다.

록시는 옷자락을 잡은 채로 고개를 갸웃거렸다.

"음, 앉아 보세요."

나는 록시를 침대에 앉히고 그 옆이 아니라 의자에 앉았다.

"자세한 사정이나 내가 졌을 때의 일을 록시에게 말해둘까 합니다."

"…저에게만, 말인가요? 실피는?"

"……."

"나나호시와 저에게는 말하고 실피에게는 말하지 않습니까?"

"나나호시에게 말한 걸 어떻게 아는 거죠?"

"실피가 의논해 왔으니까요. 아마 나나호시에게는 말한 것 같은데, 라고…. 루디, 왜 실피에게 자세히 말하지 않습니까?"

"왜일까요."

왜일까. 모르겠다. 하지만 왠지 실피에게는 말하기 싫다. 걱정을 끼치기 싫으니까…가 아니다. 왜일까. 모르겠다.

이것도 운명일까.

"저로서는 절 믿어 주는 게 기쁩니다만, 실피가 가엾습니다."

"그렇지요. 그럼 불러올까요."

"예."

역시 록시는 든든하다. 그렇게 생각하면서 나는 일단 방을 나가서 실피의 방으로 갔다. 손잡이에 손을 대다가 문득 멈추었다. 그러고 보면 록시와 잘 때 실피가 어쩌는지 살핀 적이 없다. 사실은 울고 있지 않을까.

실피는 말로는 다른 여자에게 마음을 주어도 된다고 했고, 록시도 받아들여 주었다. 에리스 쪽으로도 문제없다고 말해 주었다. 하지만 그런 말과 속마음이 다를 수도 있다.

울고 있지는 않을까.

짚인형에 못을 박고 있지나 않을까.

이 암여우! 라고 하면서 손수건의 레이스를 물어뜯고 있지는 않을까.

아니, 괜찮아. 나의 귀여운 실피만큼은 그러지 않아.

"저기, 실피, 지금부터 할 이야기가―"

"루디가 내 귀를 깨물고, 깨물고, 그리고 잔뜩 하자고 낮은 목소리로… 꺄아…. 나한테 어쩌려는 걸까. 처음에 그랬던 것처럼 심하게 하는 걸까…. 어쩌지, 루시, 금방 동생이 생길지도…!"

찰칵 하고 문을 열자, 거기에는 베개를 껴안고 침대 위에서 데굴데굴 구르는 실피가 있었다.

두 다리를 버둥거리면서 소녀처럼 데굴데굴 굴렀다.

목소리는 작지만, 문을 연 지금은 다 들렸다.

한 아이의 어머니라고 생각되지 않는다. 하지만 아주 귀엽다. 지금 당장 덮치고 싶다. 참고로 루시는 없다. 루시는 리랴의 방에 있다. 아, 하지만 이 방은 방음이 되지 않으니까 소리가 울릴지도.

아니, 그게 아니라 록시가 기다린다.

"아."

눈이 마주쳤다. 실피는 누운 채로 우뚝 정지했다.

누운 채로 벽에 엉덩이를 대고 천장을 향해 다리를 뻗었다. 꽤나 뭐한 자세에, 얼굴은 더 없을 정도로 풀어져 있었다.

"……."

나는 조용히 문을 닫았다. 누구에게든 보이고 싶지 않은 순간은 있다.

"아, 잠깐, 아냐, 루디. 잠깐, 가지 마."

실피는 엄청난 속도로 일어서서 문 틈새에 손을 넣었다.

"아니, 가는 건 아닌데, 다시 하는 편이 좋겠다 싶어서."

"뭘 다시 해? 괜찮아. 무슨 일이야? 오늘은 록시의 날이지? 아, 혹시 록시가 시작했어? 내 차례?"

실피는 꽤나 흥분해 있었다. 지금 록시에게 생리가 올 리도 없는데….

진짜로 보기 드문 모습이다.

뭐, 마음을 가다듬고 갈까.

"이번에 내가 싸울 상대와 그 뒤의 일에 대해 좀 말할 테니까, 같이 좀 와 주겠어?”

그렇게 말하자 실피는 몇 초 동안 생각한 뒤에 진지한 표정으로 고개를 끄덕였다.

조금 기뻐하는 것도 같았다.

나도 다소 마음이 가벼워졌다.

설명에는 그리 시간이 걸리지 않았다.

두 사람은 묵묵히 들어주었다. 상대는 용신 올스테드고, 나는 꿈 속에서 인신이라는 존재에게 계시를 받아서 녀석과 싸우게 되었다. 그리고 내가 죽은 뒤에 올스테드와 적대하되 결코 싸워선 안 된다는 것, 인신이라는 상대의 말은 신용해선 안 된다는 것, 이 두 가지를 가훈으로 삼아 전하라고 언급했다.

내가 죽거든 지금 말한 것을 다른 가족에게 전하고 목숨을 지킬 방법을 생각하라고도.

그러한 것을 내 나름대로 설명했다. 처음에는 앉아서 말했지만, 어느 틈에, 왠지 모르게 셋이서 침대에 나란히 누워서.

“혹시 내가 지면 임신 중인 록시나 루시에게 재앙이 내릴지도 몰라.”

“재앙이라니…. 그럼 그 인신이라는 게 뭐가 한다는 소리야?”

“응.”

“그런가…. 그러니까 루디는 우리더러 집을 지켜달라고 계속 그랬구나…."

실피는 뭔가 납득한 얼굴로 끄덕였다.

조금 착각하는 걸지도 모르겠군.

잘 된 거라고 생각해야 할까, 아니면 그런 거와 관계 없다고
해야 할까.

"알았어. 하지만 루디. 나는 내 몸 정도는 스스로 지킬 수 있
고, 루디가 말하지 않아도 루시는 내 목숨과 바꿔서라도 지킬
게."

"저도 제 몸은 스스로 지킵니다. 지금까지 계속 그래 왔고,
앞으로도 그럴 생각입니다. 루디보다 약할지도 모르지만, 너무
얕보지 말아 주세요."

아니, 뭐라고 할 생각은 없나. 실피도 록시도 잘해 준다.

"아무튼 올스테드, 칠대열강입니까… 거물이네요. 승산은?"

"모르겠어. 한 번밖에 싸운 적이 없고."

"그때는 어땠습니까?"

"아무런 수도 쓸 수 없었습니다."

올스테드와 처음 만났을 때의 일을 떠올리면 지금도 다리가
떨린다. 루이젤드가 순식간에 당하고 에리스가 날아갔고, 녀석
의 손이 내 몸의 중심을 꿰뚫고.

…무섭다.

"…루디, 역시 다 같이 가는 편이 좋지 않아?"

"아니, 혼자 갈게. 아마 그게 제일 확률이 높겠고. 커다란 마

술을 펑펑 써서 어떻게든 할게."

"그래…. 하지만 루디, 떨고 있는데?"

"응."

"아, 얼버무리려고 이상한 데 만지지 마."

딱히 얼버무리려고 한 건 아냐. 만지고 싶으니까 만졌지.

죽거든 이것도 더 못 할까. 이것도 못 만진다. 저것도 안 되나. 그럼 그쪽도 안 되나.

"…안 돼, 지금은 진지한 이야기를 하고 있잖아?"

"응."

"있잖아, 최근 루시는 기어다니면서 어디든지 가."

"응."

"루데우스 님이 태어나셨을 때가 떠오릅니다, 라고 리랴 씨가 말했어."

"……."

"앞으로 말도 할 수 있게 될 거고, 1년도 못 지나서 일어서서 걷게 되지 않을까?"

난 루시를 별로 안 돌봐 줬구나. 리랴와 실피에게만 다 맡겨 놓고 있었다. 하지만 루시는 귀엽지.

"기대되지?"

"응."

"질 것 같거든 꼭 도망쳐야 돼?"

"응, 도망칠 수 있을지는 모르겠지만, 그렇게 할게."

루시. 이미 철이 들었을까?

내가 죽으면 아버지의 얼굴을 모르고 자라게 되나. 어떤 기분일까.

아이샤에게 물어보면 대답해 줄까….

"…루디."

왼쪽에서 목소리가 들렸다. 록시였다. 그녀의 가슴도 주물러 보았다. 내 가슴을 꼬집어 왔다. 아, 꽤 세네요. 죄송합니다, 죄송합니다. 진지한 이야기였지요.

"저기, 저는 루디와 만나서 결혼하고 아이까지 생긴 것을 평생 최고의 행운이라고 생각합니다. 이런 건 아마도 저와는 평생 인연이 없으리라고 생각했으니까요."

"예."

"하지만 그만큼… 당신이 죽으면 최고의 불행이 됩니다."

"…예."

"저기, 이런 말을 하기는 조금 부끄럽습니다만…."

록시는 조금 숨을 들이마시고 말했다.

"부디 저를 행복하게 해 주세요."

역시 나는 전혀 틀리지 않았다. 실피와 록시, 두 사람을 위해 싸우는 것이다.

하나도 틀리지 않았다. 두 사람을 위해 싸우고, 가족을 위해 돌아오자.

그렇게 결의했다.

그로부터 며칠 뒤, 모든 준비를 마친 나는 마법도시 샤리아를 뒤로 했다.

혼자서.

제8화 진흙탕 대 용신

마법도시 샤리아에서 북북동 방향으로 꼬박 이틀.

거기에는 숲속에 파묻힌 폐촌이 있다.

40년 정도 전, 마력의 이상재해로 숲이 비대화. 마을은 순식간에 침식되고, 거기에 살던 사람들은 마을을 떠날 수밖에 없었다. 그 이후로 이 폐촌을 찾는 사람은 숲에 사는 마물이나, 혹은 마물에게 용무가 있는 모험가 정도밖에 없었다.

그런 마을을 향해 한 남자가 걷고 있었다.

은발, 금색 눈동자.

무슨 가죽으로 만든 하얀 코트를 걸치고, 주위를 빈틈없이 둘러보면서, 말을 타지도 않고, 마차를 타지도 않고, 그저 걷고 있었다.

그는 날카로운 삼백안으로 왼손에 든 컴퍼스 같은 것을 확인하면서 담담히 숲을 걸어갔다.

그를 공격하는 마물은 없다.

숲 안쪽, 덤불 사이에서 번쩍번쩍 눈을 빛내기는 해도, 남자가 다가가면 작은 동물처럼 도망쳤다.

"…여기인가."

그는 컴퍼스가 가리키는 곳에 마을이 있는 것을 보고 발을 멈추었다.

"왜 이런 곳에…."

그렇게 중얼거리면서 천천히 폐촌을 향해 발을 옮겼다.

과거에 길이었던 장소는 잡초로 뒤덮였고, 과거에 밭이었던 장소는 숲이 되어 있었다. 과거에 가옥이었던 건물은 나무에 꿰뚫리거나 넝쿨 때문에 완전히 녹음에 파묻혔다.

숲에 침식된 마을을 걷던 그는 어느 장소 앞에서 발을 멈추었다. 아마도 우물이 있었을 듯한 마을의 중심. 거기에 명백하게 수상한 건물이 있었다. 갈색에 원통형의 건물로, 이것만큼은 식물이 하나도 엉키지 않았다.

최근에 만들어졌다고밖에 생각되지 않는 석조 건물. 새것이나 마찬가지인 문.

그는 왼손의 컴퍼스를 보고 자신의 목표가 그 탑임을 확인했다.

그리고 다소 경계하면서도 손잡이에 손을 댔다.

"…나나호시, 있나?"

탑 내부는 간소한 구조였다. 창문은 없고 복도도 없다. 바닥은 반들반들하고, 무슨 기름 같은 것까지 칠해져 있었다. 벽

구석에는 뭔가가 가득 채워진 삼베자루나 향로 같은 것이 놓여 있었다.

뭔가 이상한 냄새가 충만한 것은 향로에서 뭔가 타고 있기 때문이겠지.

"여기는 뭐지…?"

그는 주위를 둘러보다가 바로 눈앞에 다른 문이 있는 것을 확인했다. 하지만 방금 전과 마찬가지로 주저 없이 손잡이를 붙잡았다. 그 순간 그의 손에 찌릿 하고 뭔가 찌르는 듯한 고통이 있었다.

"음? 기분 탓인가?"

그는 자기 손을 보고 피가 전혀 나지 않은 것을 확인한 뒤 안에 들어갔다.

문 안에는 같은 모양의 방이 있었다.

지면이 경사진 것을 보면 아무래도 건물 자체가 지하에 만들어진 모양이다.

그는 의아하게 생각하면서도 딱히 경계하는 일 없이 안으로 들어갔다. 도중에 '여기에서 외투를 벗어 주세요'나 '볼일이 있으신 분은 이 모자를 써 주세요'라는 기분 나쁜 종이에 경계심을 더하면서도 모든 것을 무시. 때때로 문에 장치된, 쥐라도 잡는 건가 싶을 정도의 사소한 덫에 신경 쓰면서도 천천히 안으로 들어갔다.

그렇게 도착한 곳은 이상한 공간이었다.

원통형의 방으로 위가 뻥 뚫려 있었다. 천장 대신 둥글게 뚫린 공간으로 하늘이 보였다. 마치 굴뚝 안에 있는 듯한 감각이었다.

"…여기는 뭐지?"

그는 의아하게 눈썹을 찌푸리면서도 컴퍼스가 가리키는 곳이 이 공간의 중심임을 확인했다.

거기에는 작은 상자 하나가 놓여 있었다. 상자 밑에는 종이 하나가 깔려 있었다.

그는 주의깊게 그곳에 다가와 종이를 보았다.

종이에는 이렇게 적혀 있었다.

'인신.'

그는 곧바로 상자를 손에 들고 그 안을 확인했다.

"음!"

그러자 상자 안에서 무럭무럭 연기가 나왔다.

상자를 떨어뜨리면서 긴장한 그의 귀에 킹 하는 금속음이 울렸다. 어디에 그렇게 들어 있었나 싶을 정도로 대량의 연기를 계속해서 뿜어내는 상자 바로 옆에 은색 반지가 떨어져 있었다.

상자 안에 들어 있던 것이 상자를 떨어뜨리는 바람에 튀어나온 것이다.

반지는 붉은색으로 희미하게 깜빡였고, 그가 가진 컴퍼스는 그 반지를 가리키고 있었다.

"…나나호시?"

그가 반지를 주워들려던 순간.

—하늘이 빛났다.

"윽!"

그는 즉시 지면을 강하게 박차며 회피하려고 했다. 하지만 기름이 칠해진 바닥은 그걸 허락하지 않았다. 그는 쉽게 바닥에서 미끄러지고….

그—올스테드를 향해 굵은 벼락이 떨어졌다.

★ 루데우스 시점 ★

올스테드를 유인한 폐촌이 내려다보이는 고지.

거기에 캠프를 치고 기다리던 나는 연기가 피어오르는 것이 보인 순간 '라이트닝'을 전력으로 목표지점에 꽂았다.

명중했을 것이다. 이날을 위해 몇 번이나 연습했다. 직전에 피할 수 없도록 일부러 바닥에 기름까지 뿌렸다.

하지만 이걸로 끝일 리가 없다. 이걸로 쓰러질 거면 아토페나 다른 놈들을 제치고 최강이라는 소리를 들을 리가 없다.

나는 지팡이를 지면에 꽂고 마력을 모았다. 연상하는 것은 거대한 비구름, 슈퍼셀.

성급 물 마술 '큐므로님버스'.

하늘은 순식간에 검은 구름으로 뒤덮이고, 벼락과 함께 호우가 쏟아지기 시작했다.

마력을 더 모았다. 몸 깊은 곳에서 마력이 줄줄 끌려나가는 감각에 거스르지 않고 지팡이에 마력을 보냈다.

연상하는 것은 얼음. 폐촌을 중심으로 모든 분자의 움직임을 멈춘다. 계속해서 온도를 내린다.

프로스트 노바.

몇 번이나 사용한 마술을 최대한의 범위로, 최대한의 위력을 담아서 날렸다.

쏟아지는 폭우가 계속해서 얼어붙었다. 얼음은 그 두께를 더하고 거대해졌다. 얼음이 얼음산처럼 거대해졌을 때, 나는 마술을 멈추었다.

다음 공격. 나는 지팡이에 마력을 모았다. 폐촌의 상공에 바윗덩어리를 만들어 냈다. 계속해서 그걸 키우는 데에 마력을 소비하고, 회피할 수 없을 정도 크기의 바위를 만들어 내… 아래쪽을 향해 가속시켜 발사했다.

바윗덩어리는 순간이동하는 게 아닐까 싶을 정도의 속도로 떨어졌다.

지면이 흔들렸다. 한 발 늦게 빠지직 하는 굉음이 귀에 닿았다. 그리고 그 다음에 돌풍과 충격파가 도달했다.

나는 팔을 뻗어서 눈을 지키면서 바위가 향한 곳을 보았다. 얼음이 깨지고 바위의 3분의 2가 땅에 파묻혀 있었다. 직격했다면 살아 있지 못하겠지만….

"…해치웠나?"

그렇게 말해 보았다. 반응은 없다. 이걸로 끝일까. 그렇다면 편하고 좋겠는데….

그렇게 생각한 다음 순간… 바위가 갈라졌다.

"히익!"

엄청나게 무서운 살기가 내게 도달했다.

등골에 오한이 일었다. 다리가 부들부들 떨리고 눈가에 눈물이 맺혔다.

나는 곧바로 옆에 놔두었던 마도갑옷으로 뛰어들었다. 수백 번이나 연습한 순서대로 곳곳에 마력을 보내 자세를 제어하고 지팡이를 쥐었다. 그동안에도 살기가 점점 가까워지는 게 느껴졌다.

기동 완료.

나는 한 방 더 날리기 위해 오른손에 든 지팡이에 마력을 담았다.

연상하는 것은 핵폭탄. 모든 마력을 넣을 생각으로 팔에서 지팡이로 마력을 보냈다. 지팡이를 살기 방향으로 향하고 기합을 넣어서 마술을 발사했다.

폐촌 중앙이 화악 빛나고, 한 발 늦게 섬열이 핥듯이 지면을 달렸다.

나무들을 불태우고 검은 그림자로 변하는 것을 시야 구석으로 확인했다.

한 발 늦게 폭풍이 다가왔다.

하지만 내 마력으로 만들어진 이 마도갑옷은 무게만 해도 몇 톤은 된다.

폭풍에도 열에도 꿈쩍도 하지 않고 버텨냈다.

나는 파괴가 수그러드는 것을 가만히 기다린 뒤에 폐촌 쪽을 보았다.

폐촌을 중심으로 거대한 버섯구름이 생겨나 있었다. 지면은 연기 때문에 잘 안 보이지만, 모든 것을 날려 버릴 정도의 위력을 담았다. 여태까지 내가 사용했던 것 중에서 최대급의 위력을 자랑하겠지.

"……."

그런데도, 그런데도, 몸의 떨림이 멎지 않았다.

방금 전보다 압도적으로 가까워졌다. 살기의 근원이 사라지지 않았다. 엄청난 속도로 이쪽으로 다가오고 있다. 그렇게 멀었는데, 이미 이렇게 가까운 곳까지 왔다.

딱딱 부딪치는 이를 악물고, 바들바들 떨리는 손을 움켜쥐고, 지팡이를 등 뒤의 자루에 집어넣고 오른손에 개틀링포를 준비하고 왼손으로 방패를 들었다.

"후우… 우우… 하아… 하아."

심호흡을 한 번. 목이 떨린다. 배 속에서 솟구치는 불안과 공포심을 억누르면서 무럭무럭 피어오르는 연기를 향해 오른손의 개틀링포를 겨누었다.

"…후우! 후우!"

선수다. 선수를 치지 않으면 분명히 진다.

애초에 대미지를 입기는 했을까. 문에 장치한 독약은, 뿌려 둔 마약은, 도중에 장치했던 덫은 효과가 있었을까?

방금 전의 네 번의 공격 마술에는 내가 넣을 수 있는 모든 마력을 넣었다.

그러고도 멀쩡하다면 이런 개틀링포 같은 마도구로는 긁힌 상처 하나 입힐 수 없는 거 아닐까? 아니, 애초에 맞기는 했나?

맞지 않았을 리가 없다. 그렇게 넓은 범위로 마술을 날렸다.

피할 수 없게 하려고 위력도 범위도 최대급으로 날렸다.

너무 멀어서 예견안으로도 볼 수 없는 위치에서. 설령 올스테드가 어떤 마안을 가졌더라도 예측할 수 없을 위치에서….

〈그림자가 보였다〉

"갈겨 버려어어어어어어어!"

나는 고함을 지르면서 오른손의 개틀링포를 기동시켰다.

마력이 전달되고 엄청난 속도로 스톤 캐논이 생성, 발사되었다. 포탄이 공기를 찢은 키이키잉 소리가 이어지고, 비명 같은 소리가 주위에 울렸다.

압도적인 속도를 가진 바윗덩어리가 흙먼지를 날려 버리고, 찢어진 망토와 검댕투성이 얼굴의 은발 남자가 보였다.

대미지는 있나? 없나?

턱 근처에서 피가 나고 있다. 목덜미에 있는 것은 화상 아닌가?

괜찮아. 미미하긴 하지만 확실히 대미지를 주었다.

"!!"

눈이 마주쳤다. 매처럼 날카로운 눈빛이 내 모습을 확실하게 보았다. 표적을 발견한 사냥꾼의 눈이다.

〈녀석은 비처럼 쏟아지는 스톤 캐논을 사이드스텝으로 회피하려고 한다〉

나는 예견안을 최대한으로 발동시키면서 올스테드의 움직임을 읽으려고 했다.

녀석의 움직임은 빨라서 몇 겹으로 겹쳐 보였다. 나는 도망칠 곳을 막듯이 개틀링포의 조준을 맞추었다. 발사부터 착탄까지의 타임랙은 거의 없다. 그렇다고 해도 올스테드는 사선이 보이는 것처럼 죄다 회피하면서 차츰 내게 다가왔다.

한 걸음, 두 걸음.

올스테드는 맹금류 같은 표정을 바꾸지 않는 채로, 착실하게 거리를 좁혀왔다. 가끔씩 스톤 캐논이 살짝 얼굴을 스쳤지만, 그것뿐이다. 설령 직격했다고 해도 치명상이 되지 않는다고 하듯이, 공포라곤 없다고 말하듯이

이 정도의 공격을 하는 상대와는 항상 싸워왔다는 듯이.

하지만 나는 다르다. 그 좀비 같은, 감정이 없는 움직임에 전율을 느꼈다. 내 공격이 모두 헛수고라는 듯한 움직임에 마음이 꺾이려 했다.

하지만 지금은 아직 유리하다.

스스로에게 그렇게 말하면서, 그에게 맞추듯이 스텝을 밟았다.

올스테드가 오른쪽 앞으로 나오면 나는 왼쪽 뒤로. 왼쪽 앞으로 나오면 오른쪽 뒤로.

어디로 나와도 개틀링포를 퍼붓는다.

이걸로 거리는 계속 줄지 않는다. 나에게 완전히 유리한 위치에서 싸움을 진행했다.

시뮬레이션한 대로다.

나는 계속해서 그를 저지하기 위해 왼손으로 마술을 썼다. 표적은 나와 올스테드의 발밑. 매드풀.

즉시 마술이 완성되었고 발동시키려고 손을 뻗은 순간, 올스테드 또한 이쪽으로 왼손을 뻗었다.

"디스터브 매직!"

완성된 내 마력이 다른 마력에 흩어졌다.

의미 있는 마력이 의미 없는 마력의 잔해로 변하려고 했다.

"큭!"

나는 억지로 매드풀의 술식을 행사했다.

나는 그걸 할 수 있다. 계속 해 왔다. 실피에게 디스터브 매직을 가르치면서 나는 거기에 대처하면서 마술을 완성시키는 연습을. 이 날, 이 때, 이 순간을 위해 나는 그것을 해 온 걸지도 모른다.

올스테드가 눈을 크게 떴다. 디스터브 매직이 저지된 것은 처음인가… 우옷.

발밑이 진흙탕이 된 순간, 녀석은 그걸 덧씌우듯이 마술을 행사하였다.

진흙이 된 부분 위에 흙을 깐 것이다.

그리고 오른손을 이쪽으로 향했다. 나는 물 흐르듯이 그 오른손을 향해 디스터브 매직을 사용하려고….

〈빛이 시야를 가린다〉

흠칫했다. 나는 개틀링포를 멈추고 옆을 향해 크게 뛰었다.

〈시야에 빛 이외의 배경이 비친다〉

올스테드가 손을 뻗은 곳의 지면이 크게 함몰되어 있었다.

무슨 마술인지는 못 봤다. 불인가? 아니면 다른 것. 설마 중력?

지금 보인 것은 빛이 아니라… 죽음?

생각할 틈은 없었다.

올스테드는 이쪽으로 달려오면서 손을 뻗었다. 디스터브 매직은 통하지 않는다. 녀석 또한 디스터브 매직을 무효화할 수 있다.

나는 왼손과 오른손을 동시에 기동시켰다. 개틀링포로 발을 묶으면서 흡마석으로 녀석의 마술을 무효화했다. 그럴 생각으로 양쪽을 녀석에게 뻗다가… 실패한 것을 깨달았다.

올스테드의 마술은 사라졌다. 하지만 그와 동시에 올스테드에게 향한 스톤 캐논의 탄막도 효력을 잃고 모래알이 되어서 사라졌다.

그 한순간의 빈틈에 올스테드가 육박했다.

녀석은 오른손을 이쪽으로 향한 채 왼손을 허리춤에 대고 내 심장을 향해 휘둘러….

"…큭!"

본능이 회피를 선택했다.

도망치는 방향은 바로 뒤, 두 다리를 사용하여 뒤로 뛸 생각으로….

"윽."

한 발 늦었다.

올스테드의 주먹이 내 가슴을 때렸다. 구웅 하는 소리와 함께 내 시야에서 올스테드가 엄청난 속도로 멀어졌다. 뒤에서 우지끈 하는 소리가 울리고 시야 구석에서 나무들이 춤추었다.

'아, 이게 날아간 녀석의 감각인가.'

그렇게 생각한 순간 나무들에 부딪쳐서 간신히 멈추었다.

동시에 온몸에 중력이 걸리고 내장이 찢기는 듯한 고통을 느꼈다.

눈앞이 시커멓게 되려고 했지만, 바로 회복되었다. 마도갑옷에 넣었던 크리프의 마법진이 내 몸을 순식간에 치료한 것이다.

가슴을 보았다. 거기에는 푹 파이고 금이 간 흉부 장갑이 있었다.

금이 간 부분은 서서히 회복되고 있지만, 아무래도 늦다.

아무튼 일격은 견뎌냈다. 이 부분의 장갑은 특히나 공들여서 두껍게 만들길 잘했다.

살기가 다가왔다. 정면에서 추격하려고, 똑바로.

바로 개틀링포를 기동시켰다. 올스테드를 향해 탄막이 전개되었다.

하지만 올스테드는 아직 오른손을 이쪽으로 향하고 있었다.

이런, 이래선 방금 전과 똑같다.

한 방에 장갑이 이런 꼴이 되었으니 몇 번이나 맞으면 언젠가 장갑이 뚫린다.

어쩐다. 마술은 통하지 않는다. 디스터브 매직을 봉쇄해도 올스테드는 무어 같은 보조기술을 갖추고 있다. 반대로 나는 올스테드의 마술이 뭔지 모른다.

어쩌면 원거리전은 불리한 걸까? 그럼 앞으로 나가자. 나갈 수밖에 없다.

마도갑옷의 힘을 믿고 녀석을 때린다.

"우오오오오!"

"음!"

개틀링포로 탄막을 치면서, 고함을 지르면서 돌진했다.

올스테드는 오른손을 거두고 자세를 잡았다. 두 다리는 움직인다. 왼손의 방패를 들고 몸 그 자체로 부딪치듯이 돌진했다.

〈올스테드가 수신류의 자세를 취한다〉

예견안이 그것을 포착한 순간, 나는 방패 끝을 올스테드에게 향했다.

상대의 방어력이 높으면 높을수록 위력이 강해지는 검을 올스테드에게 꽂으려고.

몸 그 자체로 부딪쳤다.

쿠웅 하는 무거운 금속음이 울렸다.

엄청나게 무거운 것에 부딪친 듯한 감각이 남고, 올스테드가 뒤로 날아갔다.

공중에 뜬 올스테드가 팔에서 피를 뿌리면서 증오스러운 것을 보는 눈으로 나를 보았다.

할 수 있다. 나는 즉시 개틀링포를 들고 겨누어서 쏘았다. 엄청난 양의 스톤 캐논이 날아가서 공중의 올스테드에게 착탄했다. 옷이 찢어지고, 그 밑에서 나온 것은 상처투성이의 육체였다.

화상 같은 상처와 찢어진 상처, 쓸린 상처도 있다. 거기에 스톤 캐논이 꽂혀서 선혈이 흩어졌다.

올스테드가 쿠웅 하는 큰 소리를 내며 지면에 떨어졌다.

할 수 있다. 죽일 수 있다. 스톤 캐논은 직격시키면 확실히 대미지를 줄 수 있다.

표피에서 튕기긴 하지만, 피부가 찢어지고 피가 나온다.

그럼 언젠가는 죽는다. 이 틈에 줄 수 있는 대로 대미지를 주어서….

"…어쩔 수 없나."

스톤 캐논이 공기를 찢는 소리 중에서 그런 소리가 들렸다.

순간 공기가 변했다.

순식간에 겨울이 되었나 싶을 정도의 한기가 내 몸을 뚫고 갔다.

동시에 내 예견안은 올스테드를 놓쳤다. 다른쪽 눈은 올스테드를 보고 있었다.

대체 뭔가…라고 생각한 순간 다른 쪽 눈에서도 올스테드를 놓쳤다.

"이익!"

나는 형용할 수 없는 공포를 느끼고 몸을 비틀면서 오른쪽으로 뛰었다.

키잉 하는 소리가 왼쪽에서 들렸다.

고개를 돌리자 올스테드가 거기에 있었다.

길쭉한 검을 휘두른 자세로 거기에 있었다.

그리고 마도갑옷의 왼손이 예리한 절단면을 보이면서 쿠웅 소리를 내며 지면에 떨어졌다.

"크아아아아아아아아아아아!"

올스테드가 포효를 올렸다. 찌릿찌릿하게 울리는 포효에 내 몸은 뭐에 묶인 것처럼 떨렸다.

목소리 마술이다. 수족의 고유 마술.

내 의식은 순식간에 날아갈 뻔했지만, 아슬아슬하게 버텨내고 옆으로 뛰었다.

올스테드가 지면을 함몰시키면서 몸을 웅크리고 달려들었다.

개틀링포를 들이대고 기동시키려던 순간, 올스테드가 검을 휘둘렀다.

개틀링포가 잘리고, 마도구가 산산조각이 나서 지면에 떨어졌다.

오른팔은 아직 있다. 장갑판에는 참격의 흔적이 남았지만, 그 거리에서는 완전히 벨 수 없다.

올스테드는 눈앞. 참격을 날린 자세 그대로다.

나는 주먹에 마력을 넣었다. 힘을 아낄 것 없다, '일렉트릭'을 쏘면서 올스테드의 안면을 향해 주먹을 날렸다.

미끈하고, 미끄러지는 감촉이 남았다.

바라보니 올스테드의 검이 내 팔에 닿아 있었다.

올스테드의 배후에서 벼락이 숲을 훑으며 커다란 소리를 내며 불을 뿜었고, 나무들이 갈라졌다.

흘려 버린 것이다. 주먹도, 주먹에 담은 일렉트릭도.

그렇게 생각한 다음 순간, 내 팔에 닿았던 검이 스윽 하고 살짝 움직였다.

"우와아아아악?!"

오른팔이, 내부에 있는 내 팔과 함께 잘려나갔다.

격통이 일었다. 하지만 고통에 얼굴을 찌푸릴 틈도 없었다.
올스테드는 검을 휘두른 자세인 채로 내게 육박했다.

내게 다음 수를 쓸 시간은 없었다.

배에 발차기가 들어왔다. 빠직 하고 안 좋은 소리가 들리고
내 몸이 아주 살짝 떠올랐다.

충격은 모두 안으로 전해졌다.

"크허억!"

위장이 찢어졌나 싶은 충격에 나는 위액을 토해냈다.

시야가 눈물로 흐려진다. 엉덩방아를 찧으면서, 잘려나간 오
른팔로 올스테드에게 향하여 충격파를 쏘았다.

올스테드는 칼을 휘둘렀다.

쿵 하는 커다란 소리가 들리고 그걸로 끝.

충격파가 베였다고 깨달았을 때에는 얼굴에 발차기가 꽂혔다.

목덜미에서 우직우직 소리가 들리고, 목부터 어깨에 걸쳐서
격통이 일었다.

"……?!"

어느 틈에 쓰러져 있었다.

상체를 일으켜서 서둘러 일어났을 때에 정면에 있는 것은 검
을 쳐든 올스테드.

당한다.

"파지!"

그 순간 소리치고 있었다.

동시에 등의 장갑판이 날아가고, 거기에 이끌린 것처럼 마도갑옷 밖으로 밀려나갔다.

한 발 늦게 마도갑옷이 두 조각으로 쪼개졌다.

나는 지면에 내던져져서 데굴데굴 굴렀다.

움직임이 보이지 않는다. 아무것도 할 수 없다. 따라갈 수가 없다.

"크헉…. 쿨럭…."

몸이 아프다. 마도갑옷 차림으로 몇 번 차였을 뿐인데, 전신타박 같은 고통이 몸을 훑었다.

가슴이 아프다, 배가 아프다, 오른손이 아프다, 목이 아프다, 등이 아프다. 숨쉬기 힘들다. 왠지 몸이 잘 안 움직인다. 피로감이 심하다. 어라? 이거, 혹시, 마력이… 고갈되었나?

"아아…. 하아…."

올스테드의 눈이 이쪽을 향했다.

흠칫했다. 이미 갑옷이 없다. 도망치지 않으면 죽는다. 그 전에 오른손, 내 오른손은 어디에 있지.

"커흑!"

…깨달았을 때에는 걷어차인 상태였다. 몸이 산산조각나는 듯한 고통이 덮쳤다.

앞으로 쓰러지고, 공기를 찾아 돌아누웠을 때 가슴을 짓밟혔다.

"…우윽…."

목 안에서 신음소리가 새어나왔다.

뜨거워진 몸의 목덜미에 차가운 것이 닿았다.

바라보니 올스테드가 검을 들이대고 있었다.

죽는 건가. 결국 이기지 못하고, 나는 죽는 걸까.

"누군가 싶었더니 너인가, 루데우스 그레이랫. 행복하게 산다고 들었는데, 왜 내 목숨을 노리지?"

올스테드는 나를 바로 죽이지 않을 모양이었다.

일단 봐주는 걸까, 이미 싸울 힘이 없다고 본 걸까.

"인신이, 말했어…."

"…흥, 역시 인신의 사주였나. 죽어라."

올스테드가 가슴에서 다리를 떼고 검을 쳐들었다.

"네가, 세계를 멸하려고 하고, 내 자손이, 너를 도와서, 인신을 죽인다고."

"뭐라고?"

올스테드의 움직임이 멈추었다.

"인신은, 세계를 멸하는 것을 막으려고, 너랑 싸운다고."

"……."

"그러니까, 너를 죽이면, 내 자손은, 가족은, 눈감아주겠다고…."

나는 엎드려서 올스테드의 발에 매달렸다.

그리고 다리에 머리를 대고 외치듯이 말했다.

이제, 할 수 있는 것은, 이것밖에 없었다.

"부탁입니다. 세계를 멸하지 말아 주세요. 나는 죽어도 좋습니다. 내 자손을, 미래를 빼앗지 말아 주세요. 부탁입니다. 처음입니다. 그렇게 행복을 느낀 건, 처음입니다. 부탁입니다. 인신을, 건드리지 마세요. 제발 부탁입니다."

눈물이 나왔다.

나는 무력하고 한심하다. 꼴사납다. 내가 뭘 하는 걸까.

"…그럴 순 없다."

그 말을 들은 순간 나는 올스테드의 다리를 깨물었다.

"으아아아아아아아!"

깨무는 채로 피가 솟구치는 오른손을 쳐들어서 남아 있는 모든 마력을 주먹이 없는 팔에 담아서 단숨에 폭발시켰다.

내가 죽는 한이 있어도 이놈을 죽인다.

"디스터브 매직!"

걷어차여서 집중력은 사라지고, 마력은 흩어졌다.

의식이 멀어졌다. 다음에 마력을 쓰면 나는 확실하게 기절한다.

"아무리 라플라스의 인자를 가지고 강대한 마력을 가졌다고 해도, 그렇게 계속해서 강대한 마술을 구사하면 마력도 고갈되지."

올스테드가 손을 뻗었다.

죽는다. 나는 죽는다. 내가 죽으면 올스테드를 죽일 수 없다.

올스테드가 안 죽으면, 루시가, 록시가, 실피가.

죽을 수 없다. 질 수 없다. 이겨야만 한다.

하지만 몸이 움직이지 않는다. 마력이 없다.

팔에서 피가 계속해서 나왔다. 의식이 몽롱해졌다. 눈앞이
어둡다.

올스테드의 손이 시야를 가리고.

아, 아, 아아.

아아….

이름 정도는 정하는 게 좋았을걸.

"음?!"

올스테드가 뒤로 물러났다.

"……?"

어느 틈에. 나와 올스테드 사이에 끼어들 듯이 한 인간이 서
있었다.

여자다. 키가 크고 검은색의 옷을 입고, 멋진 겉옷을 걸쳤
다. 그 손에 들린 것은 투명할 정도의 도신을 가진 외날검. 뒷
모습이라서 얼굴은 보이지 않았다.

아아, 하지만 그 머리칼은 안다. 허리까지 올 정도로 긴, 웨
이브 진 그 머리는. 원색의 페인트를 쏟은 것처럼 새빨간 그
머리는.

"기다렸지, 루데우스."

에리스 그레이랫이 서 있었다.

제9화 광검왕 대 용신

며칠 전, 마법도시 샤리아의 입구에 두 여자의 모습이 나타났다.

잿빛 머리를 가진 수족 여자와 화려한 빨강머리의 인간 여자.

수족 여자 쪽이 머리 하나만큼 키가 더 크다. 두 사람은 비슷한 겉옷을 걸치고, 비슷하게 허리에 검을 차고 있었다.

에리스 그레이랫과 길레느 데돌디어. 두 사람은 긴 여행을 마치고 간신히 목적지에 도달한 것이다.

그 여행은 결코 편하지 않았다. 루데우스와 서둘러 만나기 위해 숲을 가로지르려다가 길을 잃고, 그 와중에 마물의 소굴에 뛰어드는 바람에 크게 싸우고, 간신히 숲을 빠져나와서 근처 도시로 들어갔다가 시비를 걸어온 불량배들에게 한 판 제대로 붙어서 날뛰고, 그 바람에 수많은 적을 만들어서 더욱 크게 날뛰고, 그 바람에 출국에 시간을 잡아먹어서 또 크게 날뛰고, 거의 자업자득 같은 싸움을 거듭한 바람에 샤리아에 도달하는 데에 시간이 걸렸다.

아무튼 일단 모험가로 살았던 적도 있는 두 사람이다. 여행 도중에 차츰 감을 되찾고, 라노아 왕국에 들어간 뒤로는 비교적 문제 없이 마법도시 샤리아에 도달했다.

행동은 샤리아에 들어온 뒤로도 거침없었다.

모험가 길드에서 정보를 모아보니, 루데우스의 집을 아는 자가 많이 있었기 때문이다.

이 도시에서 루데우스 그레이랫의 이름을 모르는 자는 거의 없는 모양이다.

베가리트 대륙에서 데려왔다는 신기한 마수나 마대륙에서 재배한다는 수상한 트렌트가 입구에서도 보이니까 금방 찾을 수 있을 거라는 조언까지 들었다.

실제로 목적하는 장소는 금방 발견했다.

루데우스의 집은 에리스의 본가와는 천지차이였지만, 모험가용 숙소라고 해도 통용될 정도로 컸다.

정원도 커서 단련장으로도 쓸 수 있을 듯해서 나쁘지 않았다.

길레느와 그런 이야기를 나누면서도 에리스답지 않게 문 안으로 들어가기가 저어되었다.

그녀는 문 앞에 그대로 서 있었고, 한동안 침묵이 그 자리를 지배했다.

에리스는 거기에 떡 버티고 선 채로 정지했다.

턱을 쳐들고 말없이 집을 올려다보면서.

마치 그러고 있으면 루데우스가 알아차리고 나와줄 거라고 하듯이.

그때 에리스의 마음속에 있던 것은 이제까지의 여행 도중에 들은 루데우스의 소문이었다.

'진흙탕' 루데우스 그레이랫.

외톨이 용을 해치우고 마왕을 쫓아내고, 마법대학 최강의 자리를 차지하고, 주위에게 두려움을 사고 방약무인한 거동을 하면서도 약한 이를 돕고, 어딘가 웃기는 소문은 끊이지 않고, 왠지 미움을 사지 않는 마술사.

그 강함을 표현하자면 말로 할 수 없어서, 에리스는 그걸 들을 때마다 마치 자기 일인 것처럼 기뻐졌다.

그런 그의 소문 중에서 에리스가 가장 마음에 든 것은 루데우스의 강함에 대한 부분이 아니었다.

웃기는 부분이다.

예를 들자면 '루데우스는 애처가고, 귀갓길에 아내와 함께 장을 본다'든가, '장을 보는 도중에 아내의 엉덩이를 만져서 꾸중을 들었다'든가, '어린애 같은 여자를 아내로 삼았다'든가, '아내를 둘이나 두다니 미리스 교도로서 봐줄 수 없다'든가.

아무튼 루데우스와 결혼했다는 여자의 소문이다.

그걸 떠올릴 때마다 에리스는 눈썹을 찌푸리고, 미간에 깊은 주름을 만들었다.

라노아 왕국에 입국했을 즈음에 그 두 아내의 이름도 알았다.

실피에트 그레이랫과 록시 M 그레이랫이다.

그 둘과 대면했을 때 에리스는 자신이 어떻게 하면 좋을지 알 수 없었다.

편지로 그 존재를 알았고, 도중에 소문을 들었고, 여행하면서 이런저런 생각도 했지만, 실제로 무슨 이야기를 하면 자기 생각대로 될지 알 수 없었다.

문 앞에 서 있는 에리스.

그런 그녀에게 말을 건 것은 메이드—아이샤였다.

그녀는 에리스가 문 앞에 나타났을 때, '저게 에리스 씨일까, 에리스 씨겠지?'라고 자문자답을 하면서 준비를 하고, 에리스가 문을 두드리면 곧바로 대응할 수 있도록 대비하고 있었다.

하지만 약 한 시간 가깝게 기다려도 에리스가 움직이지 않았기 때문에 자기가 움직였다.

에리스라는 인물은 아이샤에게 은인 중 한 명이다.

오빠인 루데우스만큼 존경하는 건 아니지만, 실론 왕국에서 자기를 구해 준 사람들 중에는 틀림없이 에리스도 포함되어 있었다.

은혜는 곱절로 갚아야 한다는 어머니 리랴의 가르침도 있어서, '셋째 아내' 이야기를 들었을 때도 에리스가 오빠를 좋아한다면 도와줘야겠다고 몰래 생각했다.

아이샤의 도움으로 에리스는 무사히 집 안에 침입했다.

그녀는 아이샤와 리랴에게 환대를 받고, 아이샤가 학교에 간 실피와 록시를 부르러 간 동안에 리랴에게서 루데우스의 현재 상황에 대한 이야기를 들었다.

루시라는 이름의, 루데우스의 자식의 존재. 그걸 보고 에리스는 복잡한 표정을 하면서도 왠지 기분이 상하지 않은 자신을 깨달았다.

자식 정도는 자기도 낳으면 된다. 그것도 남자애를.

그런 여유가 생겨난 것은, 대응해 준 사람이 아이샤와 리랴였기 때문이겠지.

실피와 록시, 그리고 노른이 돌아온 뒤에도 회합은 부드럽게 진행되었다.

루데우스의 두 아내는 에리스의 잘 성장한 가슴이나 엉덩이에 전율을 느끼면서도 에리스에게 까칠하게 굴지 않았다.

아이샤나 리랴가 이미 받아들이는 분위기를 만든 탓도 있지만, 애초에 이 문제에 관해서는 루데우스가 없는 곳에서 몇 번이나 이야기를 주고받았기 때문이다.

노른은 별로 좋은 얼굴을 하지 않았지만, 이미 이야기가 끝난 것도 있어서 대놓고 반대하지 않았다.

두 사람 다 루데우스가 그녀를 받아들일 마음이란 것을 알고 있고, 그 의사를 존중할 생각이었다.

또한 에리스가 이야기할 때에 엿보이는, 그녀가 루데우스에게 가진 큰 호의와 존경의 마음은 쓴웃음을 지을 만큼 기분 좋은 것이었다.

자기가 좋아하는 것에 대한 칭찬은 누구든 기쁘겠지.

하지만 그런 부드러운 분위기도 잠시뿐이었다.

에리스가 '그래서 루데우스는 어디에 있어?'라고 물었을 때부터 분위기가 이상해졌다.

올스테드와 싸우러 갔다.

그런 이야기를 들은 에리스는 '왜 혼자 보낸 거야? 루데우스를 죽이려고?'라며 두 사람을 규탄했다.

루데우스와 맺어졌다면 루데우스와 함께 싸우러 가야 한다.

그렇게 주장하는 에리스에게 실피는 '그럴 생각이었지만 방해만 될 뿐이고, 루데우스가 따라오지 말라고 했어.'라며 눈물과 함께 반론.

에리스는 그 눈물에 살짝 기죽으면서도, 잘 생각해 보니 자신은 방해가 되지 않기 위해 수행했다는 사실을 떠올렸다.

그리고 자기가 없는 사이에 루데우스를 도와준 것이 바로 편지에도 적혀 있던 이 눈앞의 두 여성이라는 사실을 깨닫고, 다소의 질투와 우월감을 느꼈다.

나라면 방해가 되지 않는다. 나라면 루데우스를 도울 수 있다.

그렇게 드높게 주장하고 실피와 록시, 그리고 길레느를 데리고 루데우스의 뒤를 쫓았다.

그리고 에리스는 여기에 있다.

서둘러 목적지로 향했다가 지나쳤고, 대폭발을 보고 돌아왔다가 싸우는 소리를 듣고서 찾고 찾아서, 혈안이 되어 찾아서.

죽기 직전인 루데우스를 보고 뛰어들었다.

올스테드의 눈앞에.

에리스는 검신의 일곱 검 중 하나인 '봉아용검'을 높게 쳐들고 올스테드와 상대했다.

"길레느! 등 뒤는 맡길게!"

올스테드는 자세를 잡지 않았다.

의아한 얼굴로 에리스를 볼 뿐이었다. 아니, 그녀의 뒤에 쓰러진 루데우스와 그에게 달려가는 두 여자를 보고 있었다.

에리스는 그 눈동자를 보면서 올스테드를 지그시 관찰했다.

상반신은 알몸에, 곳곳에 피를 흘리고 있다. 머리에서도 피가 흐르고 있고, 전체적으로 나른한 기색이다. 머리카락 끝은 그을렸고, 어깨 근처에 멍도 남아 있다. 대미지는 쌓였다.

또한 오른손에는 도신이 휜 검도 들고 있었다.

에리스는 올스테드의 검을 본 적이 없고, 자기에게 검을 보는 눈이 있다고도 생각하지 않았다.

하지만 그 검이 보통이 아니라는 것은 이해할 수 있었다.

자기가 가진 용신의 비장의 검보다도 훨씬 대단한 힘을 숨긴 것이라고.

이전에 상대했을 때는 저런 걸 들고 있지 않았다.

필요없다는 듯이 맨손만으로 완전히 제압당했다.

루데우스가 지금까지 대미지를 주고 검까지 뽑게 했다고 생각하면, 뭐라 할 수 없는 감동마저 느꼈다.

'나도 루데우스처럼…. 하지만 서두르면 안 돼. 일단은 시간을 번다….'

에리스는 스스로에게 그렇게 말하였다.

혼자서는 올스테드를 쓰러뜨릴 수 없다. 에리스는 대치한 순간 깨달았다.

그리고 자연스럽게 그걸 인정했다.

과거에 에리스는 그 차이가 너무 커서 알 수 없었다.

자기 키의 백 배는 될 만한 탑을 올려다보며 그저 높다고만 생각했다.

거기까지 올라갈 수 있다고 생각했다.

하지만 지금은 다르다. 키가 자라면서 상대의 키를 알 수 있게 되었다.

에리스도 커졌다. 그래도 상대는 더 크다. 정말로 크다. 올스테드는 너무나도 커서 눈이 아득해질 정도의 높이에 있었다.

도저히 에리스가 올라갈 수 없을 정도의 높이에.

"에리스 보레아스 그레이랫인가…. 그렇게나 루데우스가 소중한가. 루크가 아니라?"

"…루크?"

"네 남편이 될 운명이었던 남자다."

"그런 거 몰라."

에리스는 올스테드의 말을 흘려들었다. 루크란 놈이 누구인 지는 모른다.

하지만 에리스가 소중히 여기는 것은 루데우스뿐이다. 오직 루데우스뿐이다.

그 외에는 아무도 필요 없다.

"그렇겠지."

올스테드는 움직이지 않았다. 루데우스가 회복되는 모습을 천천히 지켜보았다.

그 모습은 빈틈투성이로 보였다.

에리스는 안다. 실제로 빈틈을 보이고 있다. 일부러. 그러면 서 에리스가 공격해 오는 것을 기다리는 것이다.

"……."

에리스의 머릿속에 검신과의 마지막 회합이 떠올랐다.

검신 갈 파리온은 자기 방에 에리스를 불러들여서는 세 자루 의 검을 주르륵 놓고 이렇게 말했다.

"어느 걸로 할 거지?"

에리스는 그것을 하나하나 손에 들어보았다.

과거에 마대륙에서 받은 검만으로도 충분하다…고 말하고 싶지만, 키가 자라면서 체격에 좀 안 맞게 되기 시작해서 조금 긴 검이 필요하다고 생각하던 참이었다.

게다가 아마도 이 검으로는 올스테드에게 통용되지 않는다.

무기에 의존하다니 검사로서의 자존심이 부족하다. 검성들은 그렇게 말하겠지.

하지만 에리스는 알고 있다.

자존심 따윈 개한테나 주라지.

"이거."

에리스가 고른 것은 가장 간단한 형태의 검이었다.

칼날이 얇고 살짝 휜 모습의 외날검.

흉흉함이 일절 느껴지지 않는, 청량한 느낌마저 드는 검이었다.

"'봉아용검'인가."

이것이야말로 초대 검신이 희대의 명장 '용황'에게서 받은 '봉아용검'이다. 검신류의 기술을 최대한으로 살릴 수 있는, 검신을 위한 검이다.

"좋은 선택이다."

"…이유를 들어볼게."

"그 검은 마검이다. 언뜻 보면 아무런 능력도 없지만, 도신에 치밀하게 담긴 마력은 투기를 이용한 상대의 방어를 거의 무효화할 수 있다. 반칙 같은 방어력을 가진 용신의 투기를 무효화할 정도는 아니라도 줄일 수는 있지."

방어 무시. 그것이 '봉아용검'이 가진 능력이었다.

"나한테는 안 맞았지만, 너라면 제대로 쓸 수 있겠지."

일곱 자루의 검 중 세 개밖에 없는 것은 검신이 하나, 두 검제가 하나씩, 그리고 검왕인 길레느가 하나를 가졌기 때문이다.

나머지 두 자루도 현재 검성인 두 젊은이가 조금 더 성장하거든 나눠주겠지.

"자, 그러면 본론이다. 일단 올스테드와 싸울 때 말이지…."

검신은 우선 '무엇보다도'라는 운을 뗐다.

"절대로, 먼저 손을 쓰지 마라."

왜냐고는 묻지 않는다. 이유는 에리스도 알고 있다.

"녀석의 수신류는 신급의 영역에 도달했다. 반격기로 죽는다."

떠오르는 것은 과거의 자신. 일격에 날아갔던 괴로운 기억.

"그게 제1단계다."

검신류는 반드시 선수를 취하려고 한다. 고로 그것을 받아친다.

간단한 이 전법이 올스테드가 사용하는 필승법이라고 검신은 말했다.

고로 에리스는 먼저 나서지 않는다. 기다리는 수신류에게는 결코 손을 쓰지 않는다.

공격하는 검신과 방어하는 수신. 상성은 최악이다.

수신류의 카운터에 실패란 없다. 어느 정도의 역량 차이가 없으면 수신류가 이긴다.

그것을 에리스는 그 몸으로 경험했다. 수왕 이졸테와의 훈련으로.

그러니까 에리스는 결코 선수를 취하지 않는다.

광견이라는 소리를 들으며 반드시 선수를 취해 온 그녀에게 그것은 힘든 장면이었다.

"음…? 안 오는 건가?"

자세를 잡았을 뿐이지 결코 공격하지 않는 에리스를 올스테드가 의아하게 바라보았다.

검신류는 반드시 먼저 공격한다. 그런 검술이다.

"나는 기다리고 있으면 돼. 그러면 루데우스랑 같이 공격할 수 있어."

에리스는 조용히 말했다.

"…놀랍군. 에리스 보레아스 그레이랫이 동료와 함께 싸우려고 하다니. 이것도 변화인가? 분명히 에리스 보레아스 그레이랫이 조금 분별을 알고 제대로 된 스승에게 배웠으면 하는 생각은 했지만, 그래…. 이렇게 되나."

"나는 이미 보레아스가 아냐. 에리스 그레이랫이야."

"내가 아는 에리스와는 다른 사람이란 건가···."

올스테드는 그렇게 말하면서 천천히 자세를 잡았다.

왼손을 추욱 늘어뜨린 채로 오른손을 천천히 들고 칼끝으로 에리스를 가리켰다.

"그럼 내가 가지."

서로 아무것도 하지 않은 채로 싸움은 제2단계로 이행했다.

에리스는 다시 검신과의 대화를 떠올렸다.

—녀석은 수도치기로 '빛의 칼날'을 쓸 수 있다. 하지만 '빛의 칼날'의 대처라면 니나와의 모의전으로 몇 번이나 했겠지? 너라면 알 거다. 최고속도에 달하지 않은 손목을 베어내라.

—다만 오른쪽과 왼쪽, 어느 쪽으로 할지는 모른다. 양손으로 자세를 잡거든 한쪽에 걸어라. 위에서 올지, 아래에서 올지도 모른다. 상단이나 하단으로 자세를 잡아라. 그게 제2단계다.

검신은 분명히 그렇게 말했다.

에리스는 거기서 얼굴을 찌푸렸다. 올스테드는 검을 뽑았다.

수도치기가 아니다. 완벽한 '빛의 칼날'이 온다.

에리스는 거기에 대처할 수 있는지 스스로에게 물었다. 할 수 있다고 대답했다. 올스테드는 완벽한 상태가 아니다. 숨도 다소 거칠고, 몸은 곳곳이 다쳤다. 검을 든 팔에서도 피가 흐르고 있다.

또한 올스테드가 자세를 잡은 건 오른손이고, 예상대로 밑에서 오는 자세다.

부상을 입었기에 한손으로.

'날 얕보고 있어….'

평소라면 거기에 열받았을지도 모르는 에리스지만, 신기하게도 마음은 차분했다.

얕보이면 안 된다, 얕보이면 안 된다, 그런 생각을 품었던 유소년기를 거쳤던 자신이 얕보이는 것을 좋게 생각하는 날이 올 줄은 그녀 자신도 생각하지 않았다.

"검신류 오의 '빛의 칼날'."

올스테드의 손이 엄청난 속도로 움직이는 것과 동시에.

"검신류 오의 '빛되돌리기'."

에리스가 검을 휘둘렀다.

수천 번이나 반복한 자세. 빛의 칼날에 대한 대처법. 최고속도에 달하지 않은 위치에 최고속도로 파고들어서 양단한다.

올스테드의 검과 손목이 하늘을 날았다.

'해냈다!'

에리스는 그렇게 생각했다.

하지만 올스테드는 다음 순간 놀랄 만한 행동에 나섰다.

왼손으로 하늘을 나는 손목을 잡아서 즉시 팔에 붙인 것이다. 그와 거의 동시에 흔들린 상체를 그대로 이용하듯이 돌려 차기를 날렸다.

에리스는 이 발차기를 회피했다. 검신의 조언으로 이런 행동 도 있을 수 있다고 들었기 때문이다.

"…큭!"

반걸음 뒤로 물러나서 발차기를 피하고, 추격타로 날아오는 수도치기도 검을 거두면서 쳐냈다.

양쪽 다 빛의 칼날이 아니다.

고로 에리스의 참격은 올스테드에게 상처를 낼 수 없었다. 캐앵 하는 소리를 내며 수도치기는 궤도를 바꾸었을 뿐이지, 올스테드는 아무런 부상도 없이 그 자리에 서 있었다.

한 발 늦게 올스테드의 검이 푸욱 소리를 내며 배후의 지면 에 꽂혔다.

올스테드를 보면 잘려나갔을 터인 손목이 이미 수복된 상태 였다.

그와 마찬가지로 루데우스가 주었던 듯한 대미지도 완전히 사라졌다.

치유 마술이다. 지금 한순간의 공방에서 올스테드는 치유 마 술을 사용했다.

그리고 그 단 한 번의 치유 마술로 모든 것을 치료하였다.

'괴물이네.'

에리스는 조용히 그렇게 생각했다.

지금 참격도 빛의 칼날은 아니었지만, 상당한 속도와 위력을 갖고 있었다.

하지만 튕겨났다. 빛의 칼날 이외에는 올스테드의, 용신의 용성투기를 깨뜨릴 수 없다. '봉아용검'을 들고도.

"이 전술, 검신이 가르쳤나. 꽤나 녀석의 눈에 든 모양이군, 에리스 그레이랫."

에리스는 검을 상단 자세로 되돌렸다. 마음을 가다듬고 평정을 지킨다.

그런 에리스에게 올스테드가 던진 것은 참격이 아니었다.

"갈 파리온의 침소에서 무용담이라도 들었나?"

에리스는 이러니저러니 해도 검신을 존경했다. 몇 년 동안 필사적으로 에리스를 단련시켜준 것은 갈 파리온이다. 그는 자기 꿈을 맡긴 것이다. 거기에는 결코 남녀 관계가 없었다.

스승과 제자가 있었을 뿐이다. 이해관계가 일치한 사제가.

평소의 에리스라면 결코 용서하지 않을 폭언… 그것을 일부러 뒤쪽의 세 명에게, 아니, 루데우스에게 들리도록 말한 것이다.

하지만, 하지만, 바로 그 스승이 말했다.

─일이 잘 진행되면 올스테드가 어느 타이밍에서 도발할지도 모르지. 거기 걸려들면 안 된다?

검신은 도발을 예상하였다.

고로 에리스도 움직이지 않는다. 전혀 화내지도 않았다.

지금 올스테드는 검신 갈 파리온의 손바닥 위에 있다.

"흥."

"······그래. 정말로 강해졌군."

코웃음으로 일축하는 에리스를 보고 올스테드는 쓸쓸하게 그렇게 말하고···.

양손으로 수도치기를 준비했다.

에리스는 그걸 보고 검신의 마지막 말을 떠올렸다.

—녀석은 어떤 이유로 진짜 실력을 낼 수 없다. 검술도 마술도 쓸 수 있지만, 되도록 투기와 체술만으로 어떻게든 하려고 한다. 특히나 자기가 잘 아는 유파를 상대할 때는 말이지. 투기와 체술, 부족하면 마술도 써서 최적의 행동을 쓰러뜨리려고 한다. 하지만 모를 때는···.

—녀석은 처음 보는 기술이라면 관찰하려고 하는 버릇이 있다. 그게 녀석의 약점일지도 모르지.

에리스의 머릿속에는 올스테드와 루데우스의 첫 싸움이 그려졌다.

약한 쥐를 가지고 놀 듯이, 어른스럽지 않은 올스테드의 움직임.

마무리를 하지 않고 천천히 지분거리는 듯한 행동.

"빠득."

에리스는 이를 갈면서 봉아용검에 댄 왼손을 이동시켰다. 허리 왼쪽, 미굴드 마을에서 받은 이름 없는 애검으로.

오른손만으로 상단 자세로 든 봉아용검과 칼집에 담긴 채인 무명검.

변칙적인 이도류.

하지만 검신류에 이도류는 없다. 이도류는 북신류의 자세 중 하나다.

하물며. 하물며 아무리 마검인 봉아용검이라도 한손으로는 빛의 칼날을 쓸 수 없다.

발도술이라도 역수로 발도할 수는 없다.

쓸데없는 자세. 쓸데없는 움직임.

검신류의 면허개전을 받은 검왕이 취할 자세가 아니다.

"음···."

그렇기에 올스테드의 움직임이 멎었다.

수도치기를 준비한 채로 에리스를 보았다. 그 눈동자에는 현재 치유 마술을 받고 있는 루데우스의 모습이 비치지 않았다.

에리스만을 보고 있다. 하지만 괜한 시간을 보내진 않았다. 이쪽이 뭔가 하지 않으면 올스테드는 공격해 온다.

그럴 때를 위해서 에리스는 벼락치기로 기술 하나를 연습했다.

북제 오베르에게서 배운 북신류 기술. 과거에 딱 한 번 본 적 있는 기술.

에리스는 그것을, 검을 칼집에 넣은 상태로, 한손으로, 가장 빠르게 낼 수 있도록 연습했다.

불완전하지만, 확실히 상대의 목숨을 빼앗을 수 있는 기술.

'궁지에 몰린 북신류는 검을 던진다.'

에리스의 왼손은 잡스럽게도 보이는 움직임으로, 하지만 서슴없이 움직였다.

칼자루에 손가락을 대고 검을 뽑는 동작인 채로, 올스테드를 향해 검을 투척했다.

에리스와 오랫동안 고락을 함께 한 무명검은 칼끝을 올스테드를 향해 똑바로 날아갔다.

에리스의 왼손은 투척한 기세를 죽이지 않고 그대로 상단 자세로 든 검으로 이동했다.

최대한의 속도로 왼손을 봉아용검으로 이동시킨다.

도달한 순간 양손으로 드는 자세가 되었다.

한순간의 타임랙도 없이 '빛의 칼날'을 날린다.

"!"

혼신의 힘을 담은 빛의 칼날은 하늘로 던진 무명검을 제쳤다.

그리고 올스테드의 머리를 향해 최단거리로 날아가서 최고 속으로 강타했다.

키잉 소리가 났다.

"…칫."

에리스는 빛의 칼날을 쓴 자세인 상태로 혀를 찼다.

그녀의 검은 올스테드에게 막혔다.

맨손으로 칼날을 잡은 것이다.

투척된 무명검은 올스테드의 몸에 부딪쳤지만 용신투기에 튕겨서 에리스의 뒤쪽으로 날아갔다.

"생각 이상이다. 하지만 이걸로 끝인가?"

"아니."

봉아용검을 고정시킨 채로 에리스는 그렇게 외치며 돌아보았다.

그녀가 돌아본 것은 무명검이 떨어진 곳.

거기에 루데우스가 서 있었다.

치료를 마친 루데우스가.

"…지금부터야!"

돌아본 에리스의 시선에 비친 것. 그것은 루데우스였다. 분명히 루데우스였다.

눈 밑이 시커매지고, 밝은 갈색 머리는 백발이 되고, 다리는 부들부들 떨리고, 안색은 창백, 입술은 보라색, 당장이라도 죽을 것 같은 얼굴로 실피와 록시에게 부축을 받으며 서 있었다.

"……."

"뭐가, 지금부터라는 거지?"

루데우스는 빈말로도 싸울 수 있는 상태가 아니었다. 이미 마력은 없고, 힘도 없고, 의식조차 남아 있지 않다. 만신창이라는 말이 어울리는 모습.

"……지금부터는, 지금부터야."

에리스는 그걸 보고… 각오를 다졌다.

깊이 숨을 들이마셨다가 내뱉었다. 그걸 세 번. 크게 숨을 들이마신 상태로, 손에 맺힌 땀의 감촉을 느끼면서, 검을 세게 고쳐 쥐었다. 딱 한 번 어금니를 악다물고 입술을 가볍게 핥았다.

배에 힘을 넣고 숨을 크게 내뱉으면서 목을 울렸다.

"당신들은 루데우스를 데리고 도망쳐!"

에리스의 외침!

"내가 목숨과 바꿔서라도 올스테드를 붙들 테니까…!"

그 각오를 실피는 명확히 느꼈다. 그녀는 같은 각오를 본 적이 있었다.

과거에 아리엘과 함께 여행할 적의 동료와 같은 각오. 즉 결사의 각오다.

"나, 나도 싸울게!"

실피는 외쳤다.

그녀의 다리는 떨리고 있었다. 올스테드를 처음 목격하고, 그 공포의 상징이라고 할 수 있는 존재를 앞에 두고, 죽음을 각오하였다.

하지만 루데우스를 지키기 위해 각오하는 것은 그리 어렵지 않았다.

오히려 이런 상대에게 자기가 좋아하는 사람을 보냈다는 후회가 있었다.

샤리아에서 에리스가 '루데우스를 죽일 생각이야?'라고 한 말이 귀에 남아 있었다.

그럴 생각은 없었다.

루데우스가 고민하면서도 평소의 모습을 되찾았으니까 괜찮을 거라고 생각했다. 루데우스는 항상 돌아왔고, 상상을 뛰어넘는 강함을 가졌다.

마도갑옷도 엄청난 힘을 가졌다. 그걸로 못 이길 상대는 없다고 생각했다.

그 생각이 착각이라면 실피도 망설이지 않았다.

"……!"

에리스는 실피를 보고, 그 눈동자를 보고 끄덕였다.

"…그럼 뒤를 부탁해! 길레느! 루데우스와 록시를 호위해서 도망쳐!"

"에리스! 너를 지키는 게 내 일이다!"

그 말에 반대하는 것은 수족 검왕이었다.

그녀는 에리스의 싸움을 보고 있었다. 그녀의 노력을 보고 있었다. 그러니까 뭐라고 말하지도, 끼어들지도 않고 지켜보려고 했다. 그것은 지금 세상에 없는 에리스의 할아버지, 은혜를 졌던 사울로스에 대한 의리와 보은이라고 생각했기 때문이다.

"내 말 들어! 내 소중한 것을 지키라고 하잖아!"

"…안 된다! 네가 죽으면 사울로스 님과 필립 님을 볼 낯이 없다!"

하지만 명확히 죽음을 향해 가는 것이라면 그것은 허가할 수 없다.

개죽음당하게 할 수는 없다…. 머리 나쁜 길레느가 거기까지 생각했을 리는 없지만. 아무튼 반사적으로 반론했다.

"…지금은 도망쳐야 합니다!"

록시는 몸이 무거운 자신으로는 전투가 무리라고 알고 있었다.

여기까지 따라오긴 했지만, 싸움이 벌어지면 틀림없이 짐이 된다는 걸 알고 있었다. 그렇기에 숲 바깥에서 기다리는 말에게까지 루데우스를 끌고 가서 전속력으로 도망칠 계산을 하고 있었다.

설령 유산하더라도 루데우스만이라도 도망 보낼 생각이었다.

그 뒤의 일은 생각하지 않았다. 다만 지금은 도망쳐서 태세를 가다듬어야 한다고 생각했다.

그런 에리스와 길레느의 말싸움을 무시하고, 실피와 록시의 결의를 무시하고.

"……후우."

올스테드는 크게 한숨을 내쉬었다.

그 한숨에 루데우스를 제외한 전원이 긴장했다. 올스테드를 노려보았다.

올스테드는 거기 모인 전원의 시선을 개의치 않았다.

그대로 큰 소리로 말했다.

"루데우스 그레이랫!"

루데우스는 움찔 몸을 떨었다.

"나는 네가 인신에게 붙은 이상 놓치지 않는다! 이 자리에 있는 모든 인간, 도시에 있는 모든 인간을 다 죽여서라도 너를 쫓아가서 죽인다!"

루데우스의 떨림이 커졌다. 바들바들 몸을 떨며 시선을 발밑으로 내렸다.

"인신의 말 따위 신용하지 않지만… 인신이 정말로 그런 말을 했다면, 너를 죽이고 네 자식을 납치하겠다!"

그 말에 루데우스의 떨림이 멎었다.

눈동자에 힘이 돌아왔다. 바들바들 떨리는 다리에 왼주먹을 후려치고, 오른손으로 록시의 지팡이를 빼앗으려 들려다가 이미 오른손이 없다는 것을 생각 못하여서 균형을 잃었다.

다급히 움직인 록시의 부축을 받는 채로 루데우스는 올스테드를 노려보았다.

그 눈동자에 있는 것은 살의다.

"하지만 투신을 모방한 네 갑옷과 라플라스의 인자를 가진 그 마력, 그리고 내 저주가 듣지 않는 네 체질에는 이용가치가 있다!"

"?"

올스테드의 말에 루데우스의 살의가 다소 흔들렸다.

의아해하는 표정의 루데우스에게 올스테드는 말을 이었다.

"인신을 배신하고 내게 붙어라!"

그 말에 즉시 반응한 것은 두 사람.

"말도 안 되는 소리 하지 마!"

"루디, 안 돼!"

에리스와 실피는 올스테드가 거짓말을 한다고 확신하고 있었다.

근거는 없다. 하지만 그렇게 확신하였다. 길레느와 록시는 침묵을 지키지만, 올스테드가 뭔가 꾸민다고, 말 뒤에 뭔가가 있다고 생각하였다.

"그러면 나를 기습한 것은 물에 흘려 버리고, 잘려 나간 네 팔도 치료해 주지!"

"……."

하지만 루데우스는 달랐다.

올스테드의 목소리에 어떤 것이 포함된 것을 깨달았다. 목 안쪽의 떨림을 깨달았다.

깨닫고 말았다.

"나의… 용신의 가호를 얻으면 인신도 그리 쉽게 네게 손을 댈 수 없다."

루데우스의 눈동자에는 회의와 망설임의 빛이 있었다.

"지금, 이 대화도, 녀석에게는 닿지 않는다!"

"……."

"혹시 네가 어쩔 수 없이 인신을 따르는 거라면, 나쁜 이야기가 아닐 거다!"

"……."

"선택해라! 루데우스 그레이랫! 인신을 따르다가 내 손에 모든 것을 잃겠느냐! 나를 따라서 함께 인신과 싸울 거냐! 너라면, 내 저주가 듣지 않는 너라면, 스스로의 의사로 고를 수 있을 거다!"

루데우스와 올스테드의 시선이 얽혔다.

루데우스는 그대로 천천히 숨을 내뱉었다. 뭔가 확인하듯이 가만히 얼굴을 보았다.

표정 안쪽에 있는 진실을 보려고 했다.

당연히 루데우스에게 그런 게 보일 리가 없어서 몇 초의 시간이 흘렀다.

"루디?"

루데우스는 비틀거리며 록시의 손을 떠났다.

쓰러질 것 같으면서도 천천히 걸어서, 길레느의 어깨에 기대고, 비틀거려서 실피에게 안기고, 에리스의 옆을 지나서.

올스테드의 앞에서 쓰러졌다.

두 무릎을 꿇고 올스테드를 올려보았다.

"진짜로, 인신의 손에서, 가족을 지킬 방법이, 있습니까…?"

"있다! 녀석은 강대한 미래시를 가졌지만, 모든 게 다 보이는 것도, 전지전능한 것도 아니다."

"그 방법은, 분명히, 틀림없이, 괜찮은 겁니까?"

"…그렇다곤 할 수 없다. 나도 녀석의 힘을 전부 파악하고 있는 건 아니다."

올스테드는 단언하지 않았다. 괜찮다고도, 안심하라고도 하지 않았다.

루데우스는 도움을 청하는 눈으로 올스테드를 보았다.

루데우스의 눈 끝에 맺힌 눈물은 대체 무슨 생각으로 떠오른 것일까.

다만 루데우스는 결단했다.

"…나는, 당신을 따르겠습니다. 도와주세요."

그날, 루데우스 그레이랫은 용신의 수하가 되었다.

제10화　에리스 그레이랫　전편

아침에 일어나서 노른과 함께 달리기와 검 휘두르기 연습을 하고, 돌아와서는 루시를 돌보는 실피를 안아 주고, 거실에 가서 아이샤와 리랴에게 인사를 하고, 졸린 눈으로 일어난 록시의 머리를 빗겨서 땋아 주고, 정원에서 베이비 트렌트인 비트를 구경하는 제니스에게 식사가 다 되었다고 말하며 데려와서 가족이 함께 식사를 한다.

그런 평화로운 나날이 돌아왔다.

하지만 물론 아무 일도 없었던 것은 아니다. 나는 분명히 올스테드와 목숨을 걸고 싸웠다.

완벽할 정도로 깨져서 패배하고… 그리고 살아남았다.

그 증거로… 나는 손바닥을 보았다.

꾹 움켜쥐어 보니, 손바닥은 확실히 손가락의 감촉을 돌려주었다.

양손 모두.

그 뒤, 내가 올스테드에게 고개를 숙이며 충성을 맹세한 뒤.

올스테드는 약속한 대로 내게 치유 마술을 걸어 주었다. 내 오른팔은 순식간에 재생되고, 내친김에 히드라와 싸울 때 잃었던 왼손까지 원래대로 돌아왔다.

올스테드는 또 내게 뭔가 마술을 건 뒤에 자기가 끼고 있던 반지를 넘겼다.

그 다음에 "네 마력이 회복되었을 때 또 연락한다."라는 말을 남기고 가 버렸다.

내 왼손에는 현재 그 반지가 끼워져 있다.

이 반지가 어떤 효능을 가졌는지는 모른다.

마력의 회복을 돕는 것일까. 아니면 인신이 엿보는 것을 저지하기 위한 것일까.

이미 그로부터 열흘이 지났지만, 인신은 꿈에 나오지 않았다. 용신의 가호를 얻으면 인신의 간섭을 막는다고 올스테드도 그랬던 것 같으니까 후자일까.

어쩌면 아무런 의미도 없는, 용신의 부하라는 사원증 같은 걸지도 모르지만.

어찌 되었든 나는 올스테드에게 패배하고 그의 군문에 들어갔다.

인신을 배신하고 저쪽에 붙었다. 이 반지를 뺄 수는 없겠지.

인신을 배신한 것에 후회는 없다.

솔직히 후련하다.

'저질렀다'라기보다는 '해냈다'라는 감각에 가깝다.

이제 돌이킬 수 없다.

앞으로 올스테드가 아무리 싫은 녀석이라도 그쪽을 배신할 수는 없다.

같이 죽고 산다. 설령 이게 인신의 생각대로 움직이는 것이라고 해도 이미 늦었다.

하지만 개인적인 감상으로는 올스테드 쪽이 인신보다 믿을 만할 것 같았다.

뭐라고 할까, 그에게서는 루이젤드와 비슷한 감각을 받았다.

루이젤드처럼 고고한 긍지도, 아이를 아끼는 느낌도 없지만, 그래도 높은 데서 구경할 뿐이지 자기는 아무것도 하지 않는 인신보다는 직접 부딪치려고 하는 분위기가 느껴졌다.

아무튼 어깨의 짐을 내려놓았다. 가슴에 맺힌 게 내려가서 후련해진 기분이었다.

실제로는 변하지 않았을지도 모르지만, 산을 하나 넘은 기분이었다.

또한 그 뒤에 그 자리에 있던 실피나 록시와도 이야기를 했다.

실피는 울었고, 록시에게는 설교를 들었다.

그녀들은 그런 위험한 상대라고 알았으면 막았을 거라고 후회했고, 또 올스테드의 부하가 된 것에 불안해했다. 하지만 그 자리에서는 어쩔 수 없었다, 그럴 수밖에 없었다고 해서 그녀들도 일단 납득해 주었다.

그 뒤에 집에 돌아와서 가족에게 무사하다고 전하고 잤다.

체력적으로도 마력적으로도 소모되었는지, 나는 꼬박 하루 동안 계속 잤다.

눈을 뜬 뒤에 협력해 준 이들에게는 올스테드와의 싸움에서 패배했고, 그의 군문에 들어갔다고 전했다.

참고로 페르기우스가 가장 마음을 놓은 얼굴을 하였다.

뭐, 누구든 그런 것과 적대하고 싶다는 생각을 하지 않겠지.

그러고 보니 보고할 때, 만난 사람 전원이 놀란 얼굴을 하였다.

왜 그러나 싶어서 물어보았더니, 내 머리칼이 하얗게 변했다는 모양이다.

페르기우스의 말로는, 대량의 마력을 단번에 다 쓰면 이런 영향이 있을 수 있다는 모양이다.

실피의 머리가 하얗게 센 이유도 계속 몰랐는데, 간신히 의문이 풀렸다.

다만 내 머리는 이미 뿌리부터 갈색 머리가 나고 있다. 실피의 그것과는 달리 일시적인 것이겠지.

가령 일시적이 아니었다고 해도, 실피와 같은 색이라면 아무 문제 없나….

인신이 무슨 짓을 해 올지 모르기 때문에 경계했는데, 지금으로선 아무것도 없다.

몸도 꽤 좋아졌고, 고갈된 마력이 회복되는 것을 느꼈다.

그리고 보면 올스테드는 내 몸의 마력의 비밀도 아는 눈치였다.

라플라스의 입자네 뭐네…. 뭐, 그런 건 올스테드가 필요하면 가르쳐 주겠지. 지금은 기다리면 된다.

자, 그건 그렇고.

아무런 변화도 없는 생활에 한 가지 변화가 있었다.

"한 그릇 더!"

"에리스 언니, 이제 수프 없어."

"그래? 적네!"

식탁 앞에는 지금까지 없던 사람이 한 명.

빨강머리의, 키 큰 여자…라고 할까, 에리스다.

그녀는 당연하다는 듯이 우리 집에 따라와서, 당연하다는 듯이 객실을 점령하고, 당연하다는 듯이 같이 살기 시작했다.

참고로 길레느는 우리 집 근처에 숙소를 잡았다.

현재 제니스의 상태를 보고 충격을 받은 탓인지, 우리를 생각해 준 탓인지는 모르겠지만.

아무튼 에리스만 남았다.

그녀는 나가는 날도 있었지만, 기본적으로는 집에 있었다.

집에 있으면서 실피가 요리하는 것을 보거나 록시의 수업 준비를 보거나 아이샤나 리랴의 집안일을 보거나 제니스와 루시를 가만히 바라보거나… 아무튼 움직이지 않을 때는 가족들을 물끄러미 지켜보는 경우가 많았다.

그리고 실피나 록시가 뭘 할 때마다 복잡한 표정으로 입술을 삐죽였다.

오랜만에 보는 에리스는 꽤나 변해 있었다.

뭐랄까, 멋있어졌다.

여자면서도 키가 크고 자세도 좋다.

복장도 꽤나 멋지다. 길레느와 비슷하게 가죽 겉옷에 움직이기 편한 검은 옷과 바지, 그리고 옆에서 봐도 충분히 단련되었음을 알 수 있는 몸을 갖고 있었다.

하지만 결코 뚱뚱한 게 아니라 군살 없이 압축되었다는 느낌이다.

보고 있기만 해도 반하겠다.

또 특필해야 할 것은 그 가슴과 허리와 엉덩이. 빵, 쭉, 빵이다.

얼굴도 5년 전과 비교하면 어린 티가 빠지고 야무진 미인의 얼굴이 되었다. 소녀가 아니라 이미 성인 여성이 되었다고 한눈에 알 수 있는 변화였다.

그런 외견의 변화도 있어서인지, 나는 그녀와 대화할 기회를 가질 수 없었다.

관계자들에게 결전의 보고를 하는 동안에는 기회를 놓쳤다.

그런 것도 있지만, 왠지 몰라도 그녀를 보고 있으면 두근거렸다.

몇 번이나 말을 해야 한다고 생각했다.

하지만 아무래도 타이밍을 잡기 어렵다고 할까…. 그녀에게 뭐라고 말을 하려고 해도 그 날카로운 눈빛에 가슴이 두근거리고, 정신을 차리고 보면 시선을 돌려 버렸다. 그 뒤로도 몇 번이나 마음이 편치 않아서 고동치는 심장이 진정될 때까지 시간이 꽤나 걸렸다.

이건 혹시… 공포?

아니, 농담, 농담. 사실은 알고 있다.

이건 사랑이다.

아무래도 나는 에리스에게 반한 모양이다. 다시 한번 반한 모양이다.

스스로 생각해도 단순하다 싶지만, 절체절명의 순간에 멋지게 등장해서 올스테드를 막고, 목숨을 걸고 날 지키려 한 에리스의 모습은 지금도 내 눈에 생생하다.

그런데 반하지 않는 게 이상하다.

지금의 나는 사랑하는 소녀다.

소녀데우스다. 천사가 된 고등학교 2학년이다.

내 마음이 이렇다면 취해야 할 행동은 하나겠지.

실피와 록시의 승낙도 받았고, 당장이라도 청혼하고 싶다.

하지만.

이건 집에 돌아와서 아이샤에게 들은 이야기인데, 에리스는 몇 년 동안 나와 함께 올스테드와 싸우기 위해서 검의 성지에서 가혹한 수행을 견뎠던 모양이다. 그 원인은 적룡의 아래턱에서 있었던 올스테드와의 싸움 때문. 다음에 비슷한 일이 없도록 디스터브 매직을 익히는 나를 본 에리스는 내가 타도 올스테드를 생각하고 착각했던 모양이다.

당시의 나와 에리스의 차이가 그렇게 컸다고는 생각하지 않지만, 에리스는 내 옆에 나란히 있기에 실력적으로 부족하다고 판단하고 수행에 나섰다는 소리다.

그런 에리스의 입장에서 보면, 현재는 나에게 배신당한 꼴이겠지.

출장이나 해외 파견업무처럼 검술 수행을 나섰다가 돌아왔더니, 좋아했던 상대가 다른 여자와 맺어졌다.

바람, 불륜. 거기에 오해가 있었고, 그것에 대해서도 설명하였다.

아마 에리스도 이해를 했을 것이다.

하지만 마음은 편할 리가 없다.

에리스의 성격을 생각하면, 나이프를 들고 돌진해 와도 이상하지 않을 정도다. 그런 상황에서 내가 '다시 한번 반했으니 내 아내가 되어줘'라고 말하는 것은 조금 아닐 것 같다.

또 아무래도 에리스의 행동거지가 이상했다.

그녀가 무슨 생각을 하는지 알 수 없다고 할까….

아니, 이렇게 말하기도 그렇지만, 에리스는 자기 멋대로 굴고 응석쟁이잖아? 주위를 생각하지 않고 행동으로 나서는 이미지가 있었어.

'루데우스! 좋아해! 결혼해 줄 테니까, 밤에 방으로 와! 오늘 밤에는 안 재울 거야! 루데우스는 내 거야! 다른 여자는 나가 버려!'

같은 느낌.

그런데 아무런 말도 없다.

자기주장을 하지 않는다고 할까, 뭐라고 할까, 놀랄 만큼 조용하다.

혹시나….

지난번에 그녀는 목숨을 걸고 올스테드에게서 나를 지켜주었다. 분명 그때부터 에리스는 나에게 엄청난 환상 같은 것을 품고 있었을지도 모른다.

5년 동안 나도 에리스처럼 강해지기 위해 노력했다고 믿었다.

하지만 나는 그러지 않았다. 나름대로 노력한다고 했지만, 그게 아니었다.

나는 올스테드에게 완벽하게 깨졌고, 에리스는 내가 꼴사납게 기는 것을 보았을 것이다. 게다가 아내가 둘. 최근 시내에서는 나에 대한 안 좋은 소문도 흐른다고 들었다.

에리스가 내게 환멸을 느꼈다고 해도 이상하지 않다.

아무런 말이 없는 것은 어쩌면 조만간 여기서 나갈 생각이기 때문일지도 모른다.

작별의 말을 생각하는 걸지도 모른다.

그렇게 생각하면 아무래도 내가 말을 붙이기가 무섭다.

거절당하는 게 무섭다. 저렇게 멋있어진 에리스에게 '너 같은 건 이제 아무래도 좋아!'라는 말을 들으면 나는 확 꺾이겠지. 그건 그거대로 옳은 결말일지도 모르지만, 엄청난 상실감을 느끼겠지.

하지만 혹시 그렇다면 더 일찍 말하지 않을까? 아니, 하지만 말이지, 으음, 끄으응.

아무튼 대화를 나눠봐야만 한다는 건 사실이다. 단단히 각오를 하고 앞으로의 일을 의논하는 거다…라고 생각했지만, 좀처럼 타이밍이 잡히질 않았다.

내 입에서는 말이 나오지 않고, 에리스도 아무런 말이 없고, 계속해서 매일이 흘러갔다.

가능하면 올스테드에게서 연락이 오기 전까지 대화로 청산을 하고 후련해지고 싶다.

하지만 어떻게 하면 좋을지 모르겠다.

이대로 계속 에리스와의 공동생활이 계속되는 걸까.

그렇게 생각하던 때에 록시가 슬쩍 물었다.

"그래서 에리스와의 결혼 축하는 언제쯤 하는 건가요?"

라고.

"결혼 축하, 입니까?"

"예, 저한테도 해 줬으니 당연히 하겠죠? 당일에는 휴가를 받을 테니까, 이 기회에 언제가 될지 가르쳐 주었으면 해서…."

록시의 말에 나는 입을 다물었다.

그 모습에 록시는 눈썹을 실룩였다.

"설마 아직 아무 말도 안 했나요? 에리스가 오기 전에는 그렇게 줄줄이 말해 놓고서?"

나는 겸연쩍은 얼굴을 했을 것이다.

이미 가족들에게는 말을 다 해 놓았다. 맞아들일 준비는 되어 있다.

아이샤는 물론이고 노른까지도 에리스가 가족의 일원이 되는 것을 인정하였다.

뿐만 아니라 노른은 자주 에리스와 루이젤드 이야기를 하면서 즐거워했다.

그 두 사람은 생각외로 잘 맞는 모양이다.

아무도 반대하는 사람은 없다. 이제 내가 결심만 하면 된다.

"루디, 도망쳐서는 안 됩니다. 에리스는 기다리고 있으니까요."

록시가 손가락을 세우고 누나 행세하듯이 말했다.

"기다려요?"

"그렇습니다. 그녀는 루디가 '내 품에 뛰어들어!'라고 말해 주는 것을 기다리고 있어요."

록시는 그렇게 말하면서 두 팔을 펼치는 제스처를 했다. 귀엽다.

"에리스가 그런 생각을 할까요…. 아니, 그건 록시가 바라는 거 아닌가요?"

"아니! 사람이 진지하게 말하는데 물 흐리지 마세요!"

록시는 뾰로통이라는 말이 보이는 듯한 얼굴로 두 팔을 흔들었다.

…무심코 그렇게 말하긴 했지만, 그런 걸까. 에리스는 내가 먼저 말하기를 기다려 주는 걸까. 그런 타입이었을까.

아니, 록시가 거짓말을 할 리가 없다. 이것이야말로 진짜 조언, 신의 계시다. 록시가 등을 밀어 준다면 내게 망설인다는 선택지는 없다.

용기를 내자. 내가 가자. 확실히 말을 꺼내서 대화를 나누고, 그리고 거절당한다면 록시와 실피에게 위로를 받자. 좋아…, 아니, 그 전에.

나는 두 팔을 펼치고 말해 보았다.

"록시, 내 품에 뛰어들어."

"그러니까 장난치지 말라고…."

록시는 말을 도중에 멈추었다.

내 얼굴을 보고 주위를 둘러보아 아무도 없는 것을 확인.

그리고 쳐들었던 두 팔을 어깨 위치까지 내리고 폴짝 뛰어서 내 품에 들어왔다.

다소 눈에 띄게 된 배가 내게 밀려들었다.

"너무 뛰면 배 속의 아이에게 안 좋아요, 공주님."

"배 속의 아이도 조금은 운동을 시켜 주지 않으면 약해지니까 괜찮습니다."

록시의 속삭이는 듯한 목소리가 귀를 간지럽혔다.

그런 거겠지. 그런 건가. 그런 걸로 하자.

그런고로 한동안 러브러브하게 있을까 싶어서 록시를 무릎 위에 앉히고 의자에 앉았다.

그때 문득 시선을 느꼈다.

"…음?"

문 그늘에서 가정부처럼 몸을 내밀고 나를 보는 녀석이 있었다. 그 눈은 번쩍번쩍 빛나고, 내 눈을 꿰뚫어보고 있었다.

에리스였다.

"꺄아!"

"왜, 왜 그러나요, 루디."

다급히 록시를 껴안자, 에리스는 스윽 시선을 돌리더니 복도의 어둠으로 사라졌다.

무섭다. 아무 말도 없는 것이 무섭다.

이, 이야기는 내일 하는 걸로 하자.

★　★　★

다음날. 나는 에리스와 대화를 하기 위해 그녀의 모습을 찾고 있었다.

에리스의 모습은 금방 찾았다. 그녀는 정원에서 훈련을 하고 있었다.

어째서인지 노른도 함께였다. 학교는 어쩐 걸까.

에리스는 노른에게 "그게 아냐, 이렇게야."라고 하면서 검 휘두르는 법을 가르쳤다.

"그러니까 그게 아니라고 하잖아! 왜 모르는 거야?!"

"그렇게 말해도, 어디가 문제인가요?"

"어디라니…."

에리스는 감각파니까 노른도 배우기 어렵겠지. 감각파 천재는 자기가 하고 있는 것을 이해하지 못하니까.

그렇게 생각했는데….

"왼손의 힘이 부족해. 검을 휘두를 때에 오른손만으로 휘두르려고 하니까 끝이 흐트러지는 거야."

어라? 지금 왠지 환청이 들렸는데?

"왼손을 더 의식해서… 왼손만으로 휘두른다는 느낌으로 해봐. 그러면 잘 될 테니까."

이거 혹시 에리스가 하는 말이야?

에리스가 입만 뻥긋거리고 길레느가 말하는 게 아니라?

"그렇군요, 알겠습니다."

"알면 됐어."

두 사람은 그렇게 말하더니 사이좋게 연습을 재개했다.

노른의 자세가 다소 좋아진 것처럼 보였다.

…뭐, 에리스도 검왕이다. 옛날에 길레느도 감각만으로는 검왕이 될 수 없었다고 그랬다. 에리스도 검왕이 되는 동안 합리적인 생각이란 것을 손에 넣었겠지.

그렇긴 해도 에리스의 움직임은 빠르다. 검 밑동 부분부터 잔상마저 보이지 않았다.

그리고 아름답다.

검을 스윽 들어올리고 소리도 없이 내리친다. 검이 우뚝 멈추면 휘익 소리가 난다.

반할 정도다. 보고 있기만 해도 한숨이 나올 것 같다.

멋진 옆얼굴에 달라붙은 땀. 군살 없는 육체와 약동하는 근육….

앗! 엄청난 걸 깨달았다.

에리스가 검을 휘두를 때마다 그녀의 성장한 가슴이 살짝 흔들린다. 출렁댄다는 느낌이 아니라 살짝 흔들리는 느낌. 이건 아마도 검을 휘두르는 동작에 군더더기가 없으니까 상반신이 거의 움직이지 않기 때문에 이렇게 되는 것이다.

아니, 민소매 셔츠라고 할까, 스포츠 브라 같은 것을 입고 있지만, 혹시 속에 흉부장갑을 착용하지 않았나.

검을 휘두를 때마다 시선이 거기 못 박혔다. 딱딱 못 박는 소리가 날 것 같다.

망치처럼 휘두르는군….

"……?"

문득 에리스의 가슴 움직임…이 아니라 휘두르기가 멎었다.

무슨 일인가 하고 얼굴을 보니 이쪽을 보고 있었다.

입을 일그러뜨리고 다리를 어깨넓이로 벌리고 턱을 쳐들고. 아, 여기에 팔짱을 끼면 그리운 포즈가 되겠구나. 그렇게 생각했을 때 그녀가 손에 든 것을 깨달았다.

올스테드와의 싸움에서도 썼던, 예리하게 베이는 진검이다.

나는 일단 그 자리를 떠났다.

아니, 칼을 들고 있는 상대에게 어려운 이야기를 하는 건… 그렇지?

―두 시간 뒤.

운동이 끝난 시간을 가늠해서 다시 한번 에리스를 찾았다.

이미 정원에 모습은 없었다. 그럼 씻고 있을까 해서 탈의실을 보았더니 노른의 옷밖에 없었다.

엿보는 거냐고? 그런 짓 안 해.

집 안을 찾아봤지만 어디에도 없었다. 어디를 간 걸까. 얼른 옷을 갈아입고 나간 걸까. 그럼 돌아오기를 기다릴까. 아니, 집에서 이야기할 일도 아니다. 나갔으면 쫓아가자.

그렇게 생각하면서 일단 화장실이라도 들어갈까 하고 손잡이에 손을 대려는 순간.

기세 좋게 문이 열렸다.

"아."

"……!"

코앞에 놀란 얼굴을 한 에리스가 있었다.

이목구비가 단정한, 야무진 얼굴의 미인.

약간 젖어서 파도치는 빨강머리가 어깨를 지나 물 흐르듯이 가슴께로 흘러내렸다.

가슴에는 셔츠가 땀에 젖어서 달라붙어 있었다. 셔츠에서는 골이 보였다. 블랙홀처럼 시선을 빨아들이는 깊은 계곡.

계곡이 있으면 산이 있다. 크게 솟은 두 개의 산이 있다.

산에는 땀으로 셔츠가 달라붙었고, 정점에는 확실히 알 수 있듯이 솟은 것이 보였다.

즉, 내 눈에 비친 것은 이상향이다.

"뭐, 뭐, 뭐야….."

에리스의 당황한 얼굴. 빨간 얼굴. 귀여운 표정.

나는 무의식중에 손을 뻗어서 중량 있는 덩어리와 그 정점에 있는 조금 딱딱한 부분을 만져 보았다.

아, 부드럽다.

—다음 순간 에리스의 어깨가 흔들리고, 내 의식은 날아갔다.

정신이 들었을 때 내 뒷머리는 조금 딱딱한 것으로 감싸여 있었다.

항상 사용하는 베개보다 딱딱하다. 하지만 왠지 따뜻하고 탄력 있는 베개였다.

더불어서 머리를 가볍게 쓰다듬는 감촉이 있었다.

무릎베개다. 그걸 깨달았을 때 나는 아직 덜 깬 상태였다.

"으음, 음냐음냐. 더는 못 먹어."

덜 깬 척하면서 몸을 뒤척였다. 다리 사이에 있는 삼각형의 포인트에 얼굴을 묻었다.

거기서 크게 심호흡을 하면서 엉덩이를 쓰다듬었다.

"히익!"

어라? 이 엉덩이 형태, 실피가 아니네. 실피는 더 작고 가늘고, 손에 들리지 않을까 싶을 정도로 지방이 적은데.

냄새도 록시의 그것과 다르다. 록시의 냄새는 마음이 편안해 지는 것이지만, 이 냄새는 조금 더 땀내가 나서 머리 뒷부분에 서 위험신호가 날아오는 듯한 느낌이다.

하지만 싫지는 않고, 그리고 왠지 그리운 듯한….

정신이 들었다.

천천히 눈을 뜨고 고개를 돌려서 무릎베개의 주인을 보자, 두 개의 산 너머에서 날카로운 눈이 이쪽을 노려보고 있었다.

에리스다.

그녀는 내 머리를 꽉 붙잡았다.

비틀어 버리려는 건가?! 실피, 록시, 먼저 가는 나를 용서해 주세요….

하지만 다음 순간 약간 힘이 들어갔으면서도 부드러운 손길 이 내 머리를 쓰다듬었다.

몸을 움츠리면서 에리스를 보았다.

그녀는 입을 삐죽거리면서, 얼굴을 붉히면서, 고개를 돌리면 서도, 화내지 않았다.

"저기, 에리스… 씨?"

"에리스라고 하면 충분해."

"에리스… 저기, 미안."

사과하자 내 머리를 꽉 붙들었다. 아앗! 먼저 가는 나를 용서 해 주세요!

"…아냐… 나도 잘못했잖아?"

"응. 뭐…."

"편지, 읽었어. 루데우스도 힘들었지?"

머리가 완전히 고정된 채로 나는 에리스의 말에 고개를 끄덕였다.

너는 아무런 잘못이 없어, 라고 할 수 있을 만큼 나도 어른은 아니다.

그때 우리는 서로 엇갈렸다. 당시 나는 상처 입었고, 지금은 에리스가 상처 입었다.

"저기, 루데우스."

"말씀하시죠."

"……."

에리스는 입을 다물었다. 무슨 말을 해야 좋을지 모르겠다는 듯이.

대화를 해야만 한다. 그렇게 생각하면서도 말이 나오지 않았다. 나도, 에리스도, 5년이란 세월은 너무 길었을지도 모르겠다.

"루데우스는, 그 두 사람을, 저기, 사랑하고 있어?"

"그래, 사랑해."

단언하자 에리스의 손에 힘이 들어갔다.

"나보다도 좋아해?"

"…응."

그렇게 말하자 에리스가 슬픈 얼굴을 했다.

이런. 말을 더 가려서 해야 했을지도 모르겠다. 비교해선 안된다.

나는 에리스도 좋아한다. 다시 한번 반했다.

"나를, 이젠, 싫어해?"

"그런 건 아냐. 다만… 떨어져 있던 시간이 조금 길어서, 어떻게 대해야 좋을지, 모른다고 할까, 뭐라고 할까."

"나는 지금도 루데우스를 좋아해. 루데우스에게 사랑받고 싶어."

에리스의 얼굴이 새빨갰다.

지금 그건 혹시, 아니, 혹시가 아니라 사랑의 고백이다.

어떻게 대답해야 할까. 이미 대답은 정해져 있다. 하지만 그전에 사실 확인을 해야만 한다.

"하지만 나한테는 이미 아내가 둘이나 있어."

"……."

에리스는 울컥한 얼굴로 일어났다.

나는 무릎베개에서 바닥으로 굴러떨어졌다.

아무래도 여기는 거실이었던 모양이다.

방에는 아무도 없다. 집에는 노른도 실피도 있을 텐데 아무도 없다. 신경을 써 줘서 단둘만 있게 해 준 걸까.

에리스는 바닥을 기는 나를 내려다보았다. 팔짱을 끼고, 다리를 어깨 넓이로 벌리고, 턱을 쳐들고.

처음 만났을 때와 똑같은 포즈로 나를 내려다보았다.

"루데우스, 밖으로 나와, 결투야!"

"어?! 결투?!"

먼지를 털고 일어나면서도 당황하여 되물었다.

"그래! 결투해서 당신이 이기면 난 나갈 거야! 그리고 내가 이기면…."

에리스는 나에게 삿대질하면서 말했다.

"내가 이기면 나도 사랑해 줘!"

뭔가 일이 묘하게 되었다. 그렇게 생각하면서 나는 끄덕였다.

제11화　에리스 그레이랫　후편

현재 나는 에리스와 마주보고 있다.

장소는 마법도시 샤리아의 외곽. 성벽 밖으로 나가서 코앞인 곳이다.

관객은 없지만, 길레느가 근처에 서 있다. 시외로 나가는 도중에 에리스가 불렀다.

심판을 부탁하는 걸 보면 나를 죽일 생각은 없는 걸까.

"……."

에리스는 아무런 말도 없다. 진검을 들고 나를 바라보고 있다. 아니, 그 손은 조금 떨리고 있다고 할까. 흥분에서 온 떨림일까?

나는 어떻게 하면 좋을까. 진심으로 싸워야 할까.

솔직히 져도 좋다. 지는 편이 낫다.

나는 에리스를 좋아한다. 방금 전에는 실피나 록시 쪽이 좋다고 말했지만, 우열 같은 건 매길 수 없다. 실피는 실피대로, 록시는 록시대로, 에리스는 에리스대로, 각각 좋아한다. 우유부단하지만, 나는 그런 한심한 남자다. 우유부단에, 성욕이 많고, 나이스바디가 된 에리스를 안을 수 있다면 침이 줄줄 흐르는 전개라고 생각하기도 한다.

사랑해달라고 하면 전력으로 사랑하자. 이미 그건 바람도 불륜도 아니다.

사랑이다. 자연의 섭리다. 매력적인 여자를 손에 넣고 싶다고 생각하는 건 자연의 섭리다.

미리스 교도야 얼마든지 덤벼보라지.

그렇게 잘난 듯이 말하는 거야 좋지만, 일부러 지는 짓을 에리스는 인정해 줄까.

굴욕이라고 생각하지는 않을까.

그런 상대는 싫다고 생각하지 않을까.

에리스는 나를 지키기 위해, 올스테드에게 대항할 힘을 손에 넣기 위해 수행하였다.

그러니까 나는 여기서 에리스에게 강함을 보여주어야만 하지 않을까.

그녀와 비슷하게 노력했다고 증명해야만 하는 게 아닐까.

…실제로 나는 에리스만큼 노력하지 않았지만, 그렇더라도 말이다.

전력으로 싸우고, 에리스와 호각으로 싸워서, 그리고 패배하든가, 혹은 이겨서, 다시 한번 내 아내가 되어달라고 하는 것이다. 이겨서.

'너는 내 것이다. 군소리 말고 나한테 와.'

좋아. 이걸로 가자.

파괴된 마도갑옷은 숲에 방치하였고, 검왕이 된 에리스는 접근전에서 올스테드와 좋은 승부를 벌였다. 이런 상대와 이런 거리에서 싸워서 이길 것 같지 않지만…

못 이긴다면 그거대로 좋다.

"루데우스."

그렇게 마음을 정하자 길레느가 말을 붙여왔다.

"말씀하시죠."

길레느와는 오랜만에 만났지만, 그녀는 별로 변하지 않았다.

적당한 나이의 아줌마가 되었구나, 싶은 정도일까. 재회의 인사는 했고 대화도 했지만, 딱히 현황에 대한 이야기는 하지 않았다. 너무 깊은 이야기를 할 정도의 사이도 아니었고, 위화감은 없다.

"에리스 아가씨는 예전과 별로 변하지 않았다. 태도로 받아들여줘라."

길레느는 예전과 변함없는 어조로 그렇게 말했다.

그 말의 뉘앙스에서 나는 위화감을 느꼈다.

지금부터 하는 행동이 정말로 옳은 것인지 자문했다.

에리스를 보았다. 그녀는 평소와 같은 포즈로 나의 준비를 기다리고 있다.

팔짱을 끼고 다리를 벌리고 턱을 쳐들고. 포즈는 평소와 같지만, 그 모습은 내 기억에 있는 에리스와 크게 달랐다. 키는 커지고 가슴은 커지고, 육식동물처럼 매끄러우면서도 사나운 분위기를 띠고 있다.

그로부터 5년. 나는… 변했다. 에리스도 변했을까.

그녀는 변하지 않았다고 길레느는 말했다.

5년 전, 그 이전에 나는 에리스를 어떤 식으로 대했던가.

고집쟁이인 에리스에게 나는… 어떻게 하면 될까.

"그럼 시작!"

길레느의 말에 나는 지팡이를 든 채로, 자세도 잡지 않았다.

에리스도 팔짱을 낀 채로 움직이지 않았다.

잠시 뒤에 에리스가 천천히 움직였다. 허리춤의 검을 뽑고 추욱 늘어뜨린 채로 이쪽으로 걸어왔다. 투명할 정도의 도신을 가진 그 검은 검신이 가진 일곱 자루의 명검 중 하나를 받은 것이라고 했다.

에리스는 내 앞까지 왔다. 날카로운 눈빛으로 나를 노려보았다.

"……."

"……."

에리스는 내 눈앞까지 검을 쳐들고 그대로 정지했다.

"뭐야. 안 싸워?"

"에리스. 나는… 네가 지면 나가는 룰이라면 내가 져도 좋아."

에리스가 입술을 일그러뜨렸다.

"……."

"그리고… 아까는 말을 제대로 못 했는데, 저기. 나도, 너를 말이지… 저기, 좋아해."

에리스의 머리칼이 곤두서나 했다.

화난 걸까. 진지하게 싸우는 편이 좋았을까.

그렇게 생각했을 때 에리스가 검을 휘둘렀다.

"……!"

반사적으로 눈을 감고 몸을 굳히자, 칼자루가 툭 하고 내 머리를 때렸다.

가볍게 찌르는 듯한 폭력이었다.

눈을 뜨자 코앞에 에리스의 얼굴이 있었다.

"난 실피처럼 요리를 잘하지 못해."

"알아."

"록시처럼 머리가 좋지도 않아."

"알아."

"두 사람처럼 귀엽지 않아."

"에리스는 멋진 미인이니까 관계없어."

"…지금 나 같은 몸은, 루데우스의 취향이랑, 다르지?"

"아니, 그렇지 않아. 매력적인 몸이야."

에리스는 검을 칼집에 다시 넣었다.

조심조심, 내 허리에 팔을 둘렀다.

풍만한 가슴이 와 닿았다. 강한 힘으로 내 몸을 끌어안았다.

약간 땀내가 섞인, 있는 그대로의 냄새. 여전한 에리스의 냄새다.

내 쪽에서도 그녀의 등에 손을 둘렀다. 이전보다 근육을 단련했다고 해도, 불끈거리는 정도는 아니다. 딱 좋다. 기분 좋다.

"내 승리라고 생각하면 되지?"

"응."

"나는 루데우스가 정말로 거절하면… 분명히, 포기할, 수도, 있는데?"

떨리는 목소리였다.

어쩌면 그녀는 내가 진짜로 싸웠으면 일부러 질 생각이었을까.

"포기하지 않아도 돼."

"그럼 나는 루데우스의 가족이 될 수 있어?"

"응. 실피와 록시와 함께. 에리스가 좋다면, 말이지만…."

확실히 말해야겠다 싶어서 숨을 들이마셨다.

값싸게 들릴지도 모르지만.

"결혼해 주세요."

그렇게 말하자, 에리스가 눈을 크게 떴다. 속눈썹이 떨리고 입이 살짝 열렸다.

하지만 그녀는 곧 표정을 다잡고 퉁명스럽게 고개를 돌리며 말했다.

"흐, 흥이다! 어쩔 수 없네…. 결혼, 해 줄게!"

이렇게 에리스는 나와 결혼했다.

그 뒤에 저녁을 먹을 때 나는 에리스를 아내로 맞았다고 발표했다.

록시 때와 다르게 미리 손을 써둔 것도 있어서 아무도 뭐라고 하지 않았다.

노른이라면 반대까지는 안 해도 불평 한마디 정도는 나올 줄 알았는데, 그것도 없었다.

노른도 내가 여러 여성과 결혼하는 것에 대해 체념했을지도 모르겠다.

록시와 실피는 축복해 주었다.

"에리스. 셋이서 잘 지내자."

"룰 같은 건 차근차근 정해가죠."

그런 두 사람과 달리 에리스는 잔뜩 긴장한 기색이었다.

"자, 잘 부탁, 드리겠사옵니다…."

말투도 이상했다. 에리스가 긴장한 모습은 보기 힘든데, 그녀 나름대로 친하게 지내고 함께 지내려는 마음은 느껴졌다.

가능하면 세 사람은 싸우지 않고 잘 지내 주었으면 좋겠다.

뭐, 내가 그런 소리를 하면 안 되겠지만.

세 사람은 친목을 다지기 위해 같이 목욕하러 갔다.

알몸의 친교를 갖는 김에 목욕탕 사용법을 가르치는 모양이다.

나도 따라가서 앞뒤에서 씻어달라고 하고 싶었는데, 오늘은 참기로 했다.

뒤에 남은 것은 나와 리랴, 여동생 둘, 제니스….

그리고 길레느였다.

"……."

제니스는 에리스가 없어졌을 때부터 내 얼굴을 콩콩 때렸다.

리랴가 "마님, 그 정도로…."라고 말했지만, 그만둘 기색이 없었다.

제니스는 미리스 교도였다. 아내가 둘도 아니라 셋이 되었으니, 아들의 행동거지를 용납할 수 없는 걸지도 모르겠다.

"아파, 아파요, 어머니. 죄송합니다, 두 번 다시 안 그럴 테니까요."

그렇게 말하자, 제니스는 주먹을 거두고 자기 자리로 돌아갔다.

새된 눈을 한 두 여동생이 앉은 자리의 옆이었다.

"오빠는 말이지, 록시 언니 때도 그렇게 말했거든? 이번에도 말만 그렇게 하고, 조금 있으면 또 다른 여자를 데려오겠지. 세탁물이 늘어나겠어. 큰일이야."

아이샤의 말에 귀가 따갑다.

에리스를 맞아들이면서 확실히 여동생들이 나를 보는 주가가 떨어진 것 같다.

하지만 받아들이자. 아이샤는 이런 소리를 하면서도, 어조는 완전히 국어책읽기라서 나를 가지고 노는 느낌이고.

"오빠."

그리고 또 한 명의 여동생이 입을 열었다.

이쪽은 장난이 아니라 진짜다. 제대로 이야기를 들어주어야겠지.

"예, 말씀하시죠, 노른 씨."

"저기… 저는 미리스 교도라서, 오빠의 행동은 불쾌합니다."

"예."

"하지만 에리스 언니가 오빠를 좋아한다는 마음은 잘 이해되니, 이번에는 아무 말 않겠습니다. 오빠는 에리스 언니를 별로 좋아하지 않을지도 모르지만, 제대로 사랑해 주세요. 이상입니다."

"예, 성심성의껏 노력하도록 하겠습니다."

노른은 에리스가 마음에 든 모양이다.

낮에 검술을 배우던 것도 노른이 먼저 다가간 것이라고 그러고, 왠지 요 몇 년 사이에 노른은 꽤나 사교적이 된 것 같다.

학생회의 영향일까. 좋은 영향이다.

"루데우스 님."

리랴가 조용히 말을 꺼냈다.

"예, 말씀하시죠, 리랴 씨."

"에리스 님을 맞아들여서 이 집도 비좁아졌습니다. 저와 제니스 님은 근처에 따로 방을 빌려서 생활하는 걸로…."

"안 됩니다."

리랴의 제안을 딱 잘라서 거절했다.

"두 분 다 제가 돌보게 해 주세요. 아뇨, 리랴 씨에게는 신세만 지고 있습니다만."

"아뇨, 그런 건…. 하지만 루데우스 님의 말씀이라면 따르겠습니다."

아내가 생겨서 두 어머니를 쫓아냈다고 하면 저승에 있는 파울로가 악령이 될지도 모른다. 나이 든 부모를 돌보는 것은 자식의 몫이다.

분명히 에리스가 와서 객실이 없어졌는데… 뭐, 신경 쓸 일은 없다.

방 정도는 여차하면 어떻게든 된다.

"루데우스."

마지막으로 길레느가 말했다.

"길레느 씨."

"길레느라고 하면 충분하다."

그녀도 이미 마흔 살 정도가 되었을까. 하지만 그 근육은 전혀 시들지 않았다.

제대로 단련하기 때문이겠지.

"에리스 아가씨를 맡겨도 괜찮겠지."

"…예. 신에게 맹세코."

"그래."

길레느가 훗 하고 웃었다.

"너도 성장했구나. 제니스와의 결혼을 결심한 파울로와 같은 눈을 하고 있어."

그거, 기뻐해도 되는 걸까? 그렇겠지? 응, 기뻐하자.

그래, 파울로와 똑같은 눈인가. 기쁘다. 나도 성장했구나….

어라? 하지만 길레느가 아는 파울로는 예전의 파울로잖아.

…정말로 기뻐해도 되나?

"길레느는 이제부터 어쩔 생각입니까? 이 근처에서 살 건가요?"

"아니, 에리스 아가씨를 네게 맡긴 이상 내 일은 끝났다. 아슬라 왕국으로 돌아갈까 한다."

"아슬라 왕국이라면 피트아령 부흥을 돕는다든가?"

그렇게 묻자 길레느가 눈을 번뜩였다.

"아니, 사울로스 님을 그렇게 만든 자를 찾아내서 베어 버릴 거다."

그 자리의 분위기가 단숨에 얼어붙었다.

꽤나 무시무시한 대답이었다. 하지만 길레느의 마음도 왠지 모르게 알겠다.

그녀는 지금까지 에리스를 돌봐 왔다. 내게 맡기는 걸로 그 일은 끝.

이제 남은 것은 은혜를 갚는 것뿐이다.

"…찾아낸다는 소리는, 누군지 모르는 거지요? 아마 정치적 인 줄다리기 끝에 당한 거라서, 한 명이 아니라고 생각합니다 만?"

"보레아스와 적대했던 자를 하나씩 베면 될 뿐이다."

너무 성급한 것 같은데. 길레느답다…. 자, 어떻게 하면 막을 수 있을까. 막지 않으면 혼자서 아슬라 왕국으로 쳐들어갔다가 오히려 당하겠지.

아니, 무슨 말을 하든 멈추지 않을 것 같은데, 다름 아닌 길 레느고.

그럼 오히려 그녀가 잘 움직일 수 있도록 도와주는 편이 좋 을 것 같다.

…거기까지 생각했을 때 일기의 내용을 떠올렸다.

아리엘이 일으켰다가 실패한 쿠데타. 거기에 수신과 북제가 참가했다는 이야기였다.

"길레느, 나는 어느 정보통에게서 수신이나 북제가 아슬라 왕국에 고용된다는 이야기를 들었습니다."

"녀석들인가."

"아는 사람입니까?"

"그래, 에리스 아가씨도 잘 알고 있을 거다. 그게 어쨌다는 거지?"

"그들과 적대할 가능성도 있습니다. 그렇게 되면 아무리 길레느라고 해도 위험하겠죠?"

"분명히 나 혼자만으로는 놈들에게 이길 수 없다."

길레느는 고개를 끄덕이고 내 눈을 보았다.

다음 말을 하라는 듯한 눈이었다.

"…일단 사울로스 님이 돌아가시게 된 소동 속에 있는 인물을 하나 알고 있습니다. 어쩌면 그녀는 보레아스와 적대했던 사이라서 길레느의 적일지도 모릅니다. 하지만 그녀와 손을 잡으면 베어야 할 상대를 대의명분하에 벨 수 있을 겁니다."

"누구지?"

"아리엘 아네모이 아슬라 왕녀입니다."

길레느의 귀가 꿈틀 움직였다. 아아, 그립구나. 옛날 수업을 할 때 모르는 문제와 직면했을 때에 길레느는 이런 반응을 보였다.

뭐, 모른다면 잘 되었지.

"아슬라 왕국의 왕녀님입니다."

"호오."

하지만 아리엘과 길레느를 대면시켜도 괜찮을까.

아리엘은 이제부터 아슬라 왕국에서 무모한 쿠데타를 일으키게 되어 있다. 거기에 길레느를 참가시켜도 되는 걸까.

아니, 미래는 변한다. 일기를 읽어 보는 것으로 나도 그녀에게 조금이나마 충고를 할 수 있게 되었다.

무모한 쿠데타를 무모하지 않은 쿠데타로 바꿀 수도 있다.

혹시 인신이 루크를 조종한 결과 일어난 쿠데타라고 한다면 내가 올스테드의 부하가 된 것으로 어떤 변화가 일어날지도 모른다.

그러한 상황에서 혹시 아리엘이 이기는 비전이 보인다면 길레느라는 전력은 있는 편이 좋겠지. 나도 도울 생각이긴 하지만, 이렇게 된 이상 올스테드에게 물어봐야만 하겠지.

"일단 그녀와 만나서 이야기를 나눠보세요."

"네가 그렇게 말한다면 그러도록 하지."

길레느는 간단히 승낙했다. 일단 생각 없는 행동은 삼가줄 모양이다.

"하아~"

그 소리에 돌아보니 아이샤와 노른이 놀란 눈으로 보고 있었다.

"왜 그래?"

"아니, 오빠는 정말로 검왕님의 선생님이었구나 싶어서."

"뭐야, 의심했던 거야?"

"그런 건 아니지만… 검왕님이 저렇게 순순히 말을 듣는구나 하고."

길레느와 서로의 얼굴을 보았다. 뭐 이상한 이야기라도 있었나?

"으음, 오빠. 학교에서 모험가가 되겠다는 선배가 있었는데요. 그 사람이 최근 '검왕 둘이 이 도시에 왔어. 우와, 무서워'라는 소리를 했거든요. 도시의 모험가들이 다들 한 수 접어주는 대단한 사람인데, 오빠는 그걸…이라고 생각하니, 왠지 모르게 하아~ 하는 느낌이에요."

노른의 말에 길레느가 웃었다.

"루데우스는 나 같은 것보다 훨씬 대단하지. 저 용신에게 힘을 인정받았으니까."

"헤에~"

노른은 감복하였다. 이걸로 오빠의 주가는 조금 올랐을까.

올랐다고 해도 상반신의 주가뿐이지, 하반신의 주가는 계속 떨어지는 것 같지만.

아무튼 길레느 덕분에 체면은 지킨 것 같다.

잘 됐군, 잘 됐어.

그 날 밤.

길레느가 돌아간 뒤에도 실피, 록시, 에리스는 계속 서로 이야기를 나누었다.

그 세 사람이 무슨 이야기를 하는 걸까.

아주 흥미가 가지만, 여자들의 대화는 여자들의 것이기에 참가하진 않았다.

보아하니 푸근한 분위기고, 에리스도 진지하게 이야기를 듣고 있으니까 괜찮겠지.

예전의 에리스와는 전혀 딴판이다.

나는 연구실에서 노른의 공부를 봐주고, 그녀가 잠든 뒤에 일기를 썼다.

연구실을 나왔을 때 이미 집 안은 조용해져 있었다. 여자들의 모임도 끝난 모양이다.

오늘은 어느 방에서 같이 자게 되는 걸까.

아니면 셋이 침실에서 기다린다…는 건 아닌가.

그렇긴 해도 이렇게 조용하니 왠지 불안하네.

분명히 미래에서 내가 왔을 때도 이렇게 조용한 밤이었다.

또 무슨 일이 생기는 게 아닐까.

복도 그늘에서 온몸에 모자이크가 걸린 듯한 녀석이 뿅 하고 튀어나오지 않을까.

아니, 설마….

침실 앞까지 왔지만, 불은 꺼져 있는 듯했다. 그렇다면 혼자 자야 하나. 그런 생각을 하면서 침실의 문을 열려고 한 순간 문이 안에서 열리고 나는 엄청난 힘에 안으로 끌려들어갔다.

"우왓!?"

순간적으로 그 상대에게 손을 뻗으며 마력을 담았다. 하지만 손목을 붙잡혀서 몸은 그대로 문에 떠밀려 부딪쳤다.

이런! 싶었을 때 상대의 정체를 깨달았다.

"…뭐야, 에리스인가."

에리스였다. 그녀는 가벼운 잠옷 차림으로 내 팔을 붙잡고 있었다.

"저, 저기, 루데우스…."

그 눈은 꽤나 핏발이 서 있었다.

얼굴도 붉고 숨도 꽤나 거칠다. 화난 표정이다.

뭔가 거슬리는 일이라도 있었을까. 언동을 신중하게 해야겠다.

"우, 우리, 이제, 부부지?"

"…으, 응. 어, 결혼식을 하는 게 좋았을까? 사람을 불러서 성대하게?"

"그런 건 필요 없어. 춤도 기억 못하고…. 그보다, 부부라면 괜찮지?"

뭐가 괜찮은 걸까.

그렇게 생각하는데 어깨를 끌어당기고 키스를 해 왔다. 이가 부딪쳐서 아프다.

뒤로 물러나려고 했는데, 문에 부딪쳤다. 에리스는 억지로 내게 자기 얼굴을 들이댔다.

"푸하…."

에리스는 내 허리에 팔을 감고 잡아끌 듯이 이동하기 시작했다. 어느 틈에 나는 침대 옆까지 끌려와 있었다.

이게 뭐야? 대체 뭐야? 어? 이제부터 하는 거야? 응?

"저기, 에리스, 아니, 그런 건, 뭐라고 할까, 순서라고 할까. 실피랑 록시랑 이야기를 하고."

"이야기 했어. 오늘은 내 차례래."

"록시가 아무 말 안 했어? 임신 중에는 삼가달라든가."

"상관없다고 했어."

어느 틈에 나는 침대에 쓰러져 있었다. 에리스가 힘이 세서 빠져나갈 수 있을 것 같지가 않다.

"저기, 루데우스. 난 아들을 낳고 싶어."

에리스의 콧김이 가쁘다. 화난 게 아니다. 이 표정은 욕정이다.

엄청 원하고 있다.

아니, 기쁘긴 하지. 이렇게까지 날 원해 준다면 기쁘지.

밀착한 탓에 내 거기도 그렇게 되었고, 몸은 솔직하군.

하지만 반대 아냐? 남녀가 거꾸로 된 거 아냐?

"루데우스 좋아해. 그러니까 괜찮지?"

"으, 응. 괜찮은데, 괜찮긴 한데. 잠깐 진정해. 무드를 잡고. 둘이서 술이라도 마시면서, 5년 동안 쌓인 이야기를 하면서, 분위기가 무르익었을 때 뒤섞이듯이 쥬뗌므라고."

"그런 건 됐어! 계속 또 이러고 싶다고 생각했으니까!"

에리스는 그렇게 말하면서 나를 덮쳤다.

두 다리로 내 다리를 꽉 붙들고 두 팔을 눌러서 못 움직이게 하면서, 가슴에 코를 들이대고 킁킁 냄새를 맡기 시작했다.

완전히 개 같다. 냄새나지 않아?

"하아…. 하아…. 루데우스. 결혼했으니까 당신은 내 꺼지?"

"어? 아니, 에리스만의 것은 아니고, 셋이서 싸우지 말고 사이좋게 나누었으면 고맙겠는데."

"오늘은 내 차례니까 내 꺼 맞지?"

아무래도 에리스는 나를 자기 걸로 삼고 싶은 모양이다.

"…뭐, 그렇지."

에리스의 두 손에 더욱 힘이 들어갔다.

아파, 아파, 손목 끊어진다. 또 치유 마술을 걸어달라고 해야겠네.

"그, 그럼, 무슨 짓을 해도 되는 거지…?!"

무슨 짓을 할 생각일까. 무슨 짓을 당하게 되는 걸까.

야한 것일 게 틀림없다. 나는 싫은가? 노, 싫지 않다.

그럼 답은 예스다.

"괘, 괜찮아."

다음 순간 에리스는 야수가 되었다.

다음날, 참새들의 짹짹 소리에 눈을 떴다.

나는 에리스의 모습을 찾았다. 곧바로 보였다. 눈앞이었다.

에리스의 단정한 얼굴이 바로 눈앞에 있었다.

"휴우."

안도의 숨을 내뱉으면서 어젯밤의 일을 떠올렸다.

어젯밤에는 에리스가 실컷 재미를 보았다. 테크닉으로는 내가 위였을 텐데.

도중까지는 이겼다. 에리스에게 질 수 없다고 나도 힘냈다.

하지만 도중에 역전당했다. 체력의 차이군. 처음에도 그랬는데, 에리스의 체력은 끝이 없었다.

결국 에리스에게는 이기지 못했군….

축 늘어졌을 때 마음대로 유린당했다.

미안해, 여보. 난 이 사람의 것이 되었어…라는 느낌이다.

이제 장가는 못 가겠다.

하지만 쿨쿨 잠든 에리스가 묘하게 사랑스러워 보였다. 어젯밤에는 그렇게 거칠었는데, 지금은 이렇게 얌전하다. 색색 잠들었다.

실피는 항상 이런 마음으로 내가 잠든 얼굴을 보고 있었을까.

"…그렇긴 해도."

현재 나는 에리스의 팔을 베고 있다.

평소에는 내가 해 주는 쪽이었으니까 묘하게 신선하다. 에리스의 팔은 가늘면서도 다부져서, 왠지 모르게 마음이 놓인다.

그렇긴 해도 5년인가.

에리스도 꽤 성장했지만, 얼마나 근육이 붙은 걸까. 어제는 너무 어두워서 잘 안 보였다. 야한 몸이라는 건 기억하지만.

꾸물꾸물 몸을 움직여서 에리스의 배를 만져 보았다.

"와아, 대단하네…."

표면은 그렇게 불끈대는 게 아니다.

오히려 지방이 꽤나 붙어 있다. 하지만 그 지방 바로 뒤에 압축된 근육이 있었다. 꾹 눌러 보면 확실히 나뉘는 게 느껴졌다.

내 복근도 식스팩이지만, 에리스의 그것은 뭔가 엄청나게 좋군.

꽉꽉 압축되어 있지만, 그래도 굵직한 건 아니야. 들어갈 곳은 들어갔고. 분명 외복사근과 내복사근, 장요근 같은 근육이 기막힌 밸런스로 단련된 탓이다.

그렇긴 해도 여자의 근육은 왜 이리 매력적인 걸까. 계속 만지고 싶다.

하지만 만지고 싶은 건 근육만이 아니다.

손을 위로 움직였다. 이불을 덮고 있어도 알 만큼 커다란 두 개의 언덕.

어젯밤은 손을 붙잡혔을 때가 많았기 때문에 별로 못 만졌는데….

부부니까 괜찮지?

"후오오…."

대단해! 토대가 있다! 대흉근이다!

이것도 꽉꽉 압축된 좋은 근육이다. 대단해.

그리고 그 접시 위에 올라가 있는 것은 디저트다. 역시 딱딱한 것과 부드러운 것의 밸런스는 인생에 있어서 중요해. 그런고로 살짝 터치.

오오, 이것도 잘 성장하셨군.

멜론 같다. 실피나 록시에게는 없는 것이다. 두 사람 것도 좋지만, 역시 큰 것은 큰 것대로 다른 매력이 있다. 이걸 언제든지 주무를 수 있는 입장이 된 것을 나는 신에게 감사해야 할까. 고마워, 록시, 실피.

나는 해냈어.

에리스 산맥, 등정 성공이다. 인류의 여명이야.

'호호홋.'

그때 내 뇌리에 백발의 노인이 나타났다.

선인이다. 가슴 선인! 오랜만입니다! 보십시오, 이 훌륭한 결실을! 대지의 은총을!

'호호홋, 이제 내게 더 배울 것은 없다…. 정진하거라.'

앗, 선인! 어디로 가시는 겁니까, 선인! 가르침을, 더 가르침을!

"……."

"아."

혼자서 그렇게 신이 나 있는데 에리스가 눈을 떴다.

그녀는 어느 틈에 눈을 뜨고 나를 보고 있었다. 멋대로 주물 렀다고 때리려나.

그렇게 생각했는데 에리스에게 손목을 붙잡혔다. 화를 내시 는구나.

"대화를 하자. 폭력보다 대화를 하자, 허니. 달콤한 벨벳 토 크를. 그리고 보면 둘이서 같이 윗몸 일으키기를 했지. 그때 나는 호기심에 져서 네 복근을 만졌는데…."

"……."

에리스는 내 손을 놓지 않았다.

뿐만 아니라 빙글 몸을 돌려서 뒤엉키듯이 나를 덮쳤다.

그 눈은 욕정이라는 말로 설명 끝. 화내는 건 아닌가. 아침 부터 가슴을 주무른 탓에 불이 붙었을까. 그래, 나도 아침부터 야한 짓을 당하면 그런 기분이 들겠지.

남자와 여자는 다르지만… 에리스는 예외인가.

좋아, 알았어. 덤벼봐.

에리스 상대 정도야 식은 죽 먹기라는 걸 보여주지!

"사, 살살, 부드럽게. 아침부터는 좀, 어제도 그렇게… 꺄아."

나는 숫처녀 같은 소리를 내면서 두 번째로 유린당했다.

오후에 일어났을 때, 에리스의 모습은 없었다.

텅 빈 침대, 이미 썰렁한 내 옆. 하지만 상실감은 없다. 있는 것은 허탈감과 만족감뿐이었다.

바들거리는 허리를 두들기면서 일어서서 창가로 갔다.

태양이 꽤나 노랗다. 내 얼굴도 누런빛일 게 틀림없다.

창밖에는 에리스가 있었다. 히죽히죽 풀어진 얼굴로 기분 좋게 검을 휘두르고 있었다.

그렇게나 하고서 아직도 움직일 수 있나. 괴물 같은 체력이다.

하지만… 좋았지. 실피나 록시는 나보다 체력이 없어서 먼저 뻗어 버리니까, 이렇게 한계까지 쥐어짜내지는 일은 처음이었다.

실피가 받아주는 형, 록시가 기술형이라면, 에리스는 공격형이라고 할까.

도쿠가와, 도요토미, 오다란 느낌이군.

에리스가 멋지게 검왕의 칭호를 손에 넣을 수 있었던 것은 모두 내가 올스테드에게 당했기 때문이다.

그런 식으로 잘난 척하다간 목이 날아간다.

매번 우리 집 히데요시 공의 신세를 질 수도 없지.

혹시 다음 기회가 있다면, 다음에야말로 벨벳 토크를 즐기고 싶다. 정말로 에리스와는 눈뜬 뒤의 허탈감 속에서 이야기를 하고 싶다…. 특히나 5년 동안의 일을. 그녀가 지금까지 어떤 일을 해 왔는지를, 어떤 만남이 있었는지를. 그런 것을.

그렇게 생각하면서 목욕탕으로 가서 몸을 씻었다. 후련하게 씻고서 지하로 가서 제단에 기도를 올렸다.

여기에 신을 하나 더 모셔두고 싶군.

지혜의 신, 자애의 신, 싸움의 신이니까… 역시 목도일까.

그렇게 생각하면서 거실로 들어가자, 청소를 하던 아이샤가 펄쩍 뛰었다.

"아, 오빠, 일어났구나! 편지가 왔어. 보낸 사람의 이름은 없는데, 문장이 찍혀 있었어. 아는 사람?"

편지를 받아든 내 움직임이 멎었다.

거기에는 잘 아는 문장이 그려져 있었다.

용신의 문장. 올스테드가 보낸 편지였다.

제12화 호출

[루데우스 그레이랫에게.

그 뒤로 몸은 어떤가? 마력은 회복됐나?

앞으로의 일에 대해 이야기하고 싶다. 샤리아 교외에 있는, 너희가 쓰던 오두막에서 기다린다.

사정 때문에 너 혼자 오는 게 바람직할 거다.

올스테드.]

그 편지를 읽은 뒤에 나는 아이샤에게 식사를 부탁했다.

든든하게 식사를 하고 내 방에 돌아가서 옷을 갈아입었다. 최대한 좋은 옷을 골라서 입고 아이샤에게 이상한 데가 없는지 몇 번이나 확인을 받았다.

그리고 아쿠아 하티아와 미래의 일기를 손에 들고 집을 나섰다.

가는 길에 베이비 트렌트 비트와 놀아주던 제니스에게 말하였다.

"어머니, 다녀오겠습니다."

제니스는 잘 다녀오라는 듯이 가볍게 손을 흔들었다. 비트도 그 옆에서 이파리를 하늘하늘 흔들었다.

아내들에게는 말하지 않았다. 말했다간 따라올 테니까.

편지에는 혼자 오라고 적혀 있었다. 그럼 혼자 가자. 이번에는 싸우러 가는 게 아니다.

올스테드를 신용하냐고 묻는다면 대답하기 어렵긴 하다.

하지만 편지에서는 이쪽을 걱정하는 듯한 느낌이 전해졌다.

나나호시도 감정적인 면에서는 올스테드와 싸우는 것을 피하는 편이 낫다고 생각하는 듯했고, 개인적으로도 인신보다 신용할 수 있는 상대라고 생각한다. 그렇게 생각하고 싶다.

"하지만 긴장되네."

그렇게 혼잣말을 중얼거리면서 샤리아의 길을 걸었다.

길가에서 웅덩이를 발견해서 내 모습이 이상하지 않은가 몇 번이나 확인했다.

나는 올스테드의 밑에 붙기로 결심했다. 즉, 올스테드는 나의 보스다.

보스의 앞에 이상한 모습으로 나가는 건 좋지 않다.

"향수 같은 걸 뿌리고 오는 게 좋았을까?"

일단 뜨거운 물로 씻긴 했지만, 혹시 냄새가 남아 있을지도 모르겠다.

사장실에 불려간 사원이 이상한 냄새를 폴폴 풍기면 사장은 어떻게 생각할까? 느닷없이 모가지는 아니더라도, 좋게 보이지 않겠지. 가능하면 좋게 보이고 싶다.

올스테드. 인신과 싸우고, 이길 가능성이 있는 인물. 그는 내 자손의 도움을 얻어서 인신을 죽인다고 한다.

인신이 불쌍하긴 하지만… 먼저 배신한 건 저쪽이다.

녀석은 록시나 실피에게 손을 대려고 했다. 동정해선 안 된다.

나는 올스테드에게 꼬리를 흔든다. 선풍기처럼 꼬리를 흔들고 인신에게 이빨을 드러낸다.

가족을 지켜내고 말겠다.

"좋아."

결의를 새롭게 다지고 교외로 향했다.

마차가 튀기는 진흙물을 맞지 않도록 조심하면서.

교외의 오두막에는 기이한 분위기가 떠돌았다.

한마디로는 표현할 수 없지만, 뭔가가 다르다. 분명 만화로 표현하자면, 구우우웅 하는 의성어와 함께 오두막에서 꾸물대는 효과선이 나오고 있겠지.

아, 올스테드가 있구나, 라고 한눈에 알았다.

"휴우, 후우…."

나는 심호흡을 한차례 하고 문을 두드렸다.

"루데우스 그레이랫! 들어가겠습니다!"

"으음…. 일찍 왔군."

있는 건 알고 있었지만 대답이 돌아왔을 때 나는 몸을 떨었다.

역시 올스테드에 대한 공포심 비슷한 것은 아직 남아 있는 모양이다.

"들어가도 되겠습니까!"

"왜 허락를 구하지? 여기는 네 소유의 오두막 아닌가?"

"옙! 실례하겠습니다!"

문을 열고 안에 들어가자 올스테드가 있었다.

안에 있는 의자 중 하나에 앉아서 나를 노려보고 있었다.

아니, 노려보는 건 아니다. 그냥 바라보는 것뿐이다. 얼굴이 무서울 뿐이다.

나는 문을 닫고 최대한 빠릿빠릿한 동작으로 올스테드의 앞으로 이동했다.

의자 바로 옆에 서서 차렷 동작을 취했다. 올스테드는 의아한 표정으로 나를 노려보았다.

"친구들을 많이 데려올까 싶었는데… 둘인가."

"예, 혼자 왔… 어? 둘?"

예상 밖의 말에 귀를 의심했다.

올스테드가 노안이라서 내가 이중으로 보이는 게 아니라면 나는 혼자일 터이다.

"에리스 그레이랫! 들어와라!"

올스테드가 그렇게 외치자, 쾅 소리를 내며 기세 좋게 문이 열렸다.

에리스였다. 그녀는 검을 뽑아들고 있었다. 살기를 마구 뿌리고 있었다.

"올스테드! 루데우스에게 손을 대면 내가 베어 버리겠어!"

에리스는 올스테드에게 검을 들이대고 그렇게 선언했다.

오줌을 지릴 정도로 무시무시한 기백. 올스테드는 그것을 태연하게 흘렸다.

"그럴 생각은 없다."

"신용할 수 없어!"

"그렇겠지."

에리스는 그렇게만 말하고, 오두막 구석에 자리를 잡고 팔짱을 끼며 섰다.

나는 에리스의 등장에 굳으면서도 올스테드와 에리스를 교대로 보았다.

역시 변명을 해야 할까. 나는 에리스를 데려온 게 아니다, 혼자서 왔다, 적의는 없다고.

하지만 검을 들고 나타난 에리스를 어떻게 설명하면 좋을까.

어쩌지, 어쩌면 좋지?

"왜 그러지, 루데우스 그레이랫. 앉아라, 이야기를 하자."

그렇게 망설이는데 올스테드가 턱짓으로 신호했다.

"아, 예. 실례하겠습니다."

시키는 대로 의자에 앉긴 했지만, 에리스가 마음에 걸렸다. 검을 뽑아들고 있는 에리스가.

"저기, 에리스는…."

"네 태도를 보면 안다. 미행당한 거겠지."

"아, 예, 그런 느낌입니다…. 저기, 이야기 전에 에리스랑 잠시 말하고 와도 되겠습니까?"

"상관없다."

화난 건 아닌 모양이다. 나는 앉은 채로 에리스 쪽을 돌아보고 손짓을 했다.

"뭐야."

"에리스는 뭐 하러 여기에?"

"루데우스가 차려입길래 어디에 가는 건가 궁금했을 뿐이야."

차려입었다. 뭐, 분명히 좋은 옷을 골라 입고 머리도 손질을 했다.

보기에 따라선 차려입었다고 할 수도 있을지 모르겠다.

"내가 올스테드의 밑에 붙었다는 건 이해하지?"

"…이해는 하는데, 이 녀석이라면 뭔가 꾸미고 있을지도 몰라. 루데우스가 속는 걸지도 모르고."

"그럴지도. 하지만 그걸 판단하기엔 아직 일러. 가능하면 방해하지 말고 얌전히 있어 줄 수 있을까?"

"……."

"속는 거라고 알면 둘이서 싸우자, 에리스. 믿고 있어."

"응! 알았어!"

에리스는 납득했는지 검을 집어넣고 내 옆에 앉았다.

단순하구나…. 자, 그럼.

"실례했습니다."

"괜찮다."

"아무래도 에리스는 아직 올스테드 님을 신용할 수 없는 모양이라…. 하지만 저주라면 어쩔 수 없지요."

그렇게 말하자 올스테드의 눈이 빛난 듯했다.

"내 저주에 대해서 누구한테 들었지?"

"인신입니다. 올스테드 님은 여러 저주에 몸이 침식되었다고."

솔직하게 말했다. 내가 인신에게 뭘 듣고 뭘 알게 되었는지. 그걸 모두 말할 준비가 되어 있었다.

"그런가…."

그러자 올스테드는 턱에 손을 대고 살짝 위쪽을 보았다.

그 시선 앞에는 아무것도 없다… 생각하는 포즈인가.

"아무튼 일단은 약속을 지키지."

"예?"

"왜 그리 놀랄 얼굴이지? 난 인신과 다르다. 약속은 지킨다."

그게 아니라 약속 같은 걸 했냐는 이야기인데.

"인신에게서 네 가족을 지킬 방법이다."

아, 그런가. 그렇지. 나는 왜 그런 걸 잊어버리고 있는 걸까. 아니, 약속이란 형태로 기억하지 않았을 뿐이다. 오히려 계약 같은 느낌으로 인식하고 있었다.

악마와의 계약이다. 하지만 그래, 계약도 약속의 일종인가.

"나는 아직 아무것도 안 했습니다만, 괜찮겠습니까?"

"너도 가족에게 위험이 닥치면 제정신일 수 없겠지?"

"뭐, 그렇습니다만."

왠지 신경 써 준다는 느낌이다.

아니, 생각 이상으로 친절한 느낌이군. 조금 더 하대조로 명령을 해 올 거라고 생각했는데.

얼굴은 무섭지만 의외로 부하를 생각하는 사람일까. 내 옆의 에리스가 이상하게 찌릿찌릿한 분위기인 것이 믿어지지 않을 정도다.

"그래서 어떤 방법으로 지켜 주신다는 겁니까?"

"그리 어렵지 않다. 강한 운명을 가진 수호마수를 소환하여 지키게 하면 된다."

"소환입니까? 하지만 나는 아직 소환술을 못 씁니다."

"그럼 내가 마법진을 그려 주지. 네가 마력을 넣어라."

"아, 예. 감사합니다."

강한 운명을 가진 수호마수인가. 운명, 분명히 인과률을 말하는 거였던가.

"정말로 그것만 있으면 지킬 수 있습니까?"

"인신은 인간 외의 것을 조종할 수 없다. 또 단번에 그렇게 여러 인간을 조종할 수도 없다. 우리가 움직이는 이상 녀석은 그걸 방해하느라고 바쁠 거다. 녀석의 성격상 그것만으로도 충분하고 남을 정도의 예방이 되겠지."

성격 이야기인가…. 그렇긴 해도 단번에 그렇게 여러 인간을 조종할 수 없다는 것은 최소한 두 명 이상은 조종할 수 있다는 소리일까.

나를 조종하면서 다른 녀석도 조종했을까.

"하지만 방심하진 마라. 인신이 무슨 짓을 해 올지 모른다. 마수에게 맡겨놓고만 있지 말고, 빈번하게 상황을 보는 게 좋겠지."

올스테드가 '빈번하게 상황을 보는 게 좋다'고 말하니 왠지 위화감이 느껴지는군. 그런 소리를 할 것처럼 보이지 않았거든. 인상만으로 상대를 판단하면 안 된다는 건 알지만.

아무튼 준비해 준다면 일단 그걸 받아들이자.

자, 그럼 본론이다.

"그래서 나는 이제부터 뭘 하면 되겠습니까?"

질문하고 싶은 거야 많지만, 일단은 내가 먼저 이야기의 물꼬를 트는 게 예의겠지. 순종하는 태도를 보인다.

"…너는 질문하고 싶은 게 더 있지 않나?"

그렇게 생각했더니 오히려 질문이 되돌아왔다.

"많습니다."

"왜 묻지 않지?"

"너무 많이 알려달라는 것도 좋지 않다고 생각해서…."

그렇게 말하자 올스테드가 한숨을 내쉬었다.

"너는 내 동료가 되었다, 즉…."

"부하입니다. 상하관계는 확실히 해두도록 하지요."

신나게 당했고, 가족을 지키는 방법을 배웠다. 그러면서도 대등하다고 우길 만큼 내 낯짝이 두꺼운 건 아니다.

"네가 그러고 싶다면 그래도 되는데…. 아무튼 즉, 나와 너는 함께 인신 타도를 위해 움직이게 된다. 알아야 할 것은 알아둬야지."

"그렇게 말하고서, 사실 내가 인신의 스파이였다면 어쩔 겁니까? 밤이면 밤마다 인신에게 올스테드 님의 정보를 전할지도 모릅니다."

"나는 너를 신용하고 있다."

강한 시선과 함께 그런 말을 들었다.

"사력을 다하여 가족을 지키려고 한 네 자세를 말이다."

그런 말을 들으니 조금 창피하군. 분명히 나도 그때는 필사적이었지만… 뭐, 그런 거라면 고맙게 받아들일까.

질문하고 싶었던 게 뭐였더라. 많이 있었지.

인신과 올스테드의 확집에 대하여. 라플라스의 인자란 것에 대하여. 전이사건에 대하여. 운명이란 것에 대하여.

　일단 그런 걸까.

　"그럼 하나씩 가르쳐 주십시오."

　그렇게 해서 일단 올스테드와 인신의 확집…이라기보다는 관계겠군.

　아니, 그 이전에 올스테드 자신에 대한 게 먼저일까.

　"올스테드 님에 대해 알려주십시오."

　"나 자신 말인가?"

　"그렇습니다. 부탁드립니다."

　"인신에게서 뭐라고 들었지? 저주에 대해서는 들은 모양이던데?"

　"어어…."

　5년이나 된 일이니까…. 기억을 해 보자, 떠올리자.

　"저주를 네 개 가지고 있다고."

　"…계속해라."

　"하나, 이 세계의 모든 생물에게 혐오의 대상이 되든가, 공포의 대상이 되는 저주. 둘, 인신에게서 보이지 않는 저주. 셋, 전력을 낼 수 없는 저주. 그리고 마지막 것은 모르겠다는 듯이 말했습니다."

　"그렇군."

　올스테드는 그렇게 말하며 조용히 끄덕였다.

　"일단 첫 번째 말인데, 분명히 나는 태어났을 때부터 세상의 모든 생물에게 기피당하고 있었다."

"…하지만 나는 그렇게 싫어하지 않습니다만."

"그런 자도 때로는 존재한다. 나나호시도 그렇지."

"그렇군요."

예외는 있다는 걸까. 어쩌면 나나 나나호시가 애초에 이 세계의 인간이 아닌 것도 관련이 있을지 모르겠다. 그 사실을 말해야 할까, 말하지 않아야 할까. 에리스가 곁에 있어서 조금 저어되지만….

하지만 여기서 입 다물고 있는 것은 득책이 아니겠지.

"숨길 생각은 없습니다만… 나는 원래 나나호시와 같은 세계의 인간이었습니다. 그런 것도 관련이 있을까요."

"…루데우스 그레이랫이라는 것은 가명이었나?"

"그런 쪽의 이야기는 시작하면 길어집니다만, 나는 나나호시와 다르게, 그러니까… 어느 틈에 이 세계에서 루데우스 그레이랫으로 태어났습니다…. 으음, 뭐라고 하면 좋을까요."

"전생인가."

놀랐다. 올스테드의 입에서 전생이라는 말이 나오다니.

아니, 하지만 용족에게는 전생법이란 것이 있다고 일기에 적혀 있었던 것 같다. 죽어도 수십 년 뒤에 다시 태어난다고. 그들에게 전생은 꽤 익숙한 것인가.

"아마도 네가 나를 두려워하지 않는 것은 전생체인 것도 관계가 있겠지."

"그밖에도 당신을 두려워하지 않는 인물은 있습니까?"

"몇몇 예외를 빼면 고대용족의 피를 이은 자뿐이다."

페르기우스라든가. 아니, 하지만 페르기우스는 꽤나 쫄았던 것 같다.

…그것은 저주와 관계없을까. 저주와는 별도로 남들에게 기피되거나 경원될 수도 있지.

"두 번째 저주, 인신에게서 보이지 않는 저주라면… 이건 저주가 아니다."

"그 말씀은?"

그렇게 묻자 올스테드는 잠시 생각했다. 그리고 내 눈을 보며 말했다.

"태고에 초대 용신이 인신과 싸우기 위해 만들어 낸 비술… 운명을 보는 힘을 얻는 동시에 세계의 섭리에서 벗어나는 비술이다."

"호오."

"인신 또한 미래, 그리고 멀리 떨어진 곳을 보는 힘을 가졌다. 하지만 이 세계의 섭리에서 벗어난 자를 볼 수는 없다."

그래. 세계의 섭리에서 벗어난다는 게 뭔지는 모르겠지만, 인신의 눈에서 도망칠 수 있다니 대단하다.

"운명을 보는 힘이란 어떤 것인지요?"

"글쎄…."

올스테드는 다시 생각하는 포즈를 취했다. 어쩌면 지금 답을 생각하는 건 아니겠지.

"그 인물이 도달할 터인 대략적인 역사를 안다."

대략적인 역사라.

"그렇다면 올스테드 님도 미래가 보인다?"

"아니…. 보이는 것은 미래가 아니라 역사다. 운명으로 정해진 역사."

으음? 뭔가 철학적인데. 미래시와의 차이를 잘 모르겠다.

일단 '인신보다 한 단계 아래의 미래시'라고 생각해둘까.

"그 비술, 내게 걸어 주실 수 있습니까?"

"아니, 그만두는 게 낫다."

"…그건 왜?"

인신에게서 보이지 않게 된다는 것은 아주 매력적인 이점이다.

걸어 줄 수 없는 이유를 들어두고 싶다.

"이 비술을 걸면 부작용으로… 마력의 회복속도가 현저하게 느려진다."

"현저하다면 어느 정도?"

"너는 고갈상태에서 열흘 정도 만에 회복되었지만, 그게 약 천 배가 된다고 생각하면 문제없다."

천 배. 그렇다면 1만 일인가. 약 30년.

"고로 나는 마력을 자유롭게 쓸 수 없다. '전력으로 싸우는 게 거의 불가능하다'는 뜻이지."

그래, 마력을 회복할 수 없으니까 전력을 낼 수 없나.

올스테드의 마력 총량이 어느 정도인지 모르지만, 몇 년 들여도 다 회복되지 않는다면 진심으로 싸울 수도 없나. 절전해야겠군.

"고로 네게 비술을 걸어 줄 수 없지만, 네게 건네준 반지에는 비슷한 효과가 부여되어 있다."

나는 왼손에 낀 반지를 보았다. 재밍 효과가 있는 모양이다.

"여기에는 부작용 없습니까? 그렇다면 양산해서….."

"그게 가능했으면 이미 했지. 나의 몸에 걸린 저주를 푸는 것처럼 어렵다."

뭐, 그렇지.

"나는 너와의 싸움으로 상당한 마력을 소비했다. 한동안은 전력으로 싸울 수 없다."

"어, 정말입니까? 하지만 아주 금방 끝났잖습니까?"

"네 마술을 몇 번이나 정면에서 저항하고 신도神刀까지 뽑았다. 상당한 마력을 소모했다."

올스테드는 씁쓸하게 말했다.

내 시점에서는 아무것도 못하고 신나게 당했다고만 생각했는데, 의외로 선전했던 걸까.

나도 나름 애썼다는 소린가. 우후후.

"내 마력은 얼마 안 남았다. 고로 네가 내 손발이 되어서 움직여 줘야겠다."

"…예. 열심히 하겠습니다."

내가 줄인 만큼 내가 일한다. 당연하지.

"그래서 올스테드 님은 왜 인신과 싸우고 계십니까?"

"그건… 으음…."

올스테드는 말하기 다소 껄끄러운 듯이 시선을 돌렸다.

방금 전부터 말을 흐리거나 생각하는 포즈가 많다. 혹시 거짓말을 하는 걸까. 아니, 설마. 하지만 날 신용하긴 해도 신뢰하진 않는 걸지도 모르겠다.

일단 적당한 거짓말로 나를 움직이고 동향을 캘 생각…이라는 가능성도 있겠군.

"인신은… 아버지의 원수다."

"호오."

아버지의 원수라. 미래의 나도 록시와 실피가 그렇게 된 탓에 복수로 불탔다.

복수는 아무것도 낳지 않는다. 현재의 나는 아무도 잃지 않았으니까 그렇게 말할 수 있지만….

실제로 복수심에 사로잡히면 괴물로 변하는 것은 일기를 보면 명백하다.

"그리고 인신 타도는 고대용족의 비원이다. 우리 용신은 모두 인신을 쓰러뜨리기 위해 존재한다."

이른바 대의를 위한 것일까. 아니, 우리?

"용신은 여러 명 있습니까?"

"나로 100대째가 되는 모양이다. 백 명의 용신이 인신 타도를 위해 연구를 거듭해 왔다.”

“그렇군요.”

“하지만 인신은 피가 흐려진 약소 용신으로는 쓰러뜨릴 수 없다.”

올스테드는 번쩍 빛나는 눈을 내게 돌렸다.

“그렇기 때문에 아버지 초대 용신은 나를 전생법으로 미래로 보낸 것이다.”

올스테드는 그렇게 말했다.

제13화 설명

조금 정리해 보자.

일단 올스테드.

그는 전생법이란 것으로 아득한 과거에서 현재로 보내진 고대용족이다.

그 몸에는 저주와 비술이 걸려 있다. 저주란 이 세계의 모든 상대에게 기피당하는 저주. 비술은 마력의 회복이 느려지는 대신 인신의 눈에서 도망칠 수 있고 대략적인 미래시의 능력을 얻는 것.

왜 그런 저주를 받고 현대로 왔을까.

그것은 초대 용신이 인신에게 죽은 것에 기인한다. 2대 이후의 용신은 인신을 쓰러뜨리기 위해서만 존재하고, 인신을 쓰러뜨리는 것이 용족의 비원이다. 고로 초대 용신의 아들인 올스테드는 인신을 쓰러뜨리려고 한다.

"이렇게 이해하면 될까요?"

"그래, 그렇다. 이해가 빨라서 좋군."

"대체 몇 년 정도 전에 전생하셨습니까?"

"글쎄…. 지금으로부터 약 2천 년 전일까."

2천 년인가…. 꽤나 오래 살았군.

아무튼 앞뒤는 맞는 것 같지만, 뭔가 좀 걸리는 것도 있다.

으음, 뭐가 걸리는 걸까.

예를 들자면 마력이 회복되지 않는다는 점일까. 올스테드는 페르기우스가 사용하던, 마력을 흡수하는 소환 마술 같은 것을 쓸 수 있었다. 그걸로 흡수하면 마력 문제는 해결되는 게… 아니, 그게 가능하면 했겠지. 그 소환 마술로 흡수한 마력을 그대로 자기 체내에 저장한다고만 할 수는 없지….

으음, 올스테드의 인신을 향한 이상할 정도의 적의?

아버지가 살해되었다는 것으로도 충분하지만, 그렇다고 해도 적의가 너무 강한 것 같은데.

올스테드의 아버지에 대한 집착 같은 것이 약하다.

"내 시점에서 보면 인신에게 강한 원한을 가지신 것으로 보입니다만, 그 점은?"

"그런 놈에게 원한을 품지 않는 자가 있을까?"

"…지당한 말씀."

올스테드도 오래 산 모양이고, 몇 번이나 인신에게 골탕을 먹었겠지. 보이지 않는다고 해도 전언을 전하는 정도야 가능하겠고. 아, 올스테드가 그렇게 된 것도 초대 용신과 인신 사이에 확집이 있었기 때문일지도 모르겠군.

아직 좀 모르는 것도 있지만 올스테드 본인에 대해서는 이정도면 되겠지.

어떤 이유든 그에게는 인신과 싸울 이유가 있으니까. 적의 적은 아군이다.

게다가 그거 말고도 물어보고 싶은 게 많이 있다.

다음은 라플라스의 인자에 대해서.

"지난번 싸움에서 내가 라플라스의 인자를 갖고 있다는 말씀을 하셨는데, 무슨 의미입니까?"

"라플라스에 대해서 얼마나 알고 있지?"

"400년 전에 전쟁을 일으킨 인물로, 인간을 몰아붙였다고. 또 엄청난 마력 총량을 가졌다, 투기를 쓸 수 없다, 엄청 강했지만 페르기우스 님과 또 다른 둘에게 봉인되었다…. 또 스펠드족을 함정에 빠뜨렸다는 정도일까요."

그 외에도 이것저것 들었지만 대충 그런 느낌이다.

"그 정도인가?"

"또 이제 곧 부활한다고."

"녀석이 부활하는 것은 용족의 전생법을 썼기 때문이다. 그

것은 들었나?"

"어어, 아뇨, 처음 듣는 것 같습니다…. 아, 아니, 분명히 인신이 그런 소리를 했던 것도 같은데…."

아무래도 기억이 희미하다. 그렇긴 해도 또 전생법인가.

"네 녀석, 아니… 네가 인신과 무슨 이야기를 하고 무슨 소리를 들었는지는 나중에 자세히 듣도록 하지."

"예."

"지금은 라플라스 이야기였지."

라플라스라는 말에 에리스가 찌릿찌릿한 분위기를 띠었다.

나도 에리스도 루이젤드의 친구다.

라플라스는 루이젤드의 적. 그의 적은 우리의 적이기도 하다.

그러니까 라플라스라는 존재에 반발하는 것은 이해된다. 하지만 나는 냉정하게 가자.

화내는 건 에리스의 몫, 차분하게 있는 건 내 몫이다.

"'마신 라플라스'의 정체 말인데… 녀석은 '마룡왕 라플라스'가 변한 것이다."

올스테드는 뜸 들이는 일 없이 분명히 말했다.

"마룡왕?"

"그래, 녀석은 과거에 고대용족이었다."

라플라스가 마룡왕. 용족이었다? 하지만 마신이지?

"마룡왕 라플라스는 초대 오룡장 중의 생존자다."

오룡장. 분명히 용신의 부하였던 다섯 명이 마지막에 용신과

5대1로 싸워서 함께 쓰러졌다고 했나.

"녀석은 붕괴한 용계를 탈출해서 어떤 사명을 띠고 이 세계를 유랑하였다. 2대째 용신으로서."

용왕에 용신에 마신. 잠깐만, 헷갈린다. 머리가 복잡해진다.

"녀석은 인신을 타도하기 위한 술법과 기술을 연구했다. 용신의 이름으로 재능 있는 자에게 기술을 전수하고, 긴 시간을 들여서 발전시켰다. 미래로 보내진 내게, 최강의 힘을 가진 용족에게 그 힘을 넘겨주기 위해서."

자기 입으로 최강이라고 하냐.

"하지만 라플라스는 제2차 마계대전에서 인신의 사도가 된 투신과 싸워서 그 영혼이 깨졌다."

그 이야기는 어디서 들었군. 황금기사 알데바란과 마계대제가 싸웠다는 이야기.

키시리카의 말로는 용신과 투신이 싸웠다고 그랬지만….

용신이 라플라스고, 투신이 알데바란인 걸까.

그렇다면 라플라스는 마족 쪽에서 싸웠다는 소리인가?

"둘로 나눠진 라플라스는 기억을 잃고 인간의 존재를 증오하는 '마신'과 신을 타도하려는 '기신'으로 갈라졌다."

여기서 마신이 나온다. 그리고 기신. 기신은 분명히 칠대열강 1위인데….

"어? 그렇다면 기신도 라플라스입니까?"

"그렇다."

왠지 지금 엄청난 소리를 들은 것 같다. 내가 들어도 되는 이야기일까.

그보다 정보량이 너무 많아서 정신이 없다.

용신이 초대고, 올스테드는 그 아들이고, 라플라스가 2대… 아.

즉, 이건가.

일단 초대 용신은 인신 타도를 위해 올스테드를 미래로 보냈다.

라플라스는 오룡장이지만, 초대 용신과 적대하지 않고, 혹은 인신의 생각을 알아차리고 부하로 돌아갔다. 초대 용신은 죽었어도 라플라스는 살아남아서 이 세계로 넘어왔다.

라플라스는 미래로 보내진 올스테드에게 기술을 전수하기 위해 세계를 떠돌면서 역대 용신에게 기술을 전수하는 등 연구를 거듭하였다. 그때 인신이 투신을 보내 그것을 방해. 라플라스는 운 좋게…인지 의도적인지 모르지만 기억을 잃으면서도 반으로 쪼개져서 살아남았다.

그런 흐름이다…. 아마도. 별로 자신은 없다.

"흥…!"

문득 옆의 에리스를 보니 입술을 일그러뜨리고 짜증내는 표정을 하고 있었다.

아무것도 못 알아들었을 때의 얼굴이다. 좋아, 조금 안심.

올스테드의 설명은 계속되었다.

"용으로서의 힘을 잃은 '마신' 라플라스. 녀석은 '인간'을 죽여야만 한다는 목적과 그 막대한 마술 지식만을 가지고 있었다. 그리고 '인간'을 절멸시키기 위해 마족을 한데 모았다."

"마력을 잃은 '기신' 라플라스. 녀석은 막대한 기술과 그것을 누군가에게 전해야만 한다는 목적만을 어렴풋이 기억하고 있었다. 고로 기신은 '칠대열강'을 만들고 그 기술의 연구에 임했다."

칠대열강은 기신이 만들었다. 이건 전에 들은 적이 있다.

다름 아닌 1위고. 어라? 하지만 인마대전은 2천 년 이상 전이잖아.

"…올스테드 님은 어떻게 그 사실을 알고 있습니까? 2천 년 전에 이쪽으로 왔다면 이미 제2차 인마대전은 끝났을 터. 그렇다면 라플라스는 이미 기억을 잃었고… 그럼 아무도 아는 이가 없지 않습니까?"

"고대용족의 유적에서 라플라스의 수기를 읽었다.'

"아하, 그렇군요."

기억을 잃기 전에 기록을 남겼던 건가. 아이러니한 점은 기억을 잃은 라플라스가 그걸 발견하지 못했다는 점일까.

"자, 이야기를 좀 되돌릴까. 왜 네가 막대한 마력을 가졌느냐는 이야기였지."

"예."

"초대 용신은 전생법이라는 것을 만들어 냈다. 자기 영혼을 미래로 보내 다른 생명체를 차지하여 부활하는 것이다."

"……."

전생법. 다른 생명체를 차지한다…. 조금 걸리는데.

"하지만 본래 육체와 영혼은 유일무이한 것이다. 다른 몸에 기생했을 때 거부반응이 일어나서, 부활은 실패로 끝난다. 고로 초대 용신은 몇 명에게 자기 인자를 넣고 그 인물이 자식을 낳으면 아주 조금 그 육체를 변화시키는 것에 착안했다. 수백, 수천 번의 세대를 거쳐서 그 생물 전체의 몸을 바꿈으로서 영혼과 들어맞는 그릇을 만들려고 했다."

"……."

"그리고 '인자'로 인해 교체된 몸에 영혼이 완전히 일치했을 때, 전생은 이루어진다. 본래 태어나야했던 영혼의 몸을 차지하고 그 녀석이 되어 탄생하게 된다. 고대용족 몇 명이 그 전생법으로 지금 시대로 전이했다. 페르기우스도 그중 하나다. 물론 녀석은 기억이 흐릿한 유소년기에 전생한 탓에 전생을 기억하지 못하지만."

전생은 본래 태어나야 했을 영혼의 몸을 차지하여 그 녀석이 된다.

그 말에 나는 내 손을 보았다. 나도 전생자다.

루데우스 그레이랫이라는 인물의 인생을 빼앗았다는 말인가.

"어이, 듣고 있나?"

"예? 아, 예. 듣고 있습니다."

어느 틈에 올스테드가 내 얼굴을 들여다보고 있었다.

그는 한동안 내 얼굴을 보았지만, 후욱 숨을 내뱉었다.

"이야기를 되돌리지. 마신 라플라스는 이미 제정신을 잃었지만, 그 전생법에 대해서는 기억하든가, 아니면 문헌에 남겨두었겠지. 페르기우스에게 쓰러져서 육체가 봉인되기 전에 인자를 뿌려서 자기 영혼을 미래로 보냈다."

"······."

"그리고 현재 라플라스의 인자를 가지고, 녀석과 비슷한 특징을 가진 자가 속속 모습을 보이기 시작했다. 강한 마력과 마술 소질을 가지고 녹색 머리칼이나 선천적으로 마안 등을 가진 자."

강한 마력과 마술 소질. 녹색 머리칼. 선천적인 마안 등을 제외하면 어느 인물이 들어맞는다.

"혹시 실피도?"

"그래. 실피에트도 그중 한 명이다. 어째서인지 머리가 하얗지만···."

"라플라스 본인은 아닌 거지요?"

"물론이다. 녀석은 여자가 될 수 없다."

조금 안도했다. 하지만 생각해 보면 제일 수상한 것은 실피가 아니다.

"그럼 나는?"

"너도 그렇겠지. 그만한 마력을 내포할 수 있는 육체는 보통 태어날 수 없으니까."

"…마력은 스스로 노력해서 키운 거라고 생각했습니다만."

"물론 그렇다. 네 몸에는 그만한 마력을 내포할 수 있는 소질이 있었던 것에 불과하다. 어렸을 적에 마력을 단련하지 않았으면 보통 사람보다 조금 나은 정도로 끝났겠지. 실피에트와 마찬가지로 말이다. 그 막대한 마력은 네 노력의 산물이다. 자랑스러워해도 좋다."

왠지 칭찬을 들었다. 자랑해도 되나.

"어어, 내가 라플라스인 건, 아니지요?"

"아니다. 라플라스가 태어나는 건 수십 년 뒤다."

그런가. 아무튼 라플라스가 아니라는 말에 안도했다.

마력의 출처도 알아서 안심했다. 라플라스의 힘이라고 하면 루이젤드에게 좀 미안하기도 하지만, 그래도 힘은 힘이다. 힘을 쓰기에 달렸다.

하지만 내가 궁금한 점은 그게 아니다.

"……."

올스테드는 잠시 그런 나를 보았지만, 문득 한숨을 내쉬듯이 말했다.

"안심해라. 너도 전생자라고 했지만… 내 기억 속에 루데우스 그레이랫이라는 인물은 존재하지 않는다."

"…그 말씀은?"

"라플라스의 인자를 가졌다는 소리는 선천적으로 강력한 마력 소질을 가지게 된다. 너 정도 마력 총량을 내포할 수 있는 몸이라면 영혼이 견뎌낼 수 없었다고 해도 이상하지 않다."

"견뎌낼 수 없었다는 소리는?"

"…애초부터 사산이었겠지. 거기에 네가 끼어든 것이다."

사산.

아, 그런가. 그럼 됐나. 내가 루데우스 씨를 죽인 게 아니라면 됐나. 이렇게 행복한 인생을 빼앗았다고는 생각하고 싶지 않다. 파울로나 제니스도 첫 자식이 죽어서 슬퍼하는 역사가 사라진 거라면 더욱 좋다.

좋아, 마음을 정리하자.

나는 파울로와 제니스의 자식 루데우스다. 유일무이한 루데우스 그레이랫이다.

그런 자각을 가지고 다음 질문으로 가자.

전이사건에 대해서.

"전이사건은 나나호시가 소환된 탓이라고 들었습니다만, 자세히 들려주실 수 있겠습니까?"

"…그 사건에 대해서는 아직 모르는 바가 많다. 이런 일은 처음이다."

"나는 전생자로 그 자리에 있었습니다. 그렇다면 내가 그 사건을 일으켰을 가능성도 있다고 생각합니다만…."

"네가…?"

그렇게 말하자 에리스가 내 허벅다리를 꼬집었다.

에리스 쪽을 보니 그녀는 나를 보며 살짝 고개를 내저었다. 나는 안심시키듯이 손을 돌려서… 에리스의 엉덩이를 쓰다듬었다. 부드럽고 근육질인 그 엉덩이는 아주 매력적이고 다리가 아파, 아파, 아파! 꼬집지 마! 꼬집지 마!

"가능성은 부정할 수 없다. 나나호시든, 너든, 그 전이사건이든, 이제까지 없었던 일이니까."

허벅지살이 뜯겨져 나가는 줄 알았다.

에리스를 보니 '지금 진지한 이야기를 하는 중이잖아?!'라고 말하는 얼굴로 노려보았다.

분위기를 읽을 줄 아는 아이가 되어서 기쁘네.

아무튼 전이사건에 대해서는 모른다는 건가.

나나호시가 이상한 이론을 세웠지만… 뭐, 그건 됐나.

좋아, 일단 질문은 이 정도면 되겠지.

이미 내 머리는 터지기 직전이다. 너무 많이 들어도 이해할 자신이 없다. 이 다음은 때를 봐서 물어보자.

"…일단 나는 미래의 정보를 얻었습니다만."

"그런가?"

"어어, 이쪽을 봐 주세요."

나는 그렇게 말하고 미래의 일기를 올스테드에게 건넸다. 올스테드는 일기를 펼치고 몇 페이지 넘기며 읽었다. 그리고 눈썹을 찌푸리면서 고개를 들었다.

"조금 시간이 걸리겠군. 글씨도 더럽고."

"괜찮습니다…."

내 글씨가 그렇게 더러운가. 나나호시도 그렇게 말했지. 뭐, 일기니까 더러울 수도 있지. 응, 하지만… 누구에게 보여주는 문장에는 조심하도록 하자.

"아, 그렇지. 그 전에 하나 확인해도 되겠습니까?"

"뭐지?"

이걸 물어봐도 될까?

지금은 올스테드가 생각 이상으로 친절하니까 너무 나대는 것 같은데.

"나는, 아니, 저는…."

"너무 예의 차릴 것 없다."

"나는, 이제부터 올스테드 씨… 님의, 부하가 된다. 그렇게 알면 되겠지요?"

"…그래. 네가 그럴 생각으로 있는다면."

"그래서 저기, 아주 말하기 그렇습니다만."

나는 힐끗 에리스를 보고 말했다.

"고용조건에 관한 것입니다만."

"고, 용…조건…?"

"예. 나도 처자식을 가진 몸이라서, 정기적으로 말이죠. 휴가라고 할까요. 가족과 만날 시간을 말이죠, 좀 가졌으면, 좋겠다고, 생각합니다. 예."

나는 물론 일하기로 했으면 분골쇄신 일할 각오다.

하지만 말이지. 뭘 위해 일하는지를 정기적으로 실감할 필요가 있지 않아?

루시의 성장을 보고 싶고, 아이샤나 노른에게 공부를 가르쳐 주거나, 리랴의 요리에 군침을 삼키고, 어머니와 함께 일광욕을 하고, 실피와 야한 짓을 하고, 록시와 야한 짓을 하고, 에리스와 야한 짓을 하고.

"그건 네게 달렸다, 루데우스 그레이랫."

"아, 그렇군요."

역시 안 되나.

미안, 루시. 아빠는 일하러 다녀올게.

인신을 쓰러뜨리고 세계를 구하면 돌아올 테니까, 건강히 착하게 커야 한다.

"하지만 나는 아토페와 다르다. 목숨 걸고 가족을 지키려는 너를 그 가족에게서 떼어놓을 생각은 없다. 그렇게 몇 년이나 데리고 다닐 생각은… 지금으로선 없다."

"아, 정말인가요? 그 말씀을 들으니 안도했습니다."

휴가는 얻을 수 있는 모양이다.

휴우, 다행이다. 역시 모두와 떨어져 지내는 건 힘드니까.

지켜야만 한다고 해도 같이 있고 싶다.

"달리 필요한 것은 있나?"

올스테드는 노려보는 시선이다.

요구해도 되는 걸까? 화내지 않을까? 아니, 이런 것은 나중에 말해도 좋지 않겠지. 계약서도 없으니 처음에 확실히 정해야 해.

"…정말로 요구해도 됩니까?"

"최대한 편의를 봐주지."

진짜냐.

그럼 그 말을 고맙게 받아들여서 월급 같은 것을 요구해도 될까.

안 될 리는 없겠지. 돈이란 즉 책임. 돈을 지불하는 것은 즉 책임을 지게 한다는 것. 돈을 받는다는 것은 책임을 진다는 것. 돈과 관계없는 일은 무책임한 일이 된다…고 어느 만화에서 읽었다.

나는 앞으로 올스테드를 따르는 것에 책임을 갖는다. 그 증거로 올스테드에게서 금전을 받는 것도 좋지 않을까.

"어어, 저기…. 내가 집에 없으면 일가의 일꾼이 말이죠, 한 명 줄어듭니다. 내가 지금까지 큰돈을 벌어온 것도 아닙니다만… 저번에 올스테드 님과 싸우느라 말이죠, 저기, 꽤 많이 써서. 저축도… 아직 여유가 있다고는 해도 바닥이 보이기 시작해서 말입니다. 그래서 내가 일하지 않으면 저녁 반찬이 하나 줄어듭니다. 집에는 한창 자랄 때인 애도 있고 해서 말이죠."

"…즉, 돈인가."

"단적으로 말하자면 그런 거죠, 헤헤헤."

부끄러움을 못 견뎌서 저속한 웃음을 지었더니, 올스테드는 품에서 뭔가를 꺼냈다.

칼집에 화려한 장식이 된 단검.

아니, 쇼트소드인가. 그걸 테이블 위에 딱 내려놓았다.

"마계의 명장 율리안 하리스코가 왕룡왕 카작트의 뼈로 만든 48마검 중 하나. 마검 '지절'이다. 팔면 아슬라 금화 10만 닢 정도는 되겠지. 당면자금으로 삼아라."

"오, 오오…."

아슬라 금화 10만 닢.

이쪽 화폐로 아슬라 금화 한 닢이 약 10만 엔이니까… 어어, 어어.

배, 백억 엔 상당?!

평생 놀고먹을 수 있는 액수잖아. 성 하나 정도 지을 수 있겠다.

"부족한가?"

"아, 아뇨, 설마."

이런. 이 사람 이런 값비싼 것을 내게 주고 뭘 시키려는 거지?

아, 인신과 싸우게 하는 건가. 히트맨인가. 하지만 조금 무서워졌다.

하지만 당면자금이라고 해도 대체 누가 그런 돈을 내놓고 검한 자루를 사려고 할까.

아슬라 왕족? 아리엘의 형제에게서 뜯어내는 건가?

"다, 다만 저기, 이 근처에서 이걸 환금하기는 어렵지 않을까 하는데."

"음…. 그런가. 그렇군. 그럼 이게 나을까?"

올스테드는 그렇게 말하더니 품에서 가죽자루를 꺼냈다. 테이블에 아무렇게나 내려놓은 거기에서는 돌이 부딪치는 잘그락 소리가 났다.

손을 뻗어 가죽자루를 집어서 안을 들여다보니, 색색의 투명한 돌이 잔뜩 들어 있었다.

청색, 적색, 녹색, 황색, 흑색이나 백색도 있다.

"이건, 보석…?"

"마석이다. 작긴 하지만 색깔 있는 것을 골라놓았다. 마술 길드에 팔면 목돈이 되겠지."

색깔 있는 마석. 이렇게 많이….

마검과 달리 성을 지을 정도는 아니지만, 10년은 놀고먹을 수 있겠다.

이렇게 받아도 괜찮을까?

그렇게 생각하면서 힐끗 올스테드의 얼굴을 보았다.

"더 필요한가?"

더 주려고?!

아니, 하지만. 이 이상 받는 건 왠지 무섭네.

"아뇨…. 일단은 이 정도로."

그렇게 말하면서 단검과 마석을 품에 넣었다. 뭔가 위험한 것을 가져가는 기분이라서 근질근질하군.

단검은 에리스더러 들고 가라고 할까….

"자, 나는 이 일기를 읽을 건데, 너는 어떻게 할 거지?"

"그렇군요. 기다리겠습니다."

"꼬박 하루 걸린다."

"아…. 그럼 어떻게 할까요. 아직 해가 지려면 시간도 있는데… 이야기를 계속하는 쪽이?"

"아니, 네가 이 일기를 중요시한다면 먼저 읽는 편이 좋겠지."

중요하냐고 묻는다면 대답하기 곤란하지만. 일단 한 번 읽히는 편이 좋을 것 같다.

올스테드는 대략적으로 미래를 볼 수 있다.

그럼 내 일기와 맞추어 보면 뭔가 알 수 있을 가능성도 있겠지.

"그럼 오늘은 이만 물러갔다가 내일 다시 오겠습니다."

"그래."

"…여기서 주무실 건지?"

"그래."

"알겠습니다."

그렇게 해서 나는 오두막을 나서서 일단 집으로 돌아가기로 했다.

돌아가는 길. 저녁노을 속에서 에리스가 한 발 앞을 걸어갔다.

왠지 오늘은 어려운 이야기를 너무 많이 들은 탓인지 머리가 무거웠다. 지친 머리는 눈앞에 있는 멋진 엉덩이만을 생각하고 싶어 했다.

에리스의 엉덩이는 대단하다. 근육과 지방의 조화. 꽉 조이면서도 탱탱한 느낌이다.

나올 곳이 나왔다. 이게 성적 매력이란 거겠지.

참고로 에리스는 엉덩이 라인이 잘 드러나는 짧은 바지를 입었다.

덕분에 터질 듯한 모습이 잘 보였다. 스패츠라고 할까, 레깅스라고 할까, 이 동네에서는 별로 못 본 건데, 저건 무슨 가죽으로 만든 거지? 아니, 저 신축성은 천일지도 몰라.

만지면 알 수 있을 것 같다. 그래, 만져 보면 안다.

만지면 한때의 실신과 맞바꿔서 세계의 비밀 중 하나를 풀 수 있지 않을까.

좋았어. 빛의 칼날을 쓸 수 있는 에리스에게 나도 빛의 터치를 쓸 수 있다는 것을 보여주자.

"루데우스."

문득 에리스가 돌아보았다. 다급히 고개를 들었다.

"…루데우스는 루데우스지?"

에리스의 표정은 평소처럼 퉁명스러웠다.

전생 운운하는 이야기를 한다는 것은 이해되었다.

"그래. 나는 나야. 라플라스의 인자라는 게 섞인 모양이지만, 다른 사람이 아닌 나야."

"그럼 지금까지랑 다른 거 없는 거지?"

"그래. 몰랐던 것이 판명되었을 뿐이지, 변한 건 없어."

나는 사과가 아니라, 변명이 아니라, 그렇게 말했다.

에리스는 방금 전의 이야기를 쫓아올 수 있었을까.

이해할 수 있었을까. 올스테드에게 전생이란 것은 일상적인 것인 모양이고, 나는 전생의 SF를 읽었으니까 대충 이해되었다. 하지만 아무런 예비지식도 없이 지금 이야기를 들으면 이해할 수 있을까.

아니, 에리스도 이미 스무 살 정도 되었다. 언제까지고 아무런 생각도 없이 있을 수 있는 나이가 아니다. 에리스가 항상 바보로 있어 주었으면 하는 것은 내 일방적인 생각이다.

"흐응."

에리스는 아는 건지 모르는 건지 모를 기색으로 고개를 끄덕인 뒤에 말했다.

"실피랑 록시한테는 비밀로 해 줘?"

"가능하면. 말할 거면 내가 하고 싶어."

그렇게 대답하자, 에리스는 두세 걸음 후다닥 달려간 뒤에 멈춰 섰다.

저녁 해가 그녀의 뒤로 떨어지고 있었다. 아름다운 몸매가 역광으로 조각상처럼 비쳤다.

그녀의 빨강머리가 저녁 햇살을 받아서 루비처럼 반짝반짝 빛났다.

날카로운 이목구비와 날카로운 눈빛은 역광을 받으면서도 강한 존재감을 띠었다.

아름답구나.

"그럼 손 잡아줘."

에리스는 손을 내밀었다. 나는 말없이 그 손을 잡았다.

겉보기에는 아름답지만, 검을 잡느라 굳은살이 박혔고 다소 울퉁불퉁해서 실피나 록시와는 전혀 다른 손. 그 손은 따뜻하게 힘 있게 내 손을 감싸주었다.

나는 그것을 마주잡고 걷기 시작했다.

오랜만에 에리스와 나란히 걷는다는 행위가 어째서인지 기뻤다.

그리고 내일부터는 지금까지와 다른, 새로운 생활이 시작된다고 생각하니 조금 가슴이 뛰었다.

막간

그렇게 광검은
칼집에 들어간다

"우악?!"

번쩍 소리가 날 듯한 기상.

에리스는 여자답지 않은 소리를 내며 눈을 떴다.

"……?"

벌떡 몸을 일으키고 푸석푸석한 머리를 긁으면서 멍한 눈으로 주위를 보았다.

낯선 방, 낯선 침대. 창문 형태도 옷장도 낯설다.

다만 침대 가장자리에는 익숙한 두 자루의 검과 벗어던진 옷이 굴러다니고 있었다.

어젯밤에 자기 의사로 여기서 잔 것은 틀림없는 모양이다.

"아, 그래….."

그걸 인식하는 동시에 에리스의 머릿속에 어젯밤의 기억이 떠올랐다.

루데우스를 돕고 올스테드와 싸운 기억이다.

검의 성지에 있을 무렵에는 몇 번이나 올스테드와 싸우는 꿈을 꿨다. 하루 동안 할 수 있는 데까지 훈련을 하고 지쳐서 진흙처럼 잠들면, 반드시라고 해도 좋을 만큼 꿈을 꾸었다. 루데우스와 함께 올스테드와 싸우는 꿈이다. 꿈의 내용은 성장하면서 변했지만, 공통되는 것도 있었다. 어느 꿈이고 결판이 나기 전에 눈을 뜬다.

하지만 어제는 결판이 났다. 지금까지 꿈에서는 한 번도 난 적 없던 결판이.

그 결판은 결코 상정했던 것이 아니었다. 생각도 하지 않은 형태였다.

그러니까 꿈이라고 생각했다. 하지만 내가 여기에 있다는 소리는….

"꿈이 아니네."

에리스는 그렇게 중얼거렸다.

올스테드와의 싸움으로부터 며칠 뒤, 에리스는 그레이랫 가에 있었다.

에리스 그레이랫은 고민하고 있었다.

루데우스와 함께 올스테드와 싸운다. 그 목적만을 위해서 검의 성지에 갔고, 실제로 올스테드와 싸웠다. 상정했던 것과는 많이 다르지만, 그 목적은 달성했다.

물론 그 뒤의 일도 생각하였다. 루데우스와 맺어져서 행복하게 사는 것이다.

어떻게 하면 행복인가 하는 자세한 것은 애매모호하지만, 에리스는 그 목적도 달성할 생각이었다.

하지만 그런 에리스의 마음과 달리 루데우스와 대화도 할 수 없는 나날이 계속되었다.

"…이상하네."

세면대에서 얼굴을 씻으면서 에리스는 그렇게 중얼거렸다.

그레이랫 저택의 세면대에는 커다란 거울이 있어서 거기로 에리스의 얼굴이 비쳤다.

빨강머리에 곤두선 눈, 머리카락은 부스스, 입가의 침자국은 물로 벅벅 문질러서 지워졌지만, 입을 다물고 있으면 마치 화난 것처럼 보인다.

귀엽지 않다고 에리스는 생각했다.

하지만 어떤 게 귀엽냐고 하면 그녀의 뇌리에 떠오르는 것은 두 여성의 얼굴이다.

실피와 록시. 두 사람 다 얼굴은 다르지만, 따져 보면 귀여운 쪽의 얼굴이다.

에리스처럼 눈이 곤두선 것도 아니고, 머리가 부스스한 것도 아니다.

입을 다물고 있어도 화난 걸로 보이지 않는다.

몸매도 꽤 다르다. 여성적이지 않지만, 그래도 그게 루데우스의 취향이겠지.

물론 외모를 갑자기 바꿀 수도 없기 때문에 에리스도 포기했다.

하지만 다른 부분은 어떨까….

실피는 가정적인 아이다. 집안일은 물론이고 배려심도 있고, 에리스가 아무리 바보라도 그녀는 비웃지 않겠지. 무엇보다 루데우스를 좋아한다는 게 잘 전해졌다. 루데우스가 얼마나 대단하고 멋진지 아는 사람이라면 에리스로서도 높게 평가하게 된다.

록시는 루데우스가 존경할 만한 사람이다. 조금 덤벙대는 구석이 있는 모양이지만, 차분하고 똑똑하게 보였다. 게다가 직장도 안정적이라 이 집의 가장 큰 수입원이라고 아이샤가 말했다. 함께 여행하던 무렵에 루데우스는 그녀의 대단함에 대해 몇 번이나 말했다. 루데우스가 존경하는 인간이라면 에리스도 높게 평가하게 된다.

그와 비교해서 자신은 어떤가.

집안일도 취사도 평균 이하, 돈을 벌어오라고 해도 모험가 이외의 직업을 모른다. 그 모험가도 루데우스가 대부분의 업무를 처리해 주었던 것 같다.

더불어서 말하지만, 에리스는 루데우스와 맺어진다는 목적을 달성할 생각이었다.

여러모로 예상했던 상황과 다르지만, 에리스에게는 사소한 일이다.

물론 루데우스를 독점하고 싶다는 마음도 있었고, 자기가 세 번째 아내라는 것은 조금 복잡하지만 그 점에 대해서는 납득했다. 루데우스가 그녀 때문에 아주 힘든 상황에 빠졌다는 이야기도 들었고, 아슬라 왕국에서는 아내를 여럿 두는 사람도 많았기에 위화감은 없었다.

하지만 두 사람과 나란히 설 수 있겠냐고 한다면 에리스로서는 고개를 갸웃거릴 수밖에 없었다.

에리스도 이제 어린애가 아니다. 살아가기 위해서 필요한 것이 생각 이상으로 많다는 것도 알았다. 그 많은 것이 얼마나 많은지 아직 모르지만, 적어도 검술만으로 살아갈 수 있을 만큼 세상이 만만하지 않다는 것은 알았다.

예전에는 자신에게 그런 게 필요 없다고 생각했다.

루데우스는 뭐든지 할 수 있으니까, 자기는 아무것도 못 해도 된다고 생각했다.

하지만 루데우스의 곁에 있는 실피나 록시를 보고 있으면 그렇게 생각할 수 없었다.

애초에 에리스는 루데우스와 어울릴 상대가 되기 위해 검의 성지에 갔다.

강해지면 루데우스의 족쇄가 되지 않을 거라고 생각했다.

하지만 막상 돌아와 보니 분명히 짐은 되지 않겠지만, 루데우스에게는 이미 버팀목이 있었다. 그 두 사람은 살아가기 위해 필요한 능력을 가졌고, 그걸 충분히 발휘하여 루데우스를 돕고 있었다.

어쩌면 나는 루데우스의 아내가 될 자격이 없을지도 모른다.

그러니까 루데우스는 결혼 이야기를 꺼내지 않고 이상한 얼굴로 힐끔힐끔 이쪽을 보는 게 아닐까.

그게 에리스의 고민이었다.

평소의 에리스라면 고민하지 않고 루데우스에게 돌진했겠지만, 앞서 말했다시피 여러모로 생각하는 바도 있어서 자신도 말을 꺼내지 못하였다.

"…좋아!"

하지만 에리스는 천성적으로 고민이 오래가지 않는 인간이다.

그리고 이미 아무것도 못할 무렵의 응석받이 아가씨가 아니다.

검의 성지에서 검신류를 배우고 검왕의 칭호를 얻은, 버젓한 한 명의 검사다.

그녀는 검왕이 되기까지의 과정 중에서 고민되거든 어떻게 해야 할지를 깨달았다.

자격이 없다면 손에 넣으면 된다.

세수를 하고 아침 일과인 연습을 마친 에리스는 가볍게 몸을 씻은 뒤에 주방으로 발을 옮겼다.

주방에는 실피, 아이샤, 리랴가 척척 움직이고 있었다.

올스테드와의 싸움이 끝난 직후지만, 조리장에 있는 사람에 비해서 식사량이 과도하게 많은 것도 아니기 때문에 그리 바빠 보이지 않았다.

하지만 에리스는 말했다.

"나도 할래! 뭐 도울 것이 있을까?!"

그 말에 아이샤는 곧바로 대답했다.

"에리스 언니는 밥 다 될 때까지 느긋하게 기다려요!"

그건 언외의 말로 '도울 일은 없다'고 하는 거나 같았다. 아이샤는 기본적으로 밝고 좋은 아이고 에리스를 좋아하며 일종의 존경심도 가졌다. 하지만 요리를 못 한다는 것도 잘 알았다. 못 하는 사람에게 거들게 해야 할 만큼 아이샤가 바쁜 것도 아니었다.

하지만 상대는 에리스다. 언외의 말로 그렇게 한다고 통할 리가 없었다.

"가만히 있을 수는 없어! 나도 루데우스의 아내가 될 거니까!"

아이샤는 머릿속으로 '일이 귀찮게 되겠다'라고 생각하면서도 쓴웃음을 짓고 실피 쪽을 보았다.

이 조리장의 주인은 다름 아닌 그녀니까, 지시를 받을까 생각한 것이다.

"저기, 에리스, 요리할 수 있어?"

실피가 신경 써 주는 눈치로 그렇게 묻자, 에리스는 가슴을 폈다.

"돕는 정도는 어떻게든 할 수 있어."

"그래…. 그럼 이쪽의 야채를 썰어 주겠어? 조림에 쓸 건데 우리 힘으로는 조금 단단해서."

실피는 그렇게 말하더니 에리스에게 조리용 나이프를 건넸다.

에리스는 나이프를 들고 두근거리는 마음으로 조리장에 섰다.

그녀의 앞에는 방금 껍질을 벗긴 야채가 굴러다녔다. 호박과 비슷한 야채다.

"이걸 자르면 되는 거지?"

"응, 꽤 딱딱한데 괜찮아?"

"괜찮아. 검을 쓰는 데에는 익숙하니까."

"그건 검이 아닌데….."

오랫동안 검 수행만 했지만, 모험가 시절에는 루이젤드에게 마물 껍질 벗기는 법을 배운 적도 있다. 마물을 해체한 적도 있다. 요리에 관한 지식이 전혀 없는 것은 아니다. 애석하게도 그레이랫 가의 오늘 아침식사 준비에 마물 해체작업은 없지만, 야채를 자르는 정도라면 할 수 있을 거라고 생각했다.

"…어라?"

하지만 호박은 에리스의 예상 이상으로 단단해서. 에리스의 식칼은 도중에 멈추었다.

에리스는 고속으로 움직이는 적을 노리는 데에는 능하지만, 도마 위의 야채를 상대하는 건 처음이었다. 경험의 차이가 나왔다.

하지만 그녀도 검왕이다.

정말로 날붙이 사용에는 익숙했다. 당연히 단단한 것을 자르는 법도 잘 알고 있었다.

"어어, 에리스, 거기선 칼날을….."

"흠!"

실피가 자르는 요령을 가르쳐 주려고 한 순간.

에리스는 날카로운 호흡을 한 번 넣고, 눈에 보이지도 않는 속도로 식칼을 들었다가 내리쳤다.

실피에게는 쳐드는 순간밖에 보이지 않았다. 그녀가 안 것은 확 소리가 울렸나 싶더니 식칼을 휘두른 뒤라는 사실. 그리고 호박이 둘로 갈라졌다는 사실.

…또한 도마도 둘로 쪼개졌다는 사실이다.

루데우스와 결혼했을 때에 산 이후로 계속 써 왔던 도마가.

"어때?"

자신만만한 에리스의 모습에 실피의 입가가 꿈틀 움직였다.

하지만 그녀는 참았다. 도마는 조금 비싼 것이고 마음에 든 물건이기도 하지만, 실용품이고 언젠가 새로 사야 할 때는 온다. 말하자면 또 사면 된다.

"으아아아~! 그 도마, 실피 언니가 결혼했을 때에 오빠가 사 준 건데!"

대신 소리친 것은 아이샤였다. 그녀는 두 쪽으로 갈라진 도마를 손에 들면서 믿기지 않는다는 눈으로 에리스를 보았다.

"에리스 언니, 너무해!"

"으….."

에리스는 조심조심 실피를 보았다.

실피는 입가를 실룩이면서도 간신히 미소를 지었다.

"괘, 괜찮아. 에리스도 악의가 있어서 그런 건 아니고. 그렇지?"

"…미, 미안해."

에리스는 사과했다. 루데우스에게 선물받은 게 두 동강이 났다면, 자기라면 격노하겠지.

"하지만 야채 써는 건 그만둘까."

그 뒤에 실피는 에리스가 할 수 있을 만한 일을 하나씩 시켜보았다.

하지만 에리스는 상상 이상으로 솜씨가 없었다.

불 당번을 맡기면 불을 내고, 다 쓴 냄비를 씻게 하면 힘을 너무 줘서 손잡이가 구부러지고, 접시에 담게 했더니 성대하게 바닥에 흘렸다. 에리스도 차분하게 하면 할 수 있는 일이지만, 왠지 오늘 에리스는 너무 힘이 들어갔다.

인간은 힘이 너무 들어가면 평소에 하지 않을 실수를 한다.

마지막으로 에리스는 칼날이 나간 식칼을 가는 일을 얻었다.

그녀는 검 수행을 해 왔지만, 동시에 검 손질법도 배웠다.

루이젤드에게도 배운 것이고, 검의 성지에서도 검을 손질하는 수행을 해 왔다. 일격에 상대를 쓰러뜨리는 검신류에게 검의 예리함을 유지하는 것은 무엇보다도 중요하니까.

식칼은 검이 아니지만, 똑같은 날붙이다. 그런 만큼 손질법은 별로 다르지 않다. 오전 중에 그레이랫 가의 식칼은 철판도

자를 정도의 예리함을 되찾아서 실피나 다른 이들에게 감사의 말을 들었다.

그렇긴 해도 그것이 에리스가 그리던 '집안일'이라는 카테고리에서 다소 벗어났다는 사실은 그녀도 잘 알고 있었다.

주방에서 실수를 한 에리스.

하지만 그녀는 포기하지 않았다. 요리는 틀렸지만, 돈을 버는 거라면 할 수 있다.

그렇게 생각한 그녀는 얼른 록시가 일하는 마법대학을 방문했다.

일단 록시와 이야기를 해서 자기도 할 만한 일이 없을까 물어보려고 한 것이다.

"으음, 일 말인가요?"

에리스가 이야기하러 왔을 때, 록시는 점심 도시락을 먹고 있었다.

오늘은 왠지 탄 자국이 있는 반찬이 많다고 생각하던 참에 에리스가 찾아왔다.

"그래. 록시는 안정된 수입으로 집안을 돕고 있다고 들었어. 나도 루데우스의 아내가 될 거니까 돈 정도는 벌어야지."

"그런 겁니까. 일하고 싶다면 소개 정도는 할 수 있습니다."

"고마워."

"그래서 어떤 일을 할 수 있습니까?"

그 질문에 에리스는 과거에 루데우스에게 배운 것을 떠올렸다.

여기는 학교니까 교사 일을 거들면 된다. 그러면 과거에 루데우스에게 배운 것이 도움이 되겠지.

"계산과 읽고 쓰기, 간단한 마술이라면 할 수 있어."

어느 것이고 결코 잘하는 건 아니지만, 에리스는 자신을 갖고 대답했다.

그 대답에 록시는 생각에 잠겼다.

에리스는 검왕이다. 당연하지만 검술 쪽이 제일이겠지. 에리스가 검을 얼마나 가르칠 수 있는지는 모르겠지만, 이 학교의 검술교사 일을 알선하는 게 제일 좋겠지. 에리스는 교사로서 면허를 가지고 있지 않지만, 조수라면 금방이라도 될 수 있다. 이 학교에도 검술 교사는 있으니, 록시의 소개로 그 교사의 보좌를 맡도록 하는 게 제일이겠지.

교사는 상급 검사다. 에리스보다 격이 낮다. 에리스가 조수가 된다면 격의 차이가 드러나서 자존심에 상처를 입을지도 모른다…고 록시는 생각했지만, 동시에 그 교사가 얼마 전에 이 동네에 검왕이 왔다고 흥분하던 것을 떠올렸다.

운 좋게도 가까워져서 조금이라도 검술을 배울 수 있으면 좋겠다는 말도 하였다.

나아가서 교무실 구석에서 부러운 눈으로 힐끗힐끗 이쪽을 보고 있으니, 말을 붙이면 기꺼이 승낙해 주겠지.

하지만 록시는 생각했다.

에리스는 검술에 대해서 언급하지 않았다. 어째서일까. 총명한 록시는 곧 대답에 도달했다.

에리스는 검왕이다. 검왕이라면 검성의 위, 정말 강한 힘을 가진 검사다. 마술사 중에도 왕의 칭호를 가진 자는 이 사람이다, 라고 정한 상대 외에는 제자로 삼지 않는 이가 많다. 그럼 에리스도 극히 일부의 상대에게만 검술을 가르치는 것이라고.

그렇다면 검술의 보좌를 맡겨선 안 되겠지. 검왕에 대한 실례다.

물론 이건 록시가 멋대로 넘겨짚은 것이지만… 아무튼 록시는 다른 대답을 내놓았다.

"그렇군요. 그럼 경비 일이라면 어떨까요?"

"경비? 재미없겠네."

"일은 원래 재미없는 법입니다."

"흐응…. 하지만 모험가도 그랬지. 알았어."

이렇게 에리스는 록시의 소개로 마법대학의 경비원을 체험해 보게 되었다.

그런고로 에리스는 록시를 따라서 마법대학의 입구로 갔다.

아직 부지 안의 자세한 지도를 다 기억하지 못한 에리스가 유일하게 할 수 있을 만한 일. 그것은 문지기였다.

일단 오후에 시험 삼아서 일을 시켜 보고, 문제가 없으면 정식으로 고용한다는 흐름이었다.

"그럼 저는 수업이 있으니 가 보겠습니다. 저녁에는 데리러 오겠습니다."

록시는 그렇게 말하고 에리스는 정문 경비 담당자인 문지기에게 맡기고 학교로 돌아갔다.

문지기는 에리스를 보고 이게 어떻게 된 일인가 싶어서 뒷머리를 긁적였다.

"으음, 그러니까, 문지기 일은 간단해. 노골적으로 수상쩍은 녀석, 위험해 보이는 녀석을 제지해서 신분을 확인하고, 경우에 따라서는 들어오는 것을 막는다."

"간단하네!"

"간단하지. 노골적으로 수상쩍은 녀석은 그리 없으니까. 뭐, 시범을 보여주지."

문지기는 그렇게 말하더니, 문 옆에 서서 대학에 들어오는 이들을 지켜보기 시작했다.

그렇다고 해도 마법대학은 부지 안에 대부분의 시설을 갖추고 있다. 점심시간에 밖에 나가는 학생도 교사도 별로 없어서 인적은 드물었다. 업자인 듯한 상인이나 건물 수리를 맡은 기술자들이 지날 정도다. 딱 한 번 뺨에 상처가 있는 험악한 인상의 사람이 지나갔지만, 붙들고 물어보니 기숙사에 있는 귀족을 경호하는 사람이라고 판명되었다.

그의 말처럼 수상한 사람이 다닐 리도 없다.

"대충 이런 느낌이야. 오후가 되면 사람은 더 줄어. 시험 삼아 해 봐."

"맡겨줘."

에리스는 의기양양하게 문 옆에 섰다.

팔짱을 끼고 두 다리를 벌리고 턱을 떡 치켜든, 평소의 포즈다.

하지만 그 눈빛은 날카로웠다. 너무나도 날카로웠다. 누구도 그녀의 얼굴을 똑바로 쳐다볼 수 없었다. 길을 가는 사람들이 일제히 고개를 숙이고, 그녀와 눈을 마주치지 않도록 하면서 학교에 들어갔다.

수상쩍은 사람이라고는 하나도 없었다. 혹시나 좋지 않은 생각을 했다고 해도 그녀의 눈빛을 받으면 생각을 고쳐먹을 게 틀림없다.

하지만 그런 사람 중에서 유일하게 고개를 숙이지 않는 자가 있었다.

그 녀석은 에리스가 서 있든지 말든지, 마치 자기가 이 학교의 주인이라고 말하는 듯한 표정으로 지나치려고 했다. 주위와 명백히 다른 그 모습은 평소라면 대수롭지 않았겠지만, 지금만큼은 붕 떠 보였다.

고로 에리스는 생각했다. 이 녀석 수상하다! 라고.

"거기 정지!"

제지의 말에 그 남자는 우뚝 발을 멈추고 에리스 쪽을 보았다.

"무슨 일인가?"

용건이 있거든 일찍 끝내라는 듯한 태도에 에리스는 말했다.

"당신, 수상해!"

"20년 이상 여기를 다녔지만, 그런 소리를 듣는 것도 처음이군. 내게는 오히려 네가 수상하게 보이는데? 애초에 낯선 얼굴 아닌가. 언제부터 여기서 일했지?"

"방금 전부터!"

"그런가, 그럼 그럴 수도 있겠지."

남자는 그렇게 말하며 품에 손을 넣으려고 했다. 이 학교에 소속되어 있다는 증명서를 꺼내려고 한 것이다.

하지만 다음 순간 때 아닌 강풍이 휘익 소리를 내며 남자를 덮쳤다.

남자는 품에 넣으려던 손을 얼른 머리로 가져가려고 했다.

그 노골적으로 수상쩍은 움직임에 에리스는 반응했다. 순식간에 한 발짝 다가가서 남자의 손을 붙잡았다.

"뭘 숨기고 있지?"

"……!"

그렇게 말한 에리스의 눈앞에서 남자의 머리카락이 바람에 날아갔다.

말 그대로 날아갔다.

그리고 뒤에 남은 것은 멋지게 벗겨진 대머리였다.

"……."

에리스는 입을 다물었다. 분명히 뭔가 숨기는 느낌이었지만, 설마 진짜 아무것도 없는 것을 숨긴다고는 생각하지 않았다.

정지한 에리스를 향해 남자는 붙잡히지 않은 쪽의 손으로 품에서 학교 신분증을 꺼내고 말했다.

"나는 게오르그. 이 마법대학의 교장이다."

그렇게 선언한 남자의 얼굴은 분노와 수치심으로 시뻘겋게 물들어 있었다.

결론부터 말하자면, 에리스는 그 자리에서 해고당했다.

아직 고용된 것도 아닌데 해고라는 것도 이상한 말이지만, 경비로 일하려던 것은 일단 거절당했다.

"하아…."

에리스는 조용히 풀죽어 있었다.

가사도 틀렸다, 직업도 틀렸다. 다시 한번 자기는 아무것도 할 수 없다고 인식한 것이다.

서툴게나마 해냈으면 좀 나았겠지만, 두 번 연속실패는 에리스의 기운을 빼놓기에 충분했다.

에리스는 과거에 로아 시에서 그랬던 것처럼 그레이랫 저택의 구석에 있는 오두막 지붕 위에 누워서 하늘을 보았다.

그러면서 예전에 루데우스와 했던 이야기를 떠올렸다.

—잘 할 수 없는 일을 왜 해야만 하는데?

그렇게 말하는 에리스에게 루데우스는 말했다.

—잘 할 수 없으니까, 열심히 노력해서 할 수 있게 되었을 때의 달성감도 대단해.

집안일도, 직장도, 분명 그때의 춤과 똑같다. 몇 번 실패하더라도 결국은 할 수 있게 된다.

하지만 에리스는 그와 동시에 생각했다. 그것은 뭔가 아니지 않나? 라고. 달성감을 얻을 수 있을지도 모르지만, 뭔가 아니라고.

그 뭔가가 무엇인지는 에리스도 알 수 없었다.

"놔 주세요!"

그런 에리스의 귀에 바람을 타고 목소리가 들렸다.

들어본 적 있는 목소리였다. 에리스는 몸을 일으키고 목소리가 들린 방향을 보았다.

아무래도 그레이랫 저택의 입구에서 누가 언쟁을 벌이는 듯했다.

"무슨 일이지…?"

에리스가 가까이 가 보니, 거기에는 루데우스의 여동생인 노른과 그녀와 비슷한 또래의 소년이 있었다.

체격이 좋은 소년이었다. 노른과 같은 교복을 입었지만, 천의 소재나 단추 등이 고급인 것 같았다. 몸에 걸친 것만이 아니다. 곱슬거리는 금색 장발에 단정한 눈썹, 잘 관리한 피부. 그리고 뒤에 있는 두 명의 호위의 존재가, 그가 귀족임을 말하였다.

그는 노른의 손을 붙잡고 있었다. 마치 집에 들어가지 못하게 하듯이.

또 그는 반대쪽 손으로 짜증스럽게 머리를 빗어올리며 말하였다.

"자, 노른. 네가 내게 와 준다면 나는 네 오빠의 힘도, 경애하는 아리엘 왕녀의 힘도 되어 줄 수 있어."

"아리엘 님도 오빠도 없을 때에 이상한 소리 하지 말아 주세요."

"없을 때니까 괜찮잖아. 두 사람이 돌아왔을 때에 주위 사람들이 보다 좋은 결과를 준다면 선견지명이 있다면서 우리의 평가도 오르지. 충신으로 중용될 미래로 이어져."

"제게는 괜한 짓 했다고 꾸지람 듣는 미래밖에 안 보이거든요?"

노른은 소년의 손을 뿌리치고 싶은 모양이었다.

하지만 귀족이고 유력한 것도 사실이겠지. 억지로 뿌리칠 수는 없는 모양이었다.

"그럴 일은 없어. 자, 내 뒤에 있는 이 둘을 봐. 그들은 북방

대지에서도 특히나 뛰어난 용병단에서 빼내온 정예야. 네 오빠는 최근 집에 없는 일이 많다지? 그럼 내가 이 집을 지켜 줘야 하지 않나?"

"필요 없습니다. 실피 언니도 록시 언니도 있습니다."

"여자뿐이잖아."

"자, 자노바 선배나 크리프 선배도 있어요."

"하지만 그들은 지금 이 자리에 없지."

끈덕지게 달라붙는 소년에게 노른은 차츰 답할 말이 줄어들었다.

이대로 가다간 기세를 탄 소년이 집에 들어오게 될지도 모른다.

그 모습을 보고 에리스는 그들에게 다가가면서 말했다.

"싫어하잖아. 놔 줘."

갑작스럽게 나타난 에리스의 모습에 소년은 눈썹을 찌푸렸다.

"넌 뭐지? 못 보던 얼굴인데. 나를 모르는 건가?"

"몰라."

"모른다면 가르쳐 주지. 나는 리하르트 모아나리아스. 유서 깊은 모아나리아스 자작 가문의 다음 계승자로─"

"그딴 소리 필요 없어. 그 손을 놓으라고 한 거 안 들렸어?"

자기소개가 도중에 끊겨서 리하르트의 표정이 울컥하는 것으로 변했다.

"정말로 무례하고 세상모르는 여자로군! 알겠냐! 내게 거스르면 이런 작은 집 따위는 순식간에… 응?"

갑자기 하반신이 썰렁해졌다 싶어서 리하르트의 말이 멈추었다.

"!"

시선을 아래로 내려보니, 바지가 흘러내려서 속옷이 그대로 노출되어 있었다. 다급히 바지를 올려 보니 벨트가 잘려나갔기에 손으로 누르고 있어야만 했다.

대체 왜 이렇게 된 거지? 라고 생각하는 동시에 에리스의 허리춤에 있는 검이 찰칵 소리를 울렸다.

또 시선을 올려보니, 에리스가 얼어붙을 듯한 눈으로 리하르트를 보고 있었다.

"다음에는 그 팔을 베겠어."

"히익."

리하르트는 귀족집 망나니로 유명하고 귀족으로서 문제가 있다는 소리도 듣지만, 에리스의 말이 빈말이 아니라는 것을 직감할 수 없을 만큼 생물로서 모자란 것은 아니었다.

곧바로 노른의 손을 놓고 한 걸음 물러났다.

"아, 알았어. 오늘은 이만 돌아가지."

그 말을 듣고 에리스는 검을 뽑았다.

뽑히는 소리도 없이 나온 칼날은 비현실적이었지만, 죽음을 예감하게 했다.

"오, 오늘은 돌아가겠다고 하지 않았나!"

"오늘만이 아니라 내일도, 모레도야."

에리스의 시선에 리하르트의 다리가 떨렸다. 눈을 마주칠 수도 없었다.

하지만 그래도 그에게는 귀족으로서의 자존심이 있었다. 무례한 평민 여자에게 바보 취급 당한 채로 끝날 수는 없었다.

"나에게—"

입을 열려는 순간 리하르트는 호위에게 어깨를 붙잡혀서 뒤로 끌려갔다.

"도련님, 그만두죠. 이 녀석, 아마 전에 소문으로 나돌았던 광검왕입니다. 위협이 아니라 진짜로 벨 겁니다. 검의 성지를 나온 검사에게 이치 같은 건 안 통하니까요."

평소라면 이 멍청한 도련님이 무슨 짓을 해도 한숨을 쉬면서 뒷정리를 해왔던 호위들이다.

그렇게 강한 그들이기에 안다. 이 여자는 위험하다고.

"제길, 기억해둬라."

그런 말을 남기고 발을 돌리려는 리하르트에게 에리스는 계속해서 말했다.

"잊지 마. 다음에 이 애한테 손을 대면 베겠어. 절대로 안 놓쳐. 네 얼굴 기억했어."

이 말이 결정타였다. 눈앞의 여자에게 찍혔다는 사실이 그의 몸을 떨리게 했다.

"으…."

리하르트는 곧바로 입을 다물고 창백한 얼굴로 도망치듯이 서둘러 떠났다.

에리스는 리하르트와 호위들의 모습이 보이지 않게 될 때까지 노려보다가, 보이지 않게 되는 동시에 어깨에서 힘을 뺐다.

"흥."

물론 지금 말은 본심이 아니다.

에리스는 과격한 여자지만, 그렇게 험악진 않다. 단순한 위협이다.

애초에 얼굴은 고사하고 이름도 기억할 마음이 없었다. 에리스는 기억력이 별로다.

하지만 에리스의 진짜 살의 때문에 단순한 위협이 아니라고 착각하게 하였다.

"휴우…."

에리스는 한숨을 한차례 내쉬더니 집으로 돌아갔다.

노른은 감사의 말도 없이 그 뒷모습을 그저 바라보았다.

가슴에 손을 대고, 동경의 시선으로.

반쯤 화풀이처럼 소년을 내쫓은 에리스도 내심 또 실수했다 싶어서 풀죽어 있었다.

노른은 싫어하던 걸로 보였지만, 왠지 어려운 이야기도 하고 있었다. 그렇게 쫓아내도 되는 상대가 아니었을지도 모른다. 나중에 누가 뭐라고 불평을 할지도 모른다.

그런 생각을 하면서 집에 들어가자, 거실에서 엿보고 있던 실피와 록시가 손짓을 했다.

거봐. 그런 마음으로 에리스는 거실로 이동했고,

"고마워, 에리스."

"감사합니다."

갑자기 그런 말을 들어서 눈만 껌뻑거렸다.

"응?"

"우리도 봤어. 노른을 구해 줬잖아?"

"우리가 뭐라고 해도 들은 척도 안 했습니다만, 이제 괜찮겠지요."

한시름 놓았다는 얼굴의 두 사람에게 에리스는 눈썹을 찌푸리며 되물었다.

"…괜찮아? 문제 있는 거 아냐?"

"으음, 분명히 그 애의 아버지는 아리엘 님에게 출자를 하고 있고, 학교에서도 영향력이 강하지만…."

실피의 입에서 나온 진실은 에리스가 걱정하던 것이었다.

리하르트는 라노아 왕국 대귀족의 아들이다.

그 대귀족은 아리엘에게 출자하는 사람 중 하나이고, 마법대학에도 거액의 기부금을 내놓고 있으며 경영 방침으로 미치는 영향력도 강하다. 단적으로 말해서 실피와 록시의 월급 중 몇 할은 그의 아버지가 내는 돈에서 나온다고 할 수 있다.

물론 아들인 리하르트와 그런 사정은 전혀 관계없다. 그가 다소 아버지에게 매달린다고 해도, 실피는 물론 아리엘도, 록시의 교사생활도 변하는 게 없겠지.

하지만 리하르트는 어디까지나 자기를 '돈을 내는 쪽의 인간'이라고 생각하여서, 실피와 록시가 뭐라고 해도 들을 필요 없다며 흘려 버렸다.

"나가서 쫓아 버릴까 생각했는데 에리스가 등장해서 어떻게 되나 싶었습니다만, 속이 후련했습니다."

록시는 흥 소리를 내면서 그렇게 말했다.

그걸 보고 실피는 가볍게 웃다가 진지한 얼굴을 하며 에리스를 보았다.

"저기, 에리스."

"뭐, 뭐야?"

실피는 당혹스러워하는 에리스의 손을 잡았다.

그 말을 시작으로 실피는 말했다.

"혹시 뭔가 부족하다고 생각한다면, 그렇지 않으니까 자신감을 가져."

지금까지의 행동을 부정당해서 에리스는 눈썹을 찌푸렸다.

"뭐야, 갑자기?"

"최근 고민 많았지? 나도 에리스의 마음을 조금은 알아. 루

디를 보면 내가 더 많은 걸 할 수 있어야 하지 않나 싶으니까."

"……."

정곡을 찔려서 에리스는 입을 다물었다.

침묵한 에리스에게 실피는 계속해서 말했다.

"있잖아, 에리스. 우리는 루디의 등이라고 할까, **뒤**를 지킬 수 있어. 오늘은 에리스가 쫓아냈지만, 아까 같은 일도 항상 잘 대처할 수 있고."

에리스의 손을 붙잡은 힘이 더 강해졌다.

"하지만 올스테드와 루디의, 그리고 에리스의 싸움을 보고 생각했어. 우리는 강대한 적과 싸우게 되었을 때, 루디의 앞에 설 만한 힘이 없다고."

실피는 에리스의 눈을 보았다.

에리스의 눈에는 아주 강한 힘이 깃들어 있었다. 하지만 실피는 결코 움츠러들지 않았다.

오히려 더 강한 힘으로 받아치려는 듯이 눈에 힘을 주고 바라보았다.

"에리스는 그럴 수 있도록 계속 수행해 왔잖아. 그러니까 에리스는 그 사실에 더 자신을 가졌으면 해."

실피는 그렇게 말하더니 손을 놓고 미소를 지으며 말했다.

"내가 하고 싶은 말은 그것뿐. 앞으로 잘 부탁해, 에리스."

에리스는 왠지 가벼운 발걸음으로 복도를 걷고 있었다.

자기다운 고민에 시달린 끝에, 결국 지금 이대로면 된다는 결론이 나왔기 때문이다.

하지만 맞는 말이다. 생각해 보면 그거면 족했다.

루데우스는 마술사, 나는 검사. 그럴 생각으로 그의 곁을 떠났다. 서로 잘하는 것을 하면 된다고 자연스럽게 생각했으니까.

하지만 루데우스도 모든 걸 다 잘하는 건 아니다. 그도 성장하면서 예전보다 많은 것을 할 수 있게 되었지만, 전부는 아니다. 불가능한 것도 있다.

그것을 실피나 록시가 메워 준다.

그런 명확한 결론을 에리스가 끌어낸 것은 아니지만, 그래도 에리스의 마음은 후련해져 있었다.

됐다. 틀리지 않았다. 소용없는 일이 아니었다. 그렇게 실감이 되었다.

"아."

그런 에리스의 시야에 문득 어느 인물이 비쳤다.

의자에 앉아서 멍한 표정으로 창밖을 바라보는 여성이었다.

제니스 그레이랫. 에리스도 그녀의 상황에 대해서는 들었다. 미궁에 붙들려 있었던 탓에 마음을 잃었다고.

그런 그녀는 마치 시선을 알아차린 것처럼 에리스 쪽을 보았다.

그 시선은 분명히 에리스를 보고 있었다.

에리스는 그 시선을 받아서 등을 쭉 폈다. 어떤 상태든지 루데우스의 어머니다. 깍듯하게 대해야만 한다고 생각했다.

에리스는 제니스의 앞으로 나아갔다.

뭐라고 말을 해야겠지만, 무슨 말을 하면 좋을까.

에리스는 제니스의 앞에서 팔짱도 끼지 않고 망설였다.

이럴 줄 알았으면 예의작법 수업을 더 잘 받아둘걸 그랬다. 할 말을 생각한 뒤에 다시 올까 하는 생각을 했지만, 제니스는 마치 에리스의 말을 기다리듯이 가만히 바라만 보고 있었다.

그 시선을 받아서 에리스는 말했다.

"부, 부, 부족한 것이 많은 몸이지만, 잘, 부탁드리겠습니다."

말을 더듬었다. 에리스가 통한의 실수에 얼굴을 찌푸리자, 제니스는 가만히 표정을 바꾸었다.

웃었다.

에리스는 웃음을 사거나 얕보이는 것을 싫어한다. 하지만 그 웃음은 결코 에리스를 비웃는 것이 아니라고 생각되었다. 오히려 마치 에리스의 말에 답하는 것 같은 착각이 들었다.

제니스는 아무런 말도 않았다.

하지만 에리스에게는 제니스의 목소리가 분명히 들렸다.

'그건 루디의 앞에서 말해야지. 내 앞에서 그렇게 긴장하지 않아도 돼.'

그런 말이.

"……"

에리스는 말없이 고개를 숙였다.

그러면서 다시 한번 루데우스와 결혼하기로 결의했다.

15권 끝

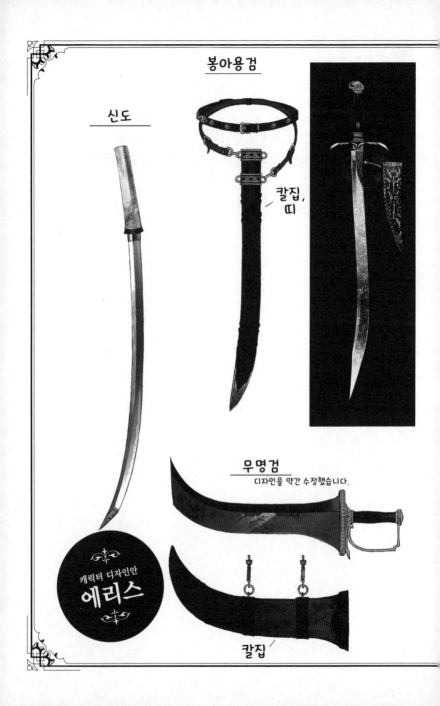

봉아용검

신도

칼집,
띠

우영검
디자인을 약간 수정했습니다.

캐릭터 디자인안
에리스

칼집

에리스

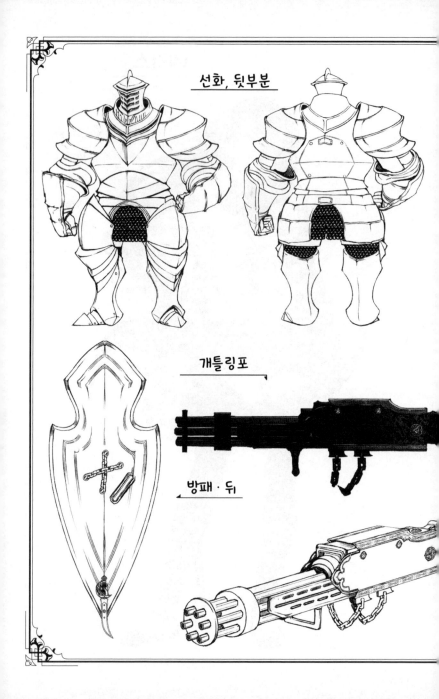

선화, 뒷부분

개틀링포

방패·뒤

마도 갑옷

흡마석 →

캐릭터 디자인안
마도갑옷

올스테드

캐릭터 디자인안
올스테드&나나호시

나나호시

가면 후보

①

②

노인 루데우스

아토페라토페

캐릭터 디자인안
노인 루데우스&아토페

무직전생 ~ 이세계에 갔으면 최선을 다한다 ~ **15**

2018년 7월 7일 초판 발행
2024년 3월 10일 6쇄 발행

저자	리후진 나 마고노테
일러스트	시로타카
옮긴이	한신남

발행인	정동훈
편집인	여영아
편집 팀장	황정아 김은실
편집	노혜림

발행처	(주)학산문화사
등록	1995년 7월 1일
등록번호	제3-632호
주소	서울특별시 동작구 상도로 282 학산빌딩
편집부	02-828-8838
영업부	02-828-8986

ISBN 979-11-6287-367-0 04830
ISBN 979-11-256-0603-1 (세트)

값 9,000원